Laura Kasischke

Fatale Berührung

Buch

Den Traum von einem aufregenden Leben hat sie nicht aufgegeben: Leila Murray, die schöne junge Frau, die zusammen mit ihrem Mann Rick in einer kleinen Stadt in Michigan lebt und im Swan Motel an der Rezeption arbeitet. Und so wagt sie eines Tages das Unerlaubte und begleitet männliche Gäste aufs Zimmer. Doch was als schneller Nebenverdienst gedacht war, droht schon bald zum Alptraum zu werden. Jedenfalls von dem Augenblick an, als Gary Jensen seinen Fuß über die Türschwelle setzt …

Autorin

Laura Kasischke hat mit ihrem Romandebüt »Fatale Berührung« in Amerika für großes Aufsehen gesorgt. Sie lebt mit ihrer Familie in Chelsea, Michigan.

LAURA KASISCHKE

Fatale Berührung

Roman

Deutsch von Angelika Felenda

PORTOBELLO

Die Originalausgabe erschien unter dem Titel
»Suspicious River«
bei Houghton Mifflin Company, New York

Umwelthinweis:
Alle bedruckten Materialien dieses Taschenbuches
sind chlorfrei und umweltschonend.

Portobello Taschenbücher erscheinen im
Wilhelm Goldmann Verlag, München, einem Unternehmen
der Verlagsgruppe Random House GmbH.

Einmalige Sonderausgabe Februar 2003

Umschlaggestaltung: Design Team München
Umschlagfoto: Zefa/Inden
Druck: Elsnerdruck, Berlin
Verlagsnummer: 55318
KvD · Herstellung: Lisa Weber
Made in Germany
ISBN 3-442-55318-0
www.portobello-verlag.de

1 3 5 7 9 10 8 6 4 2

Für B. A. – Plan A

Teil I

Als ich zum erstenmal für Geld mit einem Mann ins Bett ging, war es September. Es war immer noch sommerlich warm, aber die Heizung in dem Motelzimmer war angestellt und schien mir die Kehle mit Staub zu überziehen. Der Mann war teilnahmslos, schweinsäugig, nicht größer als ich selbst, wirkte aber ängstlich. Als ich ihn fragte, was ich tun solle, sagte er: »Das ist dein Job.«

Ein pudriger Film lag zwischen uns, das grelle Licht der einzigen Lampe auf dem Nachttisch verwandelte die künstliche Hitze in einen Dunstschleier. Durch den Dunst konnte ich mein Abbild sehen, das über der Kommode in einem Spiegel, so lang und so breit wie ein Sarg, reflektiert wurde – ein silberner Sarg, mit Quecksilber und Sterling ausgeschlagen, ein Tisch aus rostfreiem Stahl in einem Operationssaal oder Leichenhaus, der gegen die Wand gelehnt war:

Es ist mein eigener Körper, dachte ich, der dort in diesem Spiegel schwimmt und sich in harten Lichtkegeln widerspiegelt. *Mein Körper* in einem leeren, flachen, abgeschlossenen Raum, ein gebogenes Stück Metall, das irgendwo am Strand vergessen wurde.

Dennoch sah ich jung aus. Ich trug glänzende, schwarze Schuhe und hatte einen sauberen, neuen blauen Baumwollrock an, dazu ein weißes Strickoberteil mit Spitzenbesatz am Hals. Aus den Augenwinkeln sah ich mich aus dem Spiegel herausschauen und ruhig und ausdruckslos vor einem Mann stehen, der dickarmig und untersetzt war und mich an ein Ungeheuer aus einem Märchen erinnerte. Er war haarig –

obwohl das Haar auf seinem Körper blond und fast unsichtbar war. Es kringelte sich in kleinen Büscheln und wuchs weiß und klebrig wie Spinnweben aus seinem schwarzen T-Shirt heraus den Hals hinauf. Kränkliche Ranken, die sich um einen Zaunpfahl winden. Sein Gesicht war rosa und viereckig, wie Büchsenschinken, die Haut faltenlos und feucht – wie von einem Neugeborenen –, doch die Zähne sahen gelb und vierzig Jahre alt aus.

Das Heizgerät ratterte inzwischen gleichmäßig vor sich hin und blies mir Mondstaub zwischen die Knie – jene zwei toten und knochenbleichen Satelliten – und zwischen meinen Körper und den seinen.

Zwei vollkommen Fremde in einem Motelzimmer, in einem Spiegel.

Ich kniete mich hin und zog seinen Reißverschluß auf. Es dauerte nicht länger als eine Minute. Erschlafft ließ er sich schwer auf die Bettkante sinken, die Hose um die Knie, das Gesicht rot wie rohes Fleisch. Er zitterte ein wenig und sah mich nicht an.

Ich hatte sechzig Dollar im voraus bekommen, und danach ging ich direkt nach Hause.

Aber am nächsten Tag machte ich das gleiche mit jemand anderem. Sechzig Dollar.

Und am Tag darauf wieder mit jemand anderem und noch mit jemand anderem.

Einhundertzwanzig.

Einhundertachtzig.

Zweihundertvierzig Dollar am Ende des dritten Tages.

Wie gesagt, es war September. Einen Tag war es trüb, der Himmel dunstig-weiß; in seiner Mitte kam eine fahler werdende Sonne zum Vorschein wie ein kaltes Spiegelei.

Am nächsten Tag hingen graue Regenschwaden in der Luft, später verwandelte sich das Licht hinter den orangefarbenen Blättern in samtiges Purpur.

Abgesehen davon war jeder Tag gleich.

Ich verdiente Geld, sparte das Geld.

Ich sparte Geld für etwas, das in der Ferne schwach glänzte – eine verschwommene Wasserspiegelung auf der Straße vor mir, an einem heißen, trockenen Tag. Etwas, das sich im Nebel hob und senkte, Form und Größe veränderte, etwas, von dem ich einst als Kind einen kurzen Blick erhascht hatte.

Etwas, das über mir schwebte und buntes Licht ausspuckte – eine pilzförmige Wolke.

Manchmal war es einfach glänzendes Chrom, ein Überzug aus Zucker oder eine Säule aus Salz.

Manchmal tauchte es in meinen Träumen auf wie eine zweite Haut, wie Haut, die obenauf in einem Topf mit heißer Milch schwimmt, oder Schnee, den man mit einem langen weißen Kleid mitschleppt.

Ich glaubte, ich würde das Ding erkennen, wenn ich es sah.

Ich glaubte, ich würde es sehen, wenn ich genügend Geld gespart hätte, um es kaufen zu können.

»Wo bist du gewesen, Leila?« fragte mein junger Ehemann, wenn ich wieder ein bißchen zu spät nach Hause kam. Er hatte dunkle Ringe unter den Augen:

Er wurde magerer, während ich reicher wurde. An der Kühlschranktür hing immer noch ein mit einem schwarzen Magneten befestigter Schnappschuß, auf dem er vierzig Pfund Übergewicht hatte und breit lächelte, während ein geschmeidiger, weißer Sack aus Bauchspeck über seinen Gürtel hing.

»Du weißt schon«, sagte ich achselzuckend. Aber er wußte nichts.

Rick machte mir jeden Morgen ein Sandwich, das ich nachmittags mit zur Arbeit nahm – obwohl er schon seit Monaten kein Brot und keine Butter mehr aß, sondern nur noch rohes Gemüse. All das buschige, vielfarbige Zeug, das in die unteren Fächer des Kühlschranks gestopft war, roch eher wie weißes Seidenpapier, in das neue Schuhe eingewickelt sind, als nach Essen. Es roch nach nichts, und dieses Nichts war seine einzige Nahrung, soweit ich wußte. Es war alles, was er den ganzen Tag aß. Sogar sein Atem hatte sich verändert. Er roch jetzt wie kalte Luft, mit trockenem, weißem Reis in einer Plastikschüssel vermischt.

Das einzige, was ich aus der Essenstüte mochte, die mein Mann für mich packte, war die Dose Cola Light, die am frühen Abend warm war und mir am Gaumen brannte – manchmal jedoch aß ich ein Käsesandwich, eines, auf dem keine Butter war. Gelegentlich mochte ich nach einer Zigarette auch ganz gern ein selbstgebackenes Plätzchen.

Das Motel, in dem ich arbeitete, war nicht schäbig. Man kam gern mit seiner Frau dorthin und mit den Kindern. Sie konnten sich beschäftigen – hinter dem Motel, am Flußufer, gab es Schaukeln und Picknicktische und einen Minigolfplatz mit einem Miniwasserfall und grünlichem Wasser, das Tag und Nacht über die Plastikfelsen plätscherte.

Minigolfspielen war kinderleicht. Man hätte es im Schlaf gekonnt. Von der Rezeption des Swan Motels aus konnte ich alle paar Minuten die Kinder kreischen hören und die triumphierenden Rufe ihrer Eltern: »Guter Schlag!« – Stimmen, die durch den schwachen Verkehr auf dem Riverside Drive herüberdrangen.

Doch um das Spiel zu gewinnen, bedurfte es keinerlei Fertigkeiten, nicht einmal Glück mußte man haben. Das lag ganz einfach daran, daß der Kurs von einem intelligenten Menschen angelegt worden war. Jener wußte genau, daß Touristen bei Spielen, für die sie bezahlt hatten, immer gewinnen wollten. Daher hatte man den Eindruck, die Golfbälle würden von den Löchern gleichsam in die Erde gesaugt. Selbst wenn man den Ball mit dem Schläger kaum berührt oder ihn in die falsche Richtung geschlagen hatte, erzielte man dennoch einen Treffer.

Ich stellte mir vor, wie sich diese weißen Bälle durch unterirdische Tunnels aus Pappkarton gruben, wie Mäuse ohne Beine in einer trockenen, tauben Hölle.

Das Swan Motel auf der anderen Straßenseite war adrett und sauber – gestärkte Laken, beigefarbener Teppichboden, ordentliche weiße Handtücher, die wir zweimal die Woche mit einem Lieferwagen voller olivgrüner Abfallsäcke nach Ottawa City zum Bleichen schickten. Hinter dem Motel floß strudelnd und schwarz der Suspicious River, aber das Wasser wirkte sauber, und es gab Schwäne dort, die sich auf dem Motelrasen versammelten wie eine Teegesellschaft reicher alter Damen und Filmstars. Sie streckten sich und stießen entlang des glitschigen Flußufers Schreie aus. Es standen noch ein paar verstreute Liegestühle herum, in denen man sich mit einer Flasche Orange Crunch oder Bier ausruhen und diese großen Vögel beobachten konnte, wie sie ihre zarten Hälse reckten, die Flügel ausbreiteten und ihre sehnigen, prähistorischen Füße hoben und senkten, als müßten sie irgendwohin gehen – sich aber erneut entschieden hätten, dies nicht zu tun –, und die Beine entschlossen in den feuchten Schlamm und das Gras stemmten.

Diese Schwäne wollten unbedingt gefüttert werden, egal

womit – sogar mit Steinen und Styropor –, und sie beobachteten die Motelgäste und warteten, daß sich aus einer Plastiktüte ein sanfter Regen aus Brotstücken ergoß, daß sie irgend etwas erhaschten, was ihnen zugeworfen wurde, eßbar oder nicht – eine Handvoll fettiger alter Kartoffelchips, ein zerknüllter Kaffeebecher. Immer gierig, steif wie engelhafte Soldaten standen sie da, fixierten die Motelgäste und heuchelten Teilnahmslosigkeit. Wenn sie dann gefüttert waren, patschten sie davon, matschiges Brot in den orangefarbenen Schnäbeln. Mit glitschigen Füßen wühlten sie das dunkle Wasser des Suspicious Rivers auf, stumm wie der Tod.

Beim Anblick des Swan Motels mit den hellen Backsteinen, den weißen Fensterläden, dem verglasten Büro und dem rosafarbenen Neonschild (KEIN) ZIMMER FREI würden Sie nichts von alldem bemerken. Sie würden nichts davon bemerken, wenn Sie durch die Bürotür eintreten, wo Sie im Sommer als erstes die kühlschrankkalte Luft spüren, ein bißchen wie Äther oder 7UP, aber mit Airfresh aus der Dose vermischt, süß wie Kinderlimonade. Oder im Winter, wenn das Summen des Elektroheizers zu hören ist, der die Luft zu einem grauen Schleier werden läßt.

Sie *können* es gar nicht bemerken, wenn Sie an dem Ständer mit glänzenden Postkarten vorbei auf die Angestellte an der Rezeption zugehen, Sie würden nicht einmal *vermuten*, was sie tut oder für sechzig Dollar zu tun bereit ist. Die Fahrt in den Norden herauf hätte Sie ermüdet. Sie würden auf die Nummer an dem Plastikschlüssel sehen, den sie Ihnen gereicht hat, nicht auf mich.

Aber es gibt die unterschiedlichsten Leute auf dieser Welt, und die sind nicht alle wie Sie. Einige kommen in ein kleines Motel oben im Norden, und die Frau an der Rezeption ist das erste, was sie sehen.

Man kann sie auf bestimmte Art fragen, was man wissen will, und sie kann auf bestimmte Art antworten.

Das Swan Motel war, wie gesagt, ein hübsches Plätzchen, um das Wochenende zu verbringen. An seinem Flußufer gab es die einzigen Nistplätze von Schwänen im ganzen vierundsechzig Meilen langen Verlauf des Suspicious Rivers. Zwischen 1857 und 1859 wurden genau hier siebenhundertsieben dieser Vögel gefangen und ihre Federn an die Hudson Bay Company verkauft und nach England verschifft, wo sie Brautkleider und die Hüte alter Jungfern zierten, zu Kissen, Schreibgerät, Boas und Schleppen von Stripperinnen verarbeitet wurden.

Man stelle sich vor. Hunderte und Aberhunderte von Überseekisten voller weißer, gerupfter Federn, die unter dem glänzenden Deck eines Schiffes hin und her schwankten, während es den rauhen Ozean überquerte.

Aber jetzt schrieben wir 1984, mehr als hundert Jahre später, und die Schwäne kamen immer noch jeden März paarweise in die Stadt und bauten im sumpfigen Teil des Wassers ihre Nester – auf dem schlammigen Flußufer hinter dem Motel. Dort schwammen sie den ganzen Sommer herum, gemächlich wie Vergnügungsschiffe, und im Oktober, als lauschten sie auf etwas aus der Ferne, erhoben sie sich und flogen alle auf einmal davon, mit gereckten Hälsen und ausgebreiteten Schwingen zogen sie, wie gekreuzigt, über unsere Wohnwagen und Häuser und Burger Kings hinweg.

Hinter dem Swan Motel gab es sogar einen wackligen Anlegesteg aus grauen, verbogenen und splitternden Planken, der mit feinen dunkelgrünen Gräsern bewachsen war. Man konnte darauf in der Sonne sitzen, die Füße ins dunkle Wasser des Suspicious River tauchen und feststellen, wie lau es war. Aber es wäre nicht ratsam, seine Frau und seine Kinder darin schwimmen zu lassen. Mit Blutegeln bedeckt, die klebrig wie schwarzer Schorf an ihnen hafteten, würden sie wieder herauskommen. Die müßten Sie dann mit einem Streichholz abbrennen, und der geliebte Mensch würde sich unter Ihrer Hand vor Schmerzen winden und zucken.

Als ich ihn heiratete, war Rick dicker gewesen, sogar noch bis vor ein paar Monaten war er fülliger gewesen, und mir hatte das besser gefallen – ich mochte es, wie sich sein Bauch auf dem Wasserbett zwischen uns anfühlte. Die Art, wie er zwischen Schultern und Ohr ein bißchen feucht roch, ein bißchen wie Toastbrot frisch aus der Plastikhülle – sauber und weich. Wir sind seit fünf Jahren verheiratet, und ich hatte mich daran gewöhnt, im Dunkeln, beim sanften Schaukeln unseres Wasserbetts nach diesem Leib zu greifen, als ich noch dachte, daß er mich liebte, als ich dachte, ich sei vielleicht diejenige, die nicht lieben konnte.

Aber seit kurzem sehe ich ihn mindestens einmal am Tag ohne Hemd vor dem Badezimmerspiegel stehen und mit den Fingern beider Hände die Falten seines verschwundenen Bauches zusammenkneifen. Mit einem Ausdruck von Liebe oder Furcht auf dem Gesicht mustert er diese Hautpartie aus drei verschiedenen Blickwinkeln.

»Du bist nicht dick«, sage ich, und er dreht sich um, um mich anzusehen – die jetzt schärfer hervortretenden Knochen seines Gesichts zum künstlichen Lächeln eines Fremden verschoben. Er war groß und dunkelhaarig. Als er Übergewicht hatte, sah er reizend aus, jungenhaft, ein High-School-Footballspieler, der seit seinem einundzwanzigsten Geburtstag weiche Konturen angenommen hatte. Aber dünn wirkte er wie ein junger Handelsvertreter – ein bißchen hektisch oder feindselig, neu im Beruf, ein zorniger Christenmensch.

Mittags aß er nur Salat mit etwas Essig, ohne Öl. Zum Abendessen geraspelte Karotten auf Salzcrackern und einen in Viertel geschnittenen Apfel, wie kleine Miniaturkanus. Diese Stücke aß er langsam, eines nach dem anderen, während sie sich bläßlich-braun verfärbten und glasig überzogen wie Wunden, die gerade zu heilen beginnen. In der Nacht dann warf er sich auf dem Wasserbett herum, als würde er im YMCA einen Schwimmwettkampf austragen. Anfangs langsam, als wolle er Kraft sparen, aber dann im Lauf der Nacht schneller, gegen Morgen fast schon wie ein Ertrinkender, so, als würde er bei hohem Wellengang in einem eisigen Fluß kraulen und nicht in dem grauen, trüben Becken des YMCA.

Nach einer Weile konnte ich nicht mehr neben ihm schlafen, also schlief ich auf der Couch. Doch meine Träume begleitete immer noch das Geräusch des schwappenden und schlingernden Wasserbetts, genauso wie ich jeden Nachmittag und Abend von der Rezeption aus den Suspicious River am Swan Motel vorbeirauschen hörte.

»Ihr Zimmer ist direkt über der Eismaschine.«

Ich reichte ihm den Schlüssel mit der Nummer 47 auf der einen Seite und dem Aufdruck eines Schwans auf der anderen.

Dieser Gast trug karierte Hosen. Und ein leuchtendgrünes Golfhemd. Er hatte einen Bierbauch und rötlich gegerbte Haut, trug einen weißen Gürtel und weiße Schuhe. Fünfzig, schätzte ich. Wahrscheinlich hatte ihm seine Mutter nicht beigebracht, daß man im Herbst keine weißen Schuhe mehr trägt.

Seine Fingerspitzen berührten die meinen, als er nach dem Schlüssel griff, und sie fühlten sich feucht und gleichzeitig trocken an. Er wirkte ein bißchen kurzatmig wie jemand mit hohem Blutdruck, der kein Bier trinken sollte, es aber trotzdem tat – vielleicht heimlich, nachts im Keller, wenn oben seine Frau, den Kopf voller straffer, rosafarbener Lockenwickler, schlief.

»Danke, Süße«, sagte er.

Seine Zähne waren klein und glatt.

Es war etwa vier Uhr an einem Dienstag im vierundzwanzigsten Jahr meines Lebens. Ich hatte meine Schicht um drei begonnen, und vor mir lagen sieben Stunden. Es war September, draußen strahlte die Sonne, und es war schwül. Ich sah über seine Schulter durch die Büroverglasung hinaus, um sicherzugehen, daß nicht gerade in diesem Moment ein Tourist mit sanft surrendem amerikanischem Wagen die halbkreisförmige Einfahrt hereinfuhr. Ein flimmerndes Licht wie der grelle Bildschirm eines Fernsehers oder wie nasser Leim ließ den Platz in meinen Augen weiß erscheinen. Ich mußte blinzeln beim Hinaussehen, und mein Spiegelbild auf dem Glas war mir im Weg.

Ich redete mir gern ein, mein Haar sei rot, aber möglicherweise war es braun. Im Fensterglas waren alle Farben grau. Aber mein Haar war dick und wellig und rahmte mein Gesicht ein. Ich hielt mich für genügend schlank und blaß, um als hübsch, aber für zu dünn und zu blaß, um als schön zu gelten, also bevorzugte ich Kleider, die mich jünger wirken ließen, wie ein kleines Mädchen – viel Spitzenbesätze und Bänder. Ich mochte Kleider, und sogar bevor ich so viel Geld gehabt hatte, kaufte ich mir jeden Monat in der kleinen Einkaufspassage in Ottawa City etwas Neues:

Einen neuen Rock und eine neue Bluse und vielleicht eine

Strumpfhose oder kurze weiße Söckchen. Ich ging den grauen Tunnel der Passage zwischen J. C. Penney's und Sears entlang und stellte mir vor, eines Tages in einem der Kaufhäuser zu arbeiten, wenn ich von dem Motel genug hätte oder rausgeworfen würde. Vielleicht würde ich in der Wäscheabteilung arbeiten. Ich stellte mir vor, wie ich rosafarbene, seidige Slips in Seidenpapier wickelte und sie in meine Tasche gleiten ließ, wenn die Abteilungsleiterin Kaffeepause machte.

In dieser Einkaufspassage war ich auf unbestimmte Weise voller Hoffnungen auf die Zukunft. Eines Tages, dachte ich, bekomme ich hier Arbeit, und die kleinen Diebstähle würden verhindern, daß ich genauso gelangweilt aussähe wie die Mädchen hinter den Ladentischen – gelangweilt wie Mannequins oder bleiche Oben-ohne-Tänzerinnen in zu grellem, fluoreszierendem Licht. Diese Mädchen waren alle am Rand der gelben Felder oder der gerodeten Wälder um den Suspicious River geboren und aufgewachsen, in Ottawa City, in Fennville, und ihre schwarzen Winterstiefel dünsteten den ganzen Sommer über in Wandschränken aus, während sie in der trockenen, klimatisierten Luft der Passage fröstelten. Ihre Brustwarzen zeichneten sich scharf unter den dünnen Sommerkleidern ab, während sie mit verschränkten Armen hinter ihren Ladentischen auf Kundschaft warteten. Sie starrten auf die glänzenden Glastüren, die zum Parkplatz führten, wenn sie gerade keinen Kunden anlächelten oder mit affektiertem Grinsen auf die Brailleschrift-Zahlen der Kreditkarten schielten.

Der Mann in dem grünen Golfhemd ließ sich Zeit, mich anzusehen.

Es gab nur eine Reservierung für die Nacht, und das war

er. Die Besitzerin des Motels, Mrs. Elizabeth Briggs, tauchte nur in Notfällen während meiner Schicht auf, weil sie mir vertraute. Ohne Beanstandungen arbeitete ich seit drei Jahren hier, und Mrs. Briggs brauchte ihre Ruhe. Es war alles zuviel für Mrs. Briggs. Sie leide mehr, als sie sagen könne, behauptete sie.

Durch die Leere draußen strich der warme Herbstwind. Die ganze Stadt hatte bereits dicht gemacht und die Fenster für den Winter mit Brettern verschalt. Nur ich und dieser Golfspieler, dieser zahlende Gast, waren allein zusammen in dem verglasten Büro des Swan Motels, wie das Brautpaar aus Plastik, das im Schaufenster der Bäckerei, steif und bis zu den Knien eingesunken, in altbackener Torte stand.

Langsam ließ er den Blick über meine Bluse gleiten, seine Augen waren gelblich, aber ich erkannte, daß sie sonst leuchtend blau waren. Er stützte den Ellbogen auf die Theke und seufzte.

Das ist üblich. Wenn das Mädchen an der Rezeption erst mal abwarten will, tritt sie ein wenig zurück und sieht vielleicht auf den Stift in seiner Hand. Wenn sie jedoch bereit ist oder wenigstens bereit ist, die Sache in Erwägung zu ziehen, schaut sie ihrem Gegenüber direkt in die Augen. Sie wird sich ein bißchen vorbeugen. Vielleicht sind Sie sogar überrascht, daß Sie mit Ihrer Ahnung recht hatten.

Dann denken Sie darüber nach, wie ihre Brüste nackt aussehen. Sie finden vielleicht, daß sie Ihnen ihre Brüste aufdrängt, ob es nun stimmt oder nicht. Sie trägt eine weiße Bluse, und Sie glauben, Sie könnten ein Stückchen Spitze von ihrem BH erspähen – oder eine dieser angeklebten Rosenknospen.

Vielleicht schlägt Ihr Herz schneller, wenn Sie das nicht

schon tausendmal getan haben – ein blutiger, glitschiger Klumpen ist in Ihrer Brust wie etwas, das aus dem Fluß gezogen wird: Es ist Ihr Herz, und Sie möchten nicht, daß es je stillsteht.

Wenn sie nicht bloß überlegt, sondern das schon oft getan hat, neigt sie vielleicht den Kopf zur Seite, als würde sie den Hals strecken. Ganz beiläufig. Nichts wird gesagt. Sie muß warten, bis Sie etwas sagen – vielleicht sind Sie schlau und sagen etwas Komisches wie: »Hier drin ist's aber heiß«, und zupfen dabei mit dem Zeigefinger am Kragen oder lösen die Krawatte. Aber wenn Ihnen in dieser Richtung nichts einfällt, oder wenn das einfach nicht Ihre Art ist, sagen Sie: »Ich würde mich in Zimmer 47 über Gesellschaft freuen. Dabei habe ich an Sie gedacht«, und sehen sie dabei eindringlich an.

»Tatsächlich?« fragt sie langsam in flirtendem Tonfall: »Wieviel wäre Ihnen gute Gesellschaft denn wert?«

Sie lächeln. Vielleicht schwitzen Sie jetzt an den Händen, oder, wenn Sie eine andere Sorte von Mann sind, werden Sie vielleicht wütend, aber Ihr Verlangen wird immer stärker. »Sagen Sie's mir. Ich werde sehen, ob ich soviel zusammenkratzen kann.«

»Na schön.« Sie liest jetzt Ihren Namen im Journal, und es macht Sie ein bißchen nervös, gleichgültig, ob es Ihr richtiger Name ist oder nicht. »Ihr Zimmer kostet sechzig Dollar. Ich denke, die Gesellschaft wäre genausoviel wert, oder?«

Das ist weniger als Sie angenommen haben. Oder mehr. Vielleicht bedauern Sie das Mädchen deswegen ein bißchen. Vielleicht werden Sie auch ärgerlich, aber darüber möchten Sie jetzt nicht nachdenken. Sie zwinkern, lächeln aber nicht. Sie sagen: »Ich sehe dich oben, Süße.«

Während Sie aus der Bürotür gehen, hören Sie, wie sie mit hoher Stimme leise summt. Sie fragen sich, ob sie Ihnen nachsieht, ob sie das Hinken bemerkt hat, ob sie Ihre Autonummer aufschreibt, aber Sie denken auch an ihre Brüste. Die sahen gut aus. Ihre Lippen waren süß. Sie ist jung, Anfang Zwanzig, zierlich, dichtes, rotes Haar und sieht reizend aus, ein Kleinstadtmädchen – aber Sie wissen jetzt, daß sie auch eine Nutte ist; sie wird tun, was immer Sie wollen. Inzwischen sind Sie so sehr bereit dafür, daß Sie es kaum ertragen, darüber nachzudenken, was als nächstes kommt.

Was dann kommt, ist seltsamerweise fast immer das gleiche. Sie klopft an Ihre Tür, gleichgültig, ob sie offen oder geschlossen ist. Das Zimmer ist klein und riecht modrig und nach Pinien-Spray. Der Bettüberwurf ist dünn und frisch gestärkt, mit einem Muster aus wirbelnden matten Farben – Rost, Gold, Marineblau. Die Heizung oder die Klimaanlage ist gerade angesprungen, Sie haben sie angestellt, weil es zu heiß oder zu kalt ist, und sie rattert jetzt. Es ist dunkel, sogar wenn das Licht eingeschaltet ist. Die Vorhänge haben Sie bereits zugezogen. Vielleicht haben Sie Ihren Mund ausgespült. Vielleicht waren Sie auf der Toilette, und die Spülung rauscht noch im Badezimmer.

Jetzt, da sie nicht mehr hinter der Rezeption steht, sehen Sie, daß sie einen kurzen Rock oder ziemlich enge Jeans trägt – nichts Besonderes, aber sie hat hübsche Beine, schmale Hüften, schmale Taille. Sie ist dünn und blaß unter dem wirren roten Haarschopf. Aber sie sieht gesund aus. Wenn sie die Hand nach dem Bargeld ausstreckt, haben Sie es bereits zurechtgelegt, gezählt und zusammengefaltet. Sie zählt es, bevor sie es in den Schuh steckt.

Plötzlich fängt das Herz in Ihrer Brust zu stampfen an wie ein großer schwarzer Stiefel, und das macht Sie entweder schüchtern oder ärgerlich, manchmal beides.

Wahrscheinlich küssen Sie sie nicht, sondern legen einfach

nur die Hände auf diese Brüste, über die Sie nachgedacht haben, tasten mit den Fingern über die Bluse und atmen schwer. Aber sie steht einfach da wie eine geschlossene weiße Tür.

Sie berühren jemanden, der Sie nicht berühren will – alles gehört Ihnen für diese Nacht, das Zimmer, der Fernseher und der altmodische Bettüberwurf: Sie haben bereits bezahlt. Aber sie ist so still, lächelt irgendwie künstlich, finden Sie. Das macht Sie nervös. Sie können nicht verhindern, daß Ihre Hände zittern, aber Sie sind ein schwergewichtiger Mann um die Vierzig, der sich wegen seines Herzens eine Menge Sorgen macht – all die Onkel in ihren Särgen, die an Herzversagen gestorben sind. Plötzlich sehen Sie sich als Fünfjährigen, im blauen Anzug, auf Zehenspitzen, und über den Rand einer glänzenden Truhe spähen, um einen Blick auf einen dieser Onkel zu erhaschen, der als puderbestäubte Leiche daliegt:

Während Sie ihr Fleisch umfassen, fällt Ihnen ein, daß Sie jetzt genauso alt sind wie dieser Leichnam damals.

Seit kurzem schwitzen Sie im Schlaf und wachen schweißgebadet und frierend auf.

Tot rochen sie wie Frauen – Talkum und altes Rosenwasser.

Mit einer Hand lösen Sie Ihren Gürtel, die andere haben Sie unter ihre Bluse und ihren BH geschoben. Ihre Brust ist kühl und weich. Sollten Sie ihr weh tun, zu fest zupacken, ließe sie sich nichts anmerken. Sie wünschten, das Gegenteil wäre der Fall. Sie packen fester zu und ziehen dann die Hand zurück. Sie nehmen die Hand aus ihrer Bluse und legen sie auf ihre Schulter. Mit der anderen halten Sie sich selbst fest. Sie drücken sie auf die Knie hinunter, stecken ihn in ihren Mund, und die Lippen öffnen sich warm, als sänken Sie langsam in Schlamm. Sie stöhnen, wenn Sie spüren, daß etwas Weiches und Heißes über Ihre Schwanzspitze gleitet – und jetzt wissen Sie, daß sie ein Profi ist. Sie möchten, daß es länger dauert, möchten auch ein paar andere Dinge mit ihr machen, aber sie weiß, was sie tut, und Sie kommen.

Irgendein süßes Kleinstadtding: Na und?

Sie halten es höchstens zehn Sekunden aus.

Sechzig verdammte Dollar.

Sie hustet, schließt leise die Tür hinter sich, wie eine Entschuldigung oder ein Achselzucken.

In dieser Nacht schlafen Sie schlecht in Ihrem Motelzimmer. Sogar die Laken riechen modrig. Wenn das Licht aus ist, ist es so dunkel, daß Sie einen schrecklichen Moment lang glauben, Sie sind blind. Statt zu träumen, schalten Sie den Fernseher ein, und wenn die Sonne aufgeht, schneuzen Sie sich in ein Handtuch und gehen.

An der Rezeption sitzt inzwischen ein anderes Mädchen. Sie ist schwanger und plaudert am Telefon. Sie haben den ganzen Tag einen moosartigen Geschmack im Mund, und Ihre Zunge ist mit einem blassen Belag überzogen.

Sie fahren weiter.

Weiß blitzt ein Segelboot auf, silbernes Licht liegt auf dem Wasser, darüber ein hoher ausgebleichter Himmel, der zu hell ist. Eine Frau in einem marineblauen, gestreiften Bikini: Sie hat lange Beine. Sie hat eine Bierdose in der Hand und steigt in das Boot. Ihr schmaler Fuß mit rotlackierten Nägeln balanciert einen Augenblick lang in schimmernder Luft.

Der Wind bläht die Segel, das Geräusch von Laken, die an einer Leine flattern, und der Geruch von Bleichmittel.

Die Frau streckt die Arme in die Luft wie Flügel, wie eine Tänzerin, die vorsichtig auf einen schwankenden Teppich steigt. Sie lacht, und ein braungebrannter Mann ohne Hemd nimmt ihre Hand, die Hand, in der sie keine Bierdose hält, um ihr zu helfen. Sie stolpert, das Boot schaukelt stärker.

Er umarmt sie nicht, als sie auf ihn fällt, aber ihre Körper treffen sich.

Dann schauen sie mich an, und ich sehe seine flache Hand am unteren Ende ihres nackten Rückens. Die Hand ist dunkel auf der blassen Taille. Ihre Schultern sind rund und glatt wie ausdruckslose Gesichter und glänzen.

»Wiedersehen, Leila«, singt sie.

Rote Fingernägel und Fleisch – sie trinkt aus der Bierdose, die kalt und feucht in ihrer Hand liegt. Mit der anderen winkt sie zum Abschied.

Auch er winkt zum Abschied – mein Onkel, der jüngere Bruder meines Vaters, ein Handelsvertreter wie mein Vater, aber erfolgreicher; ein Zauberer, der einen Kartentrick beherrscht, bei dem der Bube verschwindet und dann blitzartig hinter deinem Ohr wieder auftaucht.

Der Wind trägt die beiden auf dem Boot meines Onkels davon. Das Segel, anfänglich ein scharfes Messer aus Licht, dann ein heller, nebelhafter Fleck, der sich entfernt.

Wenn sie weiter draußen nur noch als verblassendes Bild erkennbar sind, das in dem wogenden Weiß überbelichtet wirkt, greift sie nach hinten und öffnet ihr Bikini-Oberteil. Es gleitet rasch herunter – ein kurzer heftiger Ruck wie ein Schrei.

Sie hält das Bikini-Oberteil in der freien Hand und winkt damit zum Strand. Sie schwingt es im Halbkreis über dem Kopf, als wolle sie sich ergeben.

Dann löst sich das Bild in sprühende Funken auf, und am Boot blitzt ein Stück gebogenes Metall auf; ich muß blinzeln. ich bin höchstens vier oder fünf. Ihre Brüste sind noch strahlender als ihr übriger Körper, aber bleicher als das grelle Licht um sie. Ich kann nicht länger hinsehen: Ihre Haut wie eine Flut weiße Milch, die sich über ein wächsern weißes Tablett ergießt.

Die beiden schrumpfen und lösen sich in dem Glanz auf, während ihr Segel in der Luft flattert wie ein einzelner vibrierender Flügel – ein riesiger weißer Vogel mit zwei menschlichen Beutestücken, die lächelnd in seinem Schnabel hängen.

Und mein Onkel, der sehr gut aussieht, was mir bereits bewußt ist, obwohl ich noch ein Kind bin, der viel besser aussieht als mein Vater, zuckt die Achseln in Richtung meines Vaters, der sich hinter mir entschuldigend räuspert.

Schaumig brausendes Wasser liegt jetzt zwischen meinem Onkel, der Frau mit den nackten Brüsten, dem flatternden Segel und dem Ort, an dem mein Vater und ich stehen; unsere Augen sind fast geschlossen, um besser sehen zu können. Sie wendet uns den Rücken zu, doch was wir sehen können, ist ein unbeschriebenes Blatt, wie man sagt. Sie bewegt sich nackt über das Wasser, und sie bewegt sich von uns fort.

Sie ist meine Mutter, und dann stirbt sie.

»Rick«, sagte ich an einem Nachmittag, Anfang Oktober, nachdem ich das gemacht hatte, was ich schon länger als einen Monat machte, »ich komme heute abend vielleicht ein bißchen später. Ich habe Mrs. Briggs versprochen, einen Teil der Buchhaltung zu erledigen, und vielleicht habe ich dazu keine Zeit, bevor Samantha kommt.«

Ich sah Rick in die Augen, um festzustellen, ob er einen Verdacht hegte, aber ich sah mich nur selbst darin, zweimal, sehr klein, in einer Jeansjacke, meine rote Tasche an die Brust gedrückt. Mein Spiegelbild in seinen Augen war kleiner als der Mond auf einem Fingernagel, aber gestochen scharf.

»Na schön«, sagte Rick – nur einen Anflug von Enttäuschung in der Stimme, bevor er sich wieder der Spielshow zuwandte, die er gerade anschaute.

Eine Wand mit Glühbirnen flackerte. Sirenen. Eine Frau kreischte, bedeckte das Gesicht mit den Händen, weinte und weinte und schrie, als würde mit einem stumpfen Messer unablässig auf sie eingestochen. Sie war überreizt, übergewichtig und trug ein Kleid mit tiefem Rückendekolleté. Ihre Arme wirkten feucht und teigig auf dem flimmernden Bildschirm. Gänsehaut überlief sie, wenn sie schluchzte, an anderen Stellen jedoch spannte sich ihre Haut so straff wie ein zu fester Verband. Sie hatte ein Auto gewonnen, das langsam zwischen zwei sich öffnenden braunen Vorhängen zum Vorschein kam – irgend etwas Sportliches, Rotes, Aufregendes, das in einem breiten, warmen Mund auf sie wartete. Sie keuchte. Der Showmaster in seinem schweren dunklen Anzug stand steif neben ihr. Weder seine Arme noch sein Hals waren zu sehen, aber sein Gesicht war offen und rund. Er legte eine Hand auf den bloßen Rücken der Frau und streichelte sie wie geistesabwesend – er lächelte in die Ferne, uns zu.

Rick warf mir noch einen Blick zu. »Wiedersehen«, sagte er.

Sogar unter dem T-Shirt konnte ich die Knochen seines Brustkorbs erkennen, die dünn und hart wie die ausgebreiteten Flügel einer Seemöwe zwischen seinen Schultern eingeklemmt waren.

»Wiedersehen«, sagte ich munter, aber als ich das sagte, hatte ich ihm schon den Rücken zugekehrt.

Die Fahrt von unserer Wohnung zum Swan Motel war nur kurz, weil die Stadt klein war. Dennoch kamen jedes Jahr eine Menge Leute hier durch und warfen ihren Abfall aus den Autofenstern. Im Sommer strömten sie auf dem Weg zum See vorbei und verbrachten eine oder zwei Nächte am Fluß, der ebenfalls dem See zuströmte. Im Herbst kamen sie, um zu sehen, wie sich die Blätter rot oder gold verfärbten, bevor sie abfielen, oder um zu beobachten, wie sich die Schwäne sammelten und wie ein weißgewandeter, fliegender Kirchenchor davonmachten, während sich am Horizont schon der Winter abzeichnete.

Dann kamen die Touristen, um auf dem Soprano Hill Ski zu fahren – schwarze Nadelspitzen, die durch die Schneestürme im Januar flitzten. Der Hügel war nichts Besonderes, aber meilenweit der einzige in der Umgebung, und wir waren froh, hier, im flachen Teil des Landes, an der westlichen Kammlinie von Michigan, überhaupt einen Hügel zu haben. Nachts war er beleuchtet und erhellte die ganze Stadt wie ein höher gelegenes Rasthaus – vor allem, wenn er aus Schneekanonen beschossen wurde; wie lange Federboas schmiegte sich der künstliche Schnee im eisigen Scheinwerferlicht an seine Flanken.

Dann endlich der Frühling. Die Schwäne kehrten zurück und bauten vor dem Motel ihre Nester, legten ihre faustgroßen Eier, während die Touristen gafften, sich die Köpfe kratzten, mit den Händen die Augen beschatteten, um in den Himmel zu schauen, der im Mai blau war, und in dem es absolut nichts zu sehen gab. Bald darauf sprengten sich die vollkommen identischen Schwanenkinder den Weg ins Leben. Sie waren klebrig naß und schmutzigweiß wie von Hunden zerkaute Tennisbälle, und mit teuren Kameras krochen die Touristen auf allen vieren durchs feuchte Gras näher heran, um von den jungen Schwänen, die ihre Schalen abgeworfen hatten, mit glitschiger Eihaut und frischem Geburtsschleim bedeckt waren, verschwommene Fotos zu schießen.

Die Touristen ließen sich gern unter dem Schild fotografieren, auf dem WILLKOMMEN AM SUSPICIOUS RIVER stand. Sie lachten über den Namen der Stadt, obwohl er für uns überhaupt nichts bedeutete und wahrscheinlich nie etwas bedeutet hat – er war bloß die ungefähre, klangliche Entsprechung des vagen Bildes von einem Ort, von dem wir wußten, daß wir dort lebten.

Als ich im Swan Motel ankam, hatte Millie schon ihre Jeansjacke an und war fertig zum Gehen. Sie hielt ein rosafarbenes Taschentuch an die Stirn gepreßt. »Oh«, sie sang es mehr, als daß sie es sagte, »ich muß hier unbedingt raus.«

»Geh nur«, sagte ich freundlich, »geh raus«, und schob meine eigene Jeansjacke und meine Tasche, ein kleines rotes

Oval aus Lackleder, vollgestopft mit Kleenex-Tüchern, unter die Theke. Beide waren feucht.

Es hatte zu regnen begonnen, während ich zur Arbeit gefahren war, und im Büro roch es wie Zinn oder Schwefel und war schwül wie in einem schmutzigen Umkleideraum. Gäste kamen herein, um zu fragen, wo das Hallenbad sei. »Im Holiday Inn«, wollte ich sagen, tat es dann aber doch nicht. Es gab hier nirgendwo ein Schwimmbecken.

Aber ich verstand, warum sie fragten – dieser Geruch, diese feuchte Luft, vor allem wenn es regnete. Das Swan Motel roch nach Moder, Chlor und Moschus. Selbst im tiefsten, trockensten Winter waren die Zimmer feucht. Nachts, bevor ich einschlief, roch ich das Swan Motel wie Formaldehyd oder Kupfer in meinem Haar.

Millie stand mit dem Rücken zur Glastür und knöpfte ihre Jacke zu. Ihr Haar war lang, von der Feuchtigkeit kraus und so schwarz, daß ihre Augenfarbe verblichen wirkte wie das blasse Blau weißer Eierschalen. Sie sagte: »Und bei dir ist alles in Ordnung, Leila?«

Ich zuckte die Achseln und sah auf die Wanduhr.

Millie war jünger als ich, aber reizlos und schmächtig, der Inbegriff von Mattigkeit – ein schmales Handtuch aus Luft und Rauch, ausgefranst, ein Fetzen von einem vergilbten Spitzenkleid, das lange auf einem Drahtbügel hing. Ihre Zähne liefen spitz zu, und Millie benutzte sie, um die Haut an den Nagelrändern abzukauen, um auf ihrer Unterlippe herumzunagen, bis sie weiß wurde, aufplatzte und blutete.

»Ja, alles okay«, sagte ich.

»Ißt Rick?«

»Ach, weißt du.« Wieder zuckte ich die Achseln. »Nicht viel.«

»Mein Gott«, sagte sie, »ich konnte es nicht glauben, als ich ihn letzte Woche gesehen habe. Er ist jetzt wie – ein Nichts.«

Ich biß mir selbst auf die Lippe, die bitter schmeckte wie Jod, und ich nickte. Millie schob die schuppige Spitze ihres linken Daumens zwischen die Zähne und sagte: »Wie benimmt er sich denn zu Hause? Wie ein Irrer?«

»Normal«, sagte ich und sah Rick in Boxershorts auf der Couch sitzen und in den flimmernden Fernseher starren. »Er geht zur Arbeit. Er kocht.« Ich hob die Hände, als wollte ich Millie zeigen, daß daran keine Spuren erkennbar waren, kein Hinweis auf Schwierigkeiten.

»Wow.« Sie schüttelte den Kopf, als sie rückwärts aus der Tür ging.

Ganz plötzlich, als würde man mit der Zunge über die Zähne streichen und etwas Saures schmecken, überkam mich Haß auf Millie, weil sie so bleich und neugierig war – sogar ihr Haar machte einen bestürzten Eindruck. Aber dann nahm sie den Finger aus dem Mund, um mir zum Abschied zu winken. Die Blechglöckchen an der Glastür klingelten, als sie hinausging, und ich sagte mir, daß sie weder ein Familienmitglied noch eine Freundin war, sondern nur jemand, mit dem ich mir den Job teilte, der sich nicht die Mühe machen würde, allzulange und allzu intensiv über meine Lebensumstände nachzudenken, und das ungute Gefühl verschwand.

Nachdem Millie gegangen war, strich der Schatten ihres Pinto über den nassen Parkplatz wie ein Geisterpferd, das leere Büro summte in vertrauter Stille, und als ich schluckte, hörte ich ein hohles Klicken in meinen Ohren, als drückte man den Abzug einer ungeladenen Pistole.

Nach einer Weile öffnete ich das ledergebundene Gästejournal.

Auf den dünnen roten Zeilen, unter Freitag, 15. Oktober, waren sieben Namen eingetragen. Sechs davon in Millies schnörkeliger Handschrift, also wußte ich, daß sie wahrscheinlich unter falschem Datum eingetragen waren, daß die Ankunftszeiten nicht stimmten, die Nachnamen fehlerhaft geschrieben oder überhaupt falsch waren. Millie war eine schlechte Rezeptionistin, gleichgültig, unter welchem Aspekt man es betrachtete, und sie würde wahrscheinlich bald rausgeworfen werden – obwohl sie selbst davon keine Ahnung zu haben schien und sich täglich über ihren Job beklagte, als wäre er ihr auf ewig sicher. Aber soweit ich wußte, mußte Millie sich nur noch einen solchen Schnitzer erlauben wie am Wochenende des Labor Days: In ganz Suspicious River war kein einziges freies Zimmer mehr aufzutreiben, und Millie vergab im Abstand von ein paar Stunden ein und dasselbe Zimmer sowohl an eine vierköpfige Familie wie an ein Paar aus Ohio.

Es war Pech.

Millie hatte zuerst die Familie aufgenommen, aber bevor die Leute ihr Gepäck hinaufbrachten, waren sie ans andere Ende der Stadt zur Großmutter zum Abendessen gefahren. Das Paar aus Ohio kam später, trug purpurne Polo-Shirts im Partnerlook und hielt entschlossen die Reservierungsnummer in der Hand, aber Millie konnte den Namen im Journal nicht finden.

Das Motel war natürlich ausgebucht, was Millie nicht wissen konnte, da sie sich nicht die Mühe gemacht hatte, die vielen Paare mit Kindern einzutragen, die gerade in dem Moment eingetroffen waren, als sie ihren mitgebrachten Lunch verzehrte und mit ihrer Mutter am Telefon plauderte.

Millie gab einfach die Schlüssel aus, zog Kreditkarten durch die Maschine, aß, kaute an den Fingernägeln und führte die ganze Zeit Ferngespräche.

Vielleicht geriet Millie einfach in Panik, als das Paar zornig wurde, Leute mit Collegebildung und erschöpft von der Fahrt; sie forderten Millie auf, den Geschäftsführer zu holen. Wahrscheinlicher aber ist, daß Millie wußte, daß sie nicht mehr im Motel sein würde, wenn die Schwierigkeiten begännen, weil sie dann mit ihrem Freund Ed im Drive-in knutschen oder sich *Psycho II* mit ihm ansehen würde.

Wie auch immer, die beiden aus Ohio warteten und wippten ungeduldig mit ihren Nike-Turnschuhen auf dem stumpfen Linoleum des Bürobodens, während Millie mit ihrem Generalschlüssel durchs Swan Motel wanderte, an Türen klopfte und nach einem freien Zimmer suchte, das sie ihnen geben konnte. Wenn niemand antwortete, öffnete Millie die Tür und spähte hinein, ob Gepäck darin stand oder die Betten zerwühlt waren. Bei dem Zimmer, das sie der vierköpfigen Familie vermietet hatte, war natürlich beides nicht der Fall. Sie ließ sich in diesem Augenblick gerade am anderen Ende von Suspicious River zu Schweineschnitzeln nieder.

Also gab Millie dem Paar das Zimmer, händigte ihnen den Zweitschlüssel aus und dachte, das behauptete sie zumindest, daß sie den Originalschlüssel verlegt habe. Als die vierköpfige Familie in ihr Zimmer kam, saß das Paar aus Ohio nackt auf der Kante des Doppelbetts, rauchte einen Joint und sah einer ausdruckslos dreinblickenden Frau zu, die sich auf einem Bettüberwurf aus Leopardenfell räkelte, während ein Mann über ihr stand und in ihren Mund onanierte.

Für sechzig Dollar konnte man sich solche Filme im Fernsehen anschauen. Wenn man das Zimmer mit Kreditkarte bezahlte, mußte man dem Mädchen an der Rezeption nicht einmal sagen, was man sehen wollte. Man schaltete einfach den entsprechenden Kanal ein, und die sechzig Dollar wurden automatisch auf der Rechnung verbucht. Das war alles.

Mrs. Briggs war anfänglich an diesem Spezial-Service nicht interessiert gewesen, aber dann war an einem ruhigen Nachmittag im April der Vertreter des Kabelprogramms mit seiner weichen burgunderroten Aktentasche erschienen und hatte Mrs. Briggs erklärt, wieviel Geld sie damit verdienen könne. Wie sich herausstellte, waren sechzig Prozent der Gäste über diese Unterhaltungsmöglichkeit erfreut – obwohl die Fernseher in ihren Zimmern fünfzehn Jahre alt und die Farben auf den Bildschirmen so grell waren, daß man kaum längere Zeit hinsehen konnte. Lippen färbten sich flammend rot oder schockrosa, und die Stimmen tönten blechern aus dem Lautsprecher, hallten wider wie in einer Höhle und ließen alle Musikinstrumente wie Banjos schnarren.

Das Paar sah gerade *Love Rides the Rails* an. Derselbe Film wurde bis zum 22. Oktober jeden Abend nach acht ausgestrahlt, immer und immer wieder, außerdem *Hot Seat*, wobei sich die Gesichter änderten, aber die Geschichte natürlich die gleiche blieb.

»Mommy, was *machen* die da?« schrie die blonde Tochter lauthals, als sie die Tür des Motelzimmers öffnete, während hinter ihr Mom, Dad und Bruder ihre Samsonite-Koffer aus dem Kombi die Betontreppen hinaufschleppten. An diesem Abend mußte Mrs. Briggs zu Hause angerufen werden. Ihre Stimme klang ganz verschlafen, als sie den Hörer abnahm, und Millies Zukunft im Swan Hotel stand seitdem auf der Kippe.

Dann klingelte das Telefon, es war Rick.

»Hallo«, sagte er.

Ich sagte: »Was gibt's?«

»Nichts, ich hab nur gedacht, du möchtest vielleicht, daß ich dir was zum Abendessen rüberbringe. Du hast vergessen, dein Sandwich mitzunehmen.«

Er hörte sich weit weg an – die Verbindung war schlecht. Ich hörte noch andere Stimmen in der Leitung: den Singsang einer Frau, an- und abschwellend, die eine Geschichte erzählte, und ich erinnerte mich an einen Fernsehfilm, den ich einmal als Kind gesehen hatte – war es *Twilight Zone*? –, wo eines Nachts aus einem Amateurfunkgerät im Keller eines Mannes der verzweifelte Hilferuf eines Soldaten zu hören war, und zwar aus der letzten Schlacht eines Krieges, der seit vierzig Jahren vorbei war.

Ich wollte der Stimme in der Ferne lauschen, aber Rick sprach lauter, als wolle er sie übertönen.

»Ich könnte dir eine Pizza bringen oder auch das Sandwich, wenn du möchtest.«

»Nein«, sagte ich, »ich hole mir eine Kleinigkeit aus dem Automaten und esse das Sandwich, wenn ich nach Hause komme.

»Sicher?«

»Sicher.«

»Bis bald.«

»Bis bald.«

Er hängte ein, während ich wieder dem Singsang der Frau lauschte. Ich hörte einen Mann leise lachen, und die Frau schien in gedämpfterem Ton »Jesus!« zu sagen, bevor die Verbindung unterbrochen wurde.

Eine Fotografie meiner Mutter, die aufgenommen wurde, bevor sie starb: Sie trägt ein ärmelloses weißes Kleid. Hinter ihr rankt sich im Spätsommerdunst ein Rosenspalier. Ihr Haar ist dunkel und reicht bis zu den Schultern. Eine leichte Brise scheint durch die losen Locken zu streichen. Hinter ihr ist sogar ein Stückchen mattblauer Himmel zu erkennen, eine verblichene Kodak-Farbe, die kein bißchen wie echter Himmel aussieht.

Meine Mutter hat gerade den Mund aufgemacht, um etwas zu sagen, aber es kommt nichts als Schweigen heraus.

Die ganzen Jahre über habe ich kindischerweise geglaubt, meine Mutter würde in diesem Moment meinen Namen sagen:

»Leila.«

Da ist er.

Lange Zeit habe ich mir eingeredet, ich würde meinen Namen hören, der für immer auf diesem glänzenden Quadrat aus Fotopapier festgehalten war. Meine Mutter, die aus dem Jenseits zu mir spricht. Aber mit zunehmendem Alter denke ich, daß das, was im Moment des Schnappschusses aus ihrem offenen Mund herauskommt, ein langer, süßer Schrei ist, wie von einer hungrigen Katze. Durch nichts unterbrochen. Nicht einmal vom Tod. Ein anhaltender, runder Ton wie von einem Zug, der mit kreischenden Bremsen in die Ewigkeit fährt.

Der aber animalisch klingt.

Eine hungrige Katze vor einer weißen Tür, die gleich geschlossen wird.

»Smith«, sagte er, »Gary.«

Sein Name stand bestimmt nicht im Journal.

Ich sah ihn an. Sein Lächeln war ein Zucken auf einer Gesichtshälfte – ein Grinsen, ein Zwinkern, sexy und unternehmungslustig. Er rauchte eine Zigarette, und der Rauch kräuselte sich um seinen Kopf wie ein Netz oder wie Schleim, wie aufgeschlagenes Eiweiß, das in einem Wasserglas wirbelt und aufsteigt. Dann begann er zu husten, rasselnd und feucht, und sagte mit fragend hochgezogenen Augenbrauen: »Sie finden meine Reservierung nicht?«

»Nein«, entschuldigte ich mich, »aber das ist kein Problem, wir haben genügend freie Zimmer.«

Glücklicherweise schien es ihm nichts auszumachen. Einige Leute werden wütend, wenn man ihre Namen nicht findet, selbst wenn das ganze Motel leer ist. Sie stehen herum und regen sich auf; obwohl man sie schon lange aufgenommen hat und der Zimmerschlüssel sicher in ihrer Hand liegt, wollen sie dennoch ganz genau wissen, was schiefgelaufen ist. Sie tun so, als wäre ein Stück ihres Selbst verlorengegangen wie eine Spielkarte aus einem Kartenstoß, ohne die das Spiel nicht weitergehen kann.

»Ich habe letzten Samstag angerufen«, sagte er. »Morgens.«

Seine Lederjacke war dünn, darunter trug er ein gestärktes weißes Hemd, und seine Schultern und die glatten Ärmel waren vom Regen naß. Er war klein, sah aber nett aus. Sein Haar war braun und kurz – lichtete sich oben, und er hatte einen struppigen Bart, den er sich vielleicht erst kürzlich hatte wachsen lassen. Nachdenklich, als müsse er sich vergewissern, daß er noch da war, kratzte er sich am Kinn.

»Hm«, sagte ich und sah wieder in das offene Journal, obwohl ich wußte, daß sein Name nicht darin stand – Samstagmorgen war Millies Schicht. »Nun«, sagte ich und versuchte, das Thema zu wechseln. »Glücklicherweise ist das gar kein Problem. Wie viele Nächte?«

»Erst mal eine«, sagte er, und da bemerkte ich seinen Akzent. Ost-Texas. Oder Tennessee. Ziemlich stark. Ein bißchen wie Feuchtigkeit zwischen uns.

Ich zog ein Anmeldeformular aus der Schublade unter der Rechenmaschine und begann, das Datum darauf zu schreiben, dann *Smith, Gary.* Er klappte seine Brieftasche auf und gab mir seine Visa-Karte – ein kleines Scheibchen aus Plastiksilber wie ein selbstgemachtes Messer. Aber der Name darauf lautete Jensen, Gary.

Ich warf wieder einen Blick ins Journal, das immer noch offen auf der Theke lag. Und da stand in Millies Handschrift – Jensen, G.

Er zündete eine weitere Zigarette an und lehnte sich rauchend, den Ellbogen aufgestützt, an die Theke. Er beobachtete mich beim Schreiben. Mit meinen muschelrosa lackierten Fingernägeln nahm ich seine Kreditkarte von der Theke und zog sie durch die Maschine. Eine lange Reihe von Zahlen und Jensen, Gary – verschmiert und für immer auf ein Stück Papier gebannt.

Ich schrieb $ 60,00 unter Rechnungssumme. $ 2,40 unter Steuern. $ 62,40 unter Endsumme. Dann reichte ich ihm das Blatt und beobachtete, wie er unterschrieb: Gary W. Jensen. Dann sah er mich an.

»Hab meinen eigenen Namen vergessen«, sagte er lachend, »hab vergessen, daß ich die Kreditkarte nicht benutzen wollte, und ich hab vergessen, ob ich die Reservierung auf meinen richtigen Namen gemacht hab oder nicht. 'ne Menge Heimlichtuerei, was?« Er zupfte an seinem Hemdkragen und lächelte. »Ich schätze, Sie haben mich erwischt«, sagte er.

Seine Augen waren braun und klar. Vierzig, schätzte ich. Er roch nach Seife und Rauch.

»Wahrscheinlich«, sagte ich und hielt schweigend seinem Blick stand, bis er nervös zu werden begann.

Es funktioniert immer. Die Typen denken, sie sind stärker als du, stärker als irgendein Mädchen hinter einer Motelrezeption, und daß das gottgewollt ist. Aber wenn man nicht zurückzuckt und die Verhandlung um Sex geht, fangen sie an zu schwitzen und schmelzen dahin wie unter einer Wärmelampe.

»Nun«, er drehte sich um, und ich konnte zwischen Haar und Jackenkragen ein Stück seines Nackens sehen. Die Haut sah rasiert aus, ein bißchen nackt, wie geschabt. Es stand niemand hinter ihm. Er sah mich wieder mit hochgezogenen Augenbrauen an, und in diesem Moment wirkte er jünger als vierzig; er wirkte jungenhaft und schlau, charmant und unbeholfen, und sagte: »Der Grund dafür ist, daß ich nach einem Mädchen suche, von dem mir mein Kumpel erzählt hat. Abgesehen davon, daß ich ein Zimmer brauche, handelt es sich dabei vielleicht um Sie?«

Ich beugte mich vor, mein Handgelenk neben seinen Fingerspitzen. »Vielleicht«, sagte ich in singendem Tonfall.

Er räusperte sich und richtete sich ein wenig auf. Seine Stimme war belegt. »Also, ich nehme an, Sie wissen, wo mein Zimmer ist, nicht wahr?«

Ich griff unter die Theke, nahm den Schlüssel von dem Brett mit den Plastikhaken und ließ ihn über die Theke schlittern. Er landete an seinem Ellbogen.

»Zweiundvierzig«, sagte ich.

Er sah ein bißchen bekümmert aus, wie ein Mann in einem Restaurant, der nicht genau weiß, wie er das, was er bestellt hat, essen soll.

Hier ist Ihr flambierter Lammrücken, Sir, hätte ich vielleicht gesagt.

Ich sah ihn schlucken. Die Zigarette, ein kleines orangefarbenes Auge, hielt er in der einen Hand, mit der anderen strich er das dünne, braune Haar auf dem Kopf glatt.

»Wieviel?« fragte er und riß dabei die Augen weiter auf.

»Sechzig.«

»Jetzt?«

»Ich lasse Ihnen etwas Zeit, damit Sie sich in Ihrem Zimmer einrichten können, Mr. Smith«, sagte ich neckisch und fühlte mich mächtig und unschuldig wie ein Kind, das jemandem offen ins Gesicht lügt.

Er lächelte gezwungen; es war nicht leicht für ihn. Er ging. Ich sah, daß er helle Cowboystiefel trug und fast neue, ziemlich enge Bluejeans. Die Stiefel knallten laut über das Linoleum, und die Glöckchen klingelten blechern und billig, als er die Tür öffnete.

Es gibt verschiedene Arten von Männern, aber die Spielarten sind nicht so verschieden. Es gibt Männer, die sind nicht so stark, wie sie meinen, und sie glauben, ständig etwas beweisen zu müssen. Und es gibt Männer, die sind stärker, als sie glauben und versuchen trotzdem, sich ständig etwas zu beweisen. Alles läuft dann schließlich doch auf das gleiche hinaus, und am Ende sind alle Männer gleich. Aber ich fand, Gary W. Jensen sah aus wie ein Mann, der stärker war, als er glaubte, obwohl er das selbst nie herausfinden würde. Er hatte den Körper eines Jungen – auch die Stiefel, die Lederjacke und die Jeans paßten dazu. Ich stellte mir vor, wie ihn seine Mutter bis zu seinem vierzigsten Lebensjahr insgeheim *Schlingel* nannte, aber auch danach blieb er ein Junge.

Als ich ging, stellte ich das Plastikschild mit der Aufschrift

REZEPTIONISTIN KOMMT GLEICH ZURÜCK auf die Theke.

Der Regen hatte aufgehört, aber es war dunkel. Erst fünf. Die Tage wurden jetzt kürzer, und dieser hatte schon dunkel begonnen. Die Luft war feucht, und ein Frösteln überlief mich, das bei den Haaren begann und den Rücken hinunterkroch, als ich über die Regenpfützen sprang, in denen sich pfauenfarbiges altes Öl kräuselte. Sie rochen wie angelaufenes Metall, wie die Innenseite einer leeren Metalldose. Wie Jod – oder war es Indigo?

Geisterhaft stieg kalter Dampf von den Kühlerhauben der wenigen geparkten Autos auf, und ich dachte, der silberne Thunderbird gehört sicher ihm. Hübsch. Nummernschilder aus Florida. Ich berührte kurz den Kühler mit der flachen Hand. Er war noch warm, wie eine Heizdecke oder eine große Katze.

Das Metallgeländer vibrierte und fühlte sich fest und schwer, aber hohl an, als ich die Treppe hinaufstieg. Mrs. Briggs hatte im Sommer zuvor einen blonden High-School-Jungen angeheuert, der es wasserblau gestrichen hatte, doch die Farbe blätterte bereits wieder ab, und dort, wo der Lack abgesprungen war, traten ovale Rostflecken hervor wie Ellbogenflicken.

Meine Schuhe waren rot – sie paßten zu meiner Handtasche, aber heute abend, auf den grauen Steinstufen, fand ich sie zu leuchtend.

Gary Jensens Tür war offen.

Das ist üblich. Vielleicht befürchten die Typen, du wartest nicht, wenn die Tür verschlossen ist, aber sie möchten sie auch nicht sperrangelweit offenstehen lassen, vor allem am Abend nicht, wenn es außerdem noch feucht ist. Ich klopfte.

Die Woche zuvor war ich eingetreten, und der Mann war

bereits nackt gewesen. Hart. Mit der einen Hand pumpte er an seinem Ding, in der anderen hielt er ein kleines Plastikglas mit Whisky und Eis. Ein ziemlicher Aufwand. Wahrscheinlich wollte er mich schockieren oder mich beeindrucken, was ihm beides nicht gelang. Ich fragte mich bloß, warum ich drüben im Büro nicht bemerkt hatte, daß er fett und kahl war. Vielleicht hatte er einen Hut aufgehabt, ich konnte mich nicht erinnern. Ich sah ihn einfach ausdruckslos an. Er selbst hatte die Augen aufgerissen und hegte die wildesten Hoffnungen. Als ich seufzte, zog er die Auenbrauen hoch und hörte mit dem Pumpen auf. Er stellte sein Glas auf die Kommode. Als ich die Hand nach dem Geld ausstreckte, sagte er: »Was?«

»Das Geld«, sagte ich.

Die Kinnlade fiel ihm ein bißchen herunter, und mit einem Mal verlegen, bedeckte er sich mit einem Handtuch, während er die Taschen seiner schwarzen Hose durchsuchte, die er sorgfältig über einen Stuhl gehängt hatte.

»Hier.« Wie ein verärgerter Mieter schob er mir drei Zwanziger hin. Er sah mich nicht an.

Ich fragte nicht, was er wollte, sondern kniete mich hin und nahm sein Ding in den Mund. Er wimmerte, als er kam, berührte mich aber kein einziges Mal. Seine Arme hingen zu beiden Seiten herunter, seine Fäuste ballten und öffneten sich, und ich hielt die ganze Zeit das weiche Bargeld in der Linken.

Nachdem dieser Mann mir wieder eingefallen war, fragte ich mich, ob er Gary W. Jensens Kumpel war, derjenige, der ihm von mir erzählt hatte. Vermutlich nicht.

Vielleicht der Fernfahrer aus Milwaukee. Er war beim Weggehen wirklich glücklich gewesen und hatte gesagt, er würde seine Freunde schicken.

»Kommen Sie rein.« Es klang freundlich.

Gary W. war nicht ausgezogen, obwohl ich den Eindruck hatte, daß er ein anderes Hemd trug. Das Hemd war steif gestärkt und hellblau. War das andere nicht weiß gewesen? Er saß auf der Bettkante, lächelte, hatte eine Flasche Rolling-Rock-Bier in der Hand, und jetzt, nachdem er die Lederjacke ausgezogen hatte, sah ich, daß seine Schultern nicht breiter waren als meine. Er war bloß ein paar Zentimeter größer, wog vermutlich nicht viel mehr als ich, sah aber kräftig aus, drahtig – ein dünner, zäher Mann.

»Hier«, sagte er und hielt mir die grüne Flasche hin. Zwischen seinen Knien entdeckte ich eine weitere und dachte, er mußte das Ganze wohl mit einem Rendezvous verwechseln – zwei Fremde, die sich besser kennenlernen wollen, irgendwas in der Art. Aber das war nicht der Fall.

»Ich kann nicht«, sagte ich und gestikulierte nach hinten, »ich arbeite hier.«

Darüber lachte er. Seine Augen waren tatsächlich braun. »Ach«, sagte er. »Sie können hier raufkommen und wildfremden Leuten einen blasen, aber ein Bier dürfen Sie nicht trinken.«

Es klang nicht ärgerlich, wie er das sagte, einfach nur aufrichtig, er wollte auf den Widerspruch, die Absurdität hinweisen. Ich war nicht beleidigt. Auch ich lachte. Ich mochte sein Grinsen, seinen Akzent, der sarkastisch klang und bewußt ein bißchen unbedarft wirken sollte.

»Na schön«, er stand auf und stellte die Flasche auf die Frisierkommode, die hell war und ein bißchen glänzte und aus Holzabfällen und Sägemehl bestand, die man zu Brettern gepreßt hatte – ein Schwindel, wie alles in dem Motelzimmer. Die Trockenmauer war glatt und frisch gestrichen, und die Trennwand, die das Badezimmer vom übrigen Raum abteilte, war mit einer metallischen Tapete beklebt, in der sich das Licht vom Fenster widerspiegelte. Alles schien vollkommen identisch zu sein, ewig, frisch und steril, ein Zimmer wie das andere.

Er hatte die Vorhänge nicht zugezogen.

»Also, hier.« Er wühlte in den Taschen seiner Jeans und reichte mir höflich das Geld, dann stand er vor mir, sah mich an, offensichtlich erfreut, kein bißchen nervös, nur auf beiläufige, jungenhafte Art erregt.

Ich sah auf das Geld in meiner Hand. Zwei Zwanziger. Zwei Zehner. Ich zog den Fuß aus meinem Schuh und beugte mich ein wenig hinunter, als ich die Scheine hineinsteckte.

Der Schlag überraschte mich, als ich mich aufrichtete und den Blick zu ihm hob.

Wir lächelten beide immer noch.

Nur die flache Oberfläche seiner Hand hatte mein Gesicht getroffen, und ich verlor das Gleichgewicht. Er stand immer noch am selben Fleck und sah mich an.

Ich hatte nicht keuchen wollen, doch aufgrund seines Lachens, aufgrund seines Grinsens über mein entsetztes Gesicht, wußte ich, daß ich es getan hatte. Ein stechender Schmerz durchfuhr mich. Mein Gesicht mußte brennend rot geworden sein oder weiß wie die Wand. Dann schlug er mich wieder, diesmal holte er weiter aus, ging einen Schritt auf mich zu, als schlüge er einen Baseball, und dann zog er mich nach vorn auf den Boden und drehte mich auf den Rücken.

Ich schloß die Augen und hörte ein Düsenflugzeug über das Swan Motel brausen. Jemand, der schnell irgendwohin flog. Er brauchte lange, machte viel Getue, bis er meinen Rock hochgeschoben und sich zwischen meine Beine gedrängt hatte. Danach preßte er die ganze Zeit eine Hand auf meinen Hals und die andere auf mein Handgelenk. Ich öffnete die Augen, und er starrte mich an. Es tat überhaupt nicht weh, obwohl ich aus seinem Gesichtsausdruck schloß, daß er hoffte, das Gegenteil wäre der Fall.

Gary Jensen ließ sich auf mir nieder, bis seine Kinnlade auf meinem Mund lag, und ich den dunklen Bart und etwas Schweiß zwischen den Barthälften auf seiner Oberlippe spürte. Ich hätte ihn beißen können, aber statt dessen schloß ich die Augen.

Er hoffte wohl, ich würde mich wehren oder jammern. Aber das tat ich nicht: Als ich seinen Hals roch, stellte ich fest, daß ich mich getäuscht hatte, vollkommen falsch lag – seine Haut roch wie Stiefel. Und was immer er von mir erwartet hatte, ich würde das Gegenteil tun. Welchen Sinn hat es zum Beispiel, jemandem weh zu tun, dem das nichts ausmacht?

Ich machte mir nur wegen der offenen Vorhänge Sorgen. Und wegen eventuell eintreffender Gäste. Falls Millies Aufzeichnungen wenigstens ansatzweise stimmten, waren sechs weitere Gäste durch den Nebel und den nächtlichen Sprühregen auf dem Weg zum Swan Motel.

Aber das Büro war leer, als ich zurückkam.

Ich nahm die sechzig Dollar aus meinem Schuh und steckte sie in meine Tasche unter der Theke. Die Scheine waren warm und feucht. Vielleicht zählte ich sie noch einmal, bevor ich meine Tasche wieder neben meine Jacke legte.

Sie schluchzt: »Du liebst mich nicht.«

Mein Vater hebt hilflos die leeren Hände – ein Handelsvertreter, der nichts zu verkaufen hat. »Doch«, sagt er. »Bonnie, ich mag einfach nicht, wenn du mit meinem Bruder flirtest, das ist alles. Was ist denn so schlimm daran, wenn ich das sage? Ich bin nicht mal böse.«

Sie vergräbt das Gesicht in den Händen und dreht sich zur Wand.

»Bonnie, ich liebe dich.« Er schmiegt sich an ihren Rücken, schlingt die Arme um ihre Taille und küßt ihr schwarzes Haar. »Bonnie.«

Seine Hände zittern, wenn sie ärgerlich ist.

Er ist groß und dürr wie eine Vogelscheuche.

Meine Mutter dreht sich schnell um, und ich sehe, daß ihre Lippen totenbleich sind. »Zum Teufel, laß mich los«, schreit sie und geht mit den Fingernägeln auf ihn los. »Laß mich los, verdammt noch mal«, und schlägt und kratzt.

Er hebt die Arme vor sein Gesicht und duckt sich – ein Mann in einem graugestreiften Hemd wie eine Sträflingsuniform, der von einem großen Vogel gejagt wird.

Federn, Klauen, Schatten.

Wir sind in der Küche, die warm und salzig riecht wie ein Schinken, und ich bin noch klein genug, um in den Schrank unter der Spüle zu kriechen.

Das mache ich. Es ist dunkel. Unter der Spüle steht eine Kaffeekanne, halbvoll mit Wasser aus dem tropfenden Rohr-die ich beim Hineinkriechen umstoße. Ein Abflußrohr, dick wie eine metallene Schlange, preßt sich gegen meine Wange, während mein Karorock und die grüne Strumpfhose – ist das meine Kindergartenuniform? – von rostigem Wasser durchnäßt werden. Der Geruch von altem Wasser, wie dünnes Blut.

Später, wenn ich von dem Handgemenge und Durcheinander nichts mehr höre, krieche ich wieder in die Stille hinaus, kühl und feucht wie etwas gerade Geschlüpftes, und wir alle setzen uns zum Abendessen hin. Der Schinken steht auf dem Küchentisch, bonbonfarben und klebrig von den Ananasscheiben und Maraschinokirschen.

Während des ganzen Abendessens sind die Wangen meiner Mutter gerötet. Ansonsten ist sie unter dem schwarzen Haar aschfahl. Die Augen meines Vaters sind armeegrün, seine Ohren an den Rändern brennend rot wie Fleisch. Er trägt einen Bürstenschnitt, das Haar ist so kurz, daß es fast farblos wirkt. Meine Mutter drückt seine Hand und sagt: »Tut mir leid«, als er nach dem Butterteller greift, während ihre andere Hand friedlich auf dem kalten Silberbesteck ruht, und mein Vater lächelt die Butter an – ein bißchen scheu, mit kleinen falschen Zähnen.

Ich ging in die Toilette und schloß die Tür hinter mir. Die Fliesen waren rosafarben, aber stumpf, als würde von hinten etwas Graues hereinsickern, sich von draußen hereindrängen, und der Geruch war süß wie Äther, wie ein Korb voller rosafarbener Seifenstücke, chemisch frisch und sauber. Neben dem Waschbecken hing ein Spiegel, der bis zum Fußboden reichte. Ich betrachtete mich darin:

Nichts hatte sich verändert. Mein Rock war zerknittert, aber nicht zerrissen. Mein Haar war zerwühlt, lang und kupferfarben, und ich kämmte es mit einem kleinen, schwarzen

Kamm, den eine frühere Büroangestellte zurückgelassen hatte. Es gab ein zerrendes Geräusch, als ich mit dem Kamm durchs Haar fuhr, aber es rissen nur ein paar Büschel aus, die ich in den Abfallkorb streifte. Auf meinem Hals, hoch oben, unterm Ohr, war ein kleiner roter Fleck, als hätte ich Geige gespielt. Sonst war nichts zu sehen.

Draußen war es inzwischen dunkler geworden und es regnete stärker. Ich zündete mir eine Zigarette an, ging zum Fenster und blieb stehen; die ersten Züge machten mich ein wenig schwindlig.

Das Licht im Büro war zu hell, um draußen etwas zu sehen, daher sah ich nur mein Spiegelbild im Fenster. Ich beobachtete mich, wie ich den Rauch auf das Glas blies und stellte mir einen Moment lang vor, ich sei jemand anderer, jemand, dem ich nie begegnet war, als ein Pick-up die halbkreisförmige Einfahrt hereinfuhr und die Scheinwerfer mein Spiegelbild in zwei Hälften teilten.

Eine Frau stieg aus. Sie ließ den Motor laufen, der hell und erregt klang, und die Fahrertür offen; der blaßgelbe Wagenhimmel erleuchtete den Wagen von innen. Ich konnte sehen, daß unter dem Rückspiegel eine rote Perlenkette sacht hin und her schaukelte wie blutige Babyzähne.

Sie öffnete die Bürotür, und die Glöckchen kündigten sie an wie einen Treffer bei einer Quizsendung.

Ihr Haar war schmutzigblond und reichte bis zu den Schultern. Sie trug ein orangefarbenes Oberteil, darüber eine offene Jeansjacke. Keinen BH. Unter dem orangefarbenen Stoff malten sich ihre vor Kälte steifen Brustwarzen ab. Der Stoff war dünn und aalglatt. Die Frau hatte enge Jeans an und sah müde und mitgenommen aus, auf etwas künstliche Weise hübsch. »Sie arbeiten hier?« fragte sie.

Ich nickte, warf die Zigarette in den zylinderförmigen

Aluminiumaschenbecher am Fenster und ging zur Theke, zum Gästejournal, um darin den Namen zu finden, oder auch nicht.

»Wo ist Gary Jensen?«

Ich blieb wie angewurzelt stehen.

Gewöhnlich gaben wir keine Zimmernummern heraus. Aus Vorsicht. Statt dessen riefen wir an, wenn Besucher kamen, und ließen die Gäste selbst mit der Person reden, die sie im Swan Motel aufsuchte. Mrs. Briggs glaubte, diese Maßnahme würde jedes Jahr ein paar Menschenleben retten oder zumindest ein paar Trennungen verhindern. Sie verhinderte, daß Frauen von ihren Männern entführt wurden. Sie verhinderte, daß Männer in Gesellschaft ihrer Geliebten von ihren Frauen erwischt wurden.

»Zweiundvierzig«, sagte ich, und ließ in diesem Fall keine Vorsicht walten.

Das Telefon klingelte, als die Frau hinausging, und ich wußte nicht, ob sie ihr Auto auf den Parkplatz fuhr und die Betontreppe zu Nummer 42 hinaufstieg oder nicht, denn sie war zu schnell wieder zurückgefahren. Ich hörte jemanden lang und durchdringend hupen. Fast ein Zusammenstoß, dachte ich. Es war glitschig draußen.

»Leila.« Es war Rick.

»Hallo, Rick«, sagte ich.

»Ich wollte bloß wissen, ob ich dir etwas zum Abendessen bringen soll.«

»Nein. Wie ausgemacht.«

»Alles in Ordnung bei dir?«

»Ja. Prima. Alles in Ordnung zu Hause?«

»Ja.«

»Ich bin müde«, unterbrach ich das Schweigen.

»Ich bin auch müde.« Wieder Schweigen. »Ich hab vor

einer Weile versucht anzurufen, aber niemand hat abgenommen.«

»Ich war auf der Toilette«, sagte ich, »ich hab's läuten hören, aber als ich hinkam, war's schon zu spät.«

»Na schön. Ich seh dich heute abend.«

»Bis heute abend. Wiedersehen.«

Von Anfang an hatte mich Rick gefüttert. In der High-School-Cafeteria saß er neben mir, öffnete eine Tüte Schokomilch, steckte einen Strohhalm hinein und reichte sie mir. Er sah mir zu, wie ich trank und hatte die ganze Zeit den Arm um mich gelegt. Danach fragte er mich, wie sie schmeckte, und sie schmeckte immer gut. Hinter uns war das Geräusch von spritzendem Fett zu hören. Das sanfte Zischen einer heruntergefallenen metallenen Gabel, die über den Linoleumboden schlitterte.

Aber damals aß auch Rick. Zu allem nahm er eine Extraportion Käse. Jeden Nachmittag, bevor wir die Cafeteria verließen, um zum Unterricht zu gehen, zog sich Rick ein paar Süßigkeiten aus dem Automaten.

»Ich liebe dich«, sagte er bei unserer ersten Verabredung.

Es war beim Weihnachtsfest in der Turnhalle. Draußen, unter einem verschwommenen Mond, hatte sich der Schnee zinnblau verfärbt. Die Luft war leer und beißend. Ich konnte kaum atmen, als wir aus dem warmen Ford seines Vaters in die schwüle Hitze des Ballsaals rannten.

Meine hochhackigen Schuhe waren mit Lederriemchen um meine Fesseln befestigt, und mein Kleid war burgunderrot wie altes Blut, aber Rick fühlte sich füllig und weich an. Meine Hände lagen beim Tanzen auf seinen Schultern. Seine Hände glitten warm über meinen Rücken. Ich drückte mich an den dunklen Wollstoff seines Anzugs und sah ihn an. »Ich liebe dich.« Sein Gesicht sah unerbittlich aus wie das eines Vaters, als er das sagte. Silberglitter, mit dem die Lampen dekoriert waren, war auf sein Haar gefallen.

Ich wußte nicht, was ich sagen sollte, also sagte ich: »Ich liebe dich auch.«

Rick spielte Gitarre und reparierte Autos. Seinem Vater gehörten Spiel- und Verkaufsautomaten, und Rick fuhr einmal die Woche zu siebenundvierzig verschiedenen Bars im ganzen Land und leerte die Münzen aus den Automaten in eine große, schwarze, mit Samt ausgeschlagene Aktentasche. Sein Vater gab ihm zehn Prozent, als Rick zur High-School ging; nach seinem Abschluß, nachdem wir verheiratet waren, gab er ihm mehr. Mr. Smith hoffte, er könne sich zurückziehen und Rick das Geschäft übergeben.

Als sein Vater mit Rick über dessen Zukunft sprach, nickte Rick abwesend, mit dem gleichen fröhlichen Gesichtausdruck, den er immer beim Essen hatte; er machte stets den Eindruck, als wüßte er nicht, was er aß, als bemerke er nur, was andere Leute aßen.

Ricks Eltern vergötterten ihn. Wie ich, war er das einzige Kind, aber seine Eltern hatten ihn gewollt, hatten sich eine große, lärmige Familie gewünscht – deren alte, nach geölten Revolvern riechende Fahrräder in der Garage vor sich hinrosteten. Da sie aber keine große Familie geworden waren, waren sie um so glücklicher mit ihrer kleinen. Selbst als Rick schon einsfünfundachtzig maß und zweihundertzwanzig Pfund wog, versuchte sein Vater ihn noch in den Arm zu nehmen und nannte ihn Sonny oder Goldjunge. Er selbst war ein kleiner, kahler Mann, auf dessen Brust ein grüner Adler mit ekstatisch zurückgebogenem Kopf tätowiert war. Selbst wenn Mr. Smith eine Krawatte trug, sah man einen grünen Schnabel aus seinem Hemd herausspitzen.

Während das Lächeln von Ricks Vater nur aus gelben Schneide- und vergoldeten Backenzähnen bestand, war das Lächeln von Ricks Mutter betörend. Sie war eine Schönheitskönigin gewesen – hatte jedenfalls 1960 bei einem Landeswettbewerb im Halbfinale gestanden – und trug immer noch eine Art Bienenkorbfrisur, die inzwischen allerdings etwas lockerer geworden war. Aber das Haar glänzte und war schwarz. Und diese Perlenzähne. Am Telefon meldete sie sich fröhlich mit: »Hier spricht Peggy Marie.«

Ihr Haus gefiel mir. Gemusterte Tapeten und geblümte Sofakissen. Es roch nach Hackbraten und Talkumpuder und erinnerte mich nicht an zu Hause.

»Wie hältst du es hier aus?« fragte mich Rick, als er zum erstenmal das Haus betrat, in dem ich mit meinem Vater wohnte.

Ich zuckte bloß die Achseln, doch als er das sagte, schmeckte ich den alten Teppichboden in meiner Kehle. Wir mußten flüstern, weil mein Vater im Nebenraum schlief.

»Es ist ein Platz zum Wohnen«, sagte ich. Ich versuchte, ihn sauber zu halten, aber Putzen war noch nie meine Stärke gewesen.

»Es ist kalt«, war Ricks abschließende Bemerkung.

Ein Mann hielt mit dem Fuß die Glastür auf und zog einen braunen Koffer herein. Er schob ihn bis zur Theke, und dabei lächelte er die ganze Zeit.

»Hallo«, sagte ich.

»Wow«, sagte er, »Sie sind aber ein hübsches kleines Ding.«

»Sie haben aber einen ziemlich schweren Koffer, wie's aussieht«, sagte ich. Die kahle Stelle auf seinem Kopf war naß und weiß wie ein Teller mit Milch inmitten der jettschwarzen

Haarbüschel. Auf seiner Oberlippe stand Schweiß, den er mit dem Ärmel seiner billigen Tweedjacke abwischte.

»Mein Gott«, sagte er und starrte mich an. »Wow, was für ein Anblick.«

Ich hätte ihn gleich fragen können, ob er vorbestellt hatte, hätte die Unterhaltung gleich aufs Geschäftliche bringen können, aber ich stand stocksteif da, damit er mich betrachten konnte. Dann lächelte ich leicht mit geschlossenen Lippen und ließ ihm eine Minute Zeit, sich bewußt zu machen, daß ich verfügbar war, falls es ihn interessierte, und das schien zuzutreffen. Ich leckte über meine Lippen und reckte im Zeitlupentempo den Hals, als wäre er steif. Schließlich fragte ich: »Haben Sie reserviert?«

Er schien verblüfft zu sein und schüttelte den Kopf.

»Kein Problem«, sagte ich.

Er sah unverwandt auf meine Brüste. Ich holte tief Atem und beobachtete, wie er auf meine Brüste starrte, die sich ein wenig stärker gegen meine Bluse preßten – eine Bluse aus weißer Baumwolle mit einem Silberknopf am Hals. Dann nahm ich das Anmeldeformular aus der Schublade. All das, was nicht ausgesprochen wurde, legte sich wie Rasierschaum über das Schweigen.

»Wie lange?«

»Nur heute.«

Ich zeigte ihm die Rechnung mit der Endsumme. »Wie bezahlen Sie?«

»Bar«, sagte er. Als er mir wieder ins Gesicht sah, hielt ich seinem Blick so lange stand, bis er sich vorbeugte und atemlos sagte: »Ach, Baby, oh.«

»Vielleicht brauchen Sie eine Rückenmassage, nachdem Sie dieses riesige Ding rübergeschleppt haben. Ja?«

»Ja. O ja!«

»Nun«, ich legte zwei Finger leicht auf seine Hand, in der er den roten Stift hielt. »Es würde nicht mehr kosten als das Zimmer. Ist das in Ordnung?«

»O verdammt, ja, Süße. Ja, ja.« Schnell unterschrieb er das Anmeldeformular und reichte mir zwei Fünfziger. »Behalten Sie den Rest«, sagte er. »Das übrige gebe ich Ihnen nachher, wenn's recht ist«, er deutete auf seinen Koffer. »Es ist da drin.«

Ich reichte ihm einen Schlüssel – 22 – direkt unter Gary Jensens Zimmer, das hatte ich bereits beschlossen – und sagte: »Ich komme in zehn Minuten rüber.«

Er starrte mich noch eine Weile an, bevor er seinen Koffer wie eine Ladung Backsteine zur Tür schleppte. Ich legte den Kopf zur Seite und winkte ihm mit den Fingern zum Abschied kurz zu. Nachdem er gegangen war, wechselte ich das Geld in der Kasse und steckte es – siebenunddreißig Dollar und sechzig Cents – in meine rote Tasche. Ich schloß die Kasse ab und versteckte den Schlüssel, stellte dann das Plastikschild auf die Theke und nahm diesmal den Hörer von der Gabel, bevor ich ging.

Meine Mutter steht links neben dem Chor, ihr weißes Kleid glänzt unter der heißen Deckenbeleuchtung. Staub sammelt sich in langen rosigen Boas aus Morgensonne hinter dem fleckigen Glas der stillen Kirche, und dann erhebt sich ihre Stimme durch die leere Luft über die Bänke und Gesangbücher, über die atemlosen Briefträger in ihren Sonntagsanzügen, über die jungen Mütter mit den Kindern, die rotgesichtig in ihren Schößen strampeln.

Mein Vater hält die Hände auf die Knie gepreßt, während sich ihre Stimme über uns erhebt, ein unsichtbarer Vogel, ein einziger perfekter, erschütternder Ton. Hoch und kalt, eine Nadel, die ein Stück Faden zur Decke trägt, wie ein Stich.

Ave – halb Atemstoß, halb reiner, stählerner Schrei – Maria.

Helium, das einfachste und leichteste aller Elemente:

Die Frauen in der Kirche greifen sich in diesem Moment an die Kehle, aus Angst, der Ton sei ihnen entschlüpft. Die Männer sehen beschämt zur Seite. Die Kinder aber schauen zur Decke hinauf und glauben, diesen letzten Ton sehen zu können, der die dünne blaue Haut des Himmels durchsticht.

Dann ist Sonntagabend, und meine Mutter sitzt auf meiner Bettkante und beschreibt mir spanisches Moos, bevor ich einschlafe – wie es in Louisiana in nassen Strängen über die Äste der Bäume hängt wie verfilzter Pelz.

Man riecht es in der Luft, wie alte Decken, überall, sogar im Haus.

»Ich habe es gehaßt«, sagt sie – sie haßte das ganze verdammte Land, in dem sie geboren worden war.

Sie trägt ein glänzend glattes Nachthemd, metallisch babyblau schillernd, das traumhaft und verschwommen in einem schmalen weißen Lichtstrahl aufleuchtet, der aus dem Gang in mein Schlafzimmer dringt, und sie trinkt etwas Dickes und Minzeartiges aus einer Kaffeetasse.

Das spanische Moos stelle ich mir wie Leichenhaar vor oder wie das dunkle zerfressene Haar meiner alten Puppen – Bäume, die unter Mänteln aus Moos gefangen sind. Fledermäuse und andere Tiere leben darunter, dort in dem Land, in dem sie einst lebte.

Und ich stelle mir vor, wie sie dort hineingeboren wurde – ein Baby, das in einer Wiege aus verfilztem Haar schläft, und ein Mond, der zwischen Ästen hängt wie das Gesicht einer Mutter und ihre Wiege mit silbrigem Licht erfüllt.

»Bonnie«, ruft mein Vater, »kommst du ins Bett?«

Sie küßt mich auf die Stirn und geht.

Durch die dünne Wand zwischen meinem Zimmer und dem ihren kann ich hören, wie sich die beiden abmühen, bevor ich einschlafe.

»Jesus«, sagt mein Vater, und sie schluchzt.

»Gottverdammt«, murmelt meine Mutter.

Dann mein Vater: »Bonnie, nein.«

Etwas zerbricht. Er sagt: »Wir räumen es morgen weg. Bonnie. Bitte. Komm her. Komm jetzt wieder her.«

Ich schlafe ein, nachdem sie still sind, und jeden Morgen, wenn die Sonne flüssig und rasch aufgeht, weckt mich ein Gejaule aus dem Hinterhof des Nachbarn.

Vielleicht stellen Sie sich Suspicious River als kleines, freundliches Städtchen vor, wenn Sie nie dort gewesen sind. Eine breite Allee. Sieben Kirchen. Zehn Motels. Vierzehn Bars. Ein neunhundert Quadratmeter großer Geschenkartikelladen, auf dessen Zementsteinfassade ein Wandgemälde zu sehen ist: Pocahontas tritt aus einem Indianerzelt, das sich über einen ganzen Straßenblock entlang der Main Street erstreckt. Der Himmel auf diesem Wandbild ist türkis. Zwei Rehe mit weißen Hinterteilen blinzeln sich zu. Ein alter Indianer mit roten Federn in seinem Kopfschmuck starrt auf seine leeren Hände, während Pocahontas, dunkelhäutig, mit langen schwarzen Zöpfen, einen weißen Mann mit nacktem Oberkörper anlächelt. Ihre Brüste sind riesig und kaum von dem Hirschfell bedeckt, mit dem sie bekleidet ist. Nabelfrei. Ihre Schenkel sind fleischig und enden oben in einer dunklen Stelle, die nur von ein paar Zentimetern ihres geschlitzten Rocks verborgen ist. Den Touristen gefiel es, winkend fotografierten sie sich gegenseitig unter der indianischen Prinzessin.

Ihre Augen waren blau.

Im Ort erzählte man sich die Geschichte, die schwedische Geliebte des Künstlers habe für das Gemälde Modell gestanden. Sie habe sechs Wochen lang jeden Tag halbnackt auf der Main Street posiert, selbst als es schon kalt geworden war.

Aber das Wandgemälde war vierzig Jahre alt, und niemand erinnerte sich genau an seine Entstehung. Dennoch war es ein Wahrzeichen der Stadt, perfekt erhalten, überlebensgroß, glanzvoll und mitten unter uns – obwohl die Indianer selbst, die die Stadt gegründet und ihr den Namen gegeben hatten, nicht mehr hier wohnten. Nur noch ihre Grabhügel erhoben sich wie drei sanfte, grüne, Wasser ein- und ausatmende Bäuche über dem Fluß.

Jahre zuvor hatte ein Investor diese indianischen Hügel einebnen wollen, um Eigentumswohnungen darauf zu errichten. Aber offensichtlich hatte er nicht damit gerechnet, daß der Grund unter dem langen weichen Gras steinhart war. Der Boden war mit Pech und Lehm und teils mit Wasser durchsetzt, und aus der dunklen Suppe ragten menschliche Knochen oder schwammen darin – ein Rückgrat, ein Schädel, eine Tonscherbe, auf der die Gestalt eines Hirsches zu erkennen war.

Daraufhin kamen die Indianer aus dem Norden nach Suspicious River – sie wirkten exotisch und ärmlich in unserer Stadt. Sie bildeten eine Menschenkette vor den Bulldozern und trugen ein weißes Transparent, auf dem in großen schwarzen Lettern RUHET IN FRIEDEN stand.

Tagelang fuhren jeden Tag vollbesetzte Autos vorbei. Die Leute reckten die Hälse, um einen Blick auf die Indianer und die zerstörten Grabhügel zu erhaschen, die wie aufgeschlitzte Leichen dalagen. Die Zeitungsreporter waren verblüfft, welche Liebe die Indianer den alten Knochen von Leuten entgegenbrachten, die sie nicht gekannt hatten und die schon tot waren, bevor ihre Großeltern geboren wurden – ganz zu schweigen von dem anderen Müll dort unten. Die Indianer erhoben keinen Anspruch auf die Knochen. Sie wollten sie nicht an ein Museum oder einen Souvenirladen in Detroit verkaufen. Sie wollten nur, daß alles wieder unter Lehm und Gras begraben würde.

Öffentliches Aufsehen, vermuteten die Zeitungen.

Mitleid, Aufsehen und gute, harte Dollars.

Vergleiche wurden angestellt, um uns davon zu überzeugen, daß die Indianer es ehrlich meinten. *Wie würden Sie sich fühlen, wenn man den Friedhof umpflügen würde, um eine Eigentumswohnanlage darauf zu errichten?* Aber niemand in Suspicious River glaubte, daß es deswegen zu Demonstrationen käme. Kurzfristige Aufregung vielleicht, aber letztendlich waren es doch nur Knochen, und bis August wäre alles vergessen.

Doch der Oberste Gerichtshof ordnete an, daß die Hügel wieder aufgeschüttet werden mußten, und dann war auch das vorbei. Gelegentlich wurde im Wald eine Pfeilspitze gefunden, was niemanden überraschte. In den dichten Wäldern mochte alles mögliche seit ein paar hundert Jahren liegen. Dieser Wald, der die Stadt umgab, schien den Erbauern von Wohnanlagen Tag und Nacht zuzuflüstern: *Auf diesem festen Boden ist bestimmt genügend Platz für Wohnungen und indianische Grabhügel.* Aber die Indianer konnten das durch den Lärm der Bulldozer und Müllwagen nicht hören.

Wie gesagt, man hätte meinen können, es sei ein kleines, freundliches Städtchen. Genauso wie die Schwäne hätte man glauben können, es sei ein gutes Plätzchen, um am Flußufer, hinter einem Schilfwall ein feuchtes Nest zu bauen. Jeden März beobachtete ich die Schwäne durchs Bürofenster. Sie bauten immer zu zweit. Einer der großen weißen Vögel brachte einen Schnabel voll ausgerupftes Flußgras, der andere stopfte es mechanisch in den Schlamm.

Zweiundzwanzig. Ich klopfte. Die Tür stand wie üblich ein paar Zentimeter offen. Die Vorhänge waren zugezogen.

Er sagte: »Herein.«

Der Raum war kalt. Sein brauner Koffer lag geöffnet am Boden. Schwarze Socken und graue Unterwäsche lagen obenauf. Ich sagte: »Sie könnten die Heizung anstellen.«

»Ach«, sagte er achselzuckend, »ich hab nicht rausbekommen, wie das geht.«

»Hier«, sagte ich und ging zu dem Radiator unter dem Fenster und drehte den Schalter auf AN, dann drehte ich den Knopf in Richtung des roten Pfeils, der auf WARM zeigte.

Er sah mir dabei über die Schulter. »Wow«, sagte er, »großartig. Ist das alles? Hm.«

Dann reichte er mir einen Zwanziger und einen Zehner, die er bereits in der Hand hielt. Ich beugte mich hinunter, um sie in meinen Schuh zu stecken, und dabei nahm ich seinen Geruch wahr. Old Spice und Listerine. Er stand nahe bei mir und hatte nur sein Unterhemd und die blaue Polyesterhose an. Schwarzes Brusthaar quoll aus dem Ausschnitt seines T-Shirts. Sein Bauch unter dem Gürtel war weich, und er atmete schwer.

Über uns hörte ich Country-Musik dröhnen. Jemand sang O – O – O, immer und immer wieder. Dazu Klimpern und Krachen. Gary Jensen stampfte in seinen Cowboystiefeln über unseren Köpfen, während ich mich am Gürtel und der Hose dieses Mannes zu schaffen machte.

Er zitterte, schrie: »Oh, mein Gott. Oh, Gott.«

Als es vorbei war, wollte er mehr. Ich erklärte ihm, daß ich gehen müsse, aber er hielt mich am Ärmel fest. »Bitte«, sagte er, »laß mich deine Titten sehen.«

»Nein«, sagte ich. Als ich ins Büro zurückkam, lehnte Gary W. Jensen, einen Ellenbogen aufgestützt, mit dem Rücken an der Theke und rauchte eine Zigarette. Er hatte die Lederjacke nicht an und sah mager aus. Sein braunes Haar war jetzt gekämmt. Der dünne Bart wirkte dunkler. Es sah aus wie jemand, den man vage aus einer Fernsehserie kannte – vielleicht der stellvertretende Sheriff aus *Gunsmoke*, aber sexy und schlau.

Ich sah ihn nicht an, sondern ging einfach um die Theke herum, nahm das Geld aus meinem Schuh und steckte es in meine Tasche. Dabei überprüfte ich, ob das andere Geld noch da war. Dann richtete ich mich auf und sagte: »Kann ich etwas für Sie tun, Mr. Jensen?«

»Du bist wirklich ein fleißiges kleines Bienchen, nicht wahr?«

»Ja.« Ich sah ihn direkt an. »Womit kann ich Ihnen jetzt dienen?« Ohne jeglichen Unterton – weder anzüglich noch furchtsam oder ängstlich, nichts dergleichen.

»Nun«, er räusperte sich, was zu einem langen Hustenanfall führte, und dann sagte er: »Um ehrlich zu sein, ich wollte mich entschuldigen. Ich weiß, ich bin wirklich ein Schweinehund. Ich hätte dich nicht schlagen dürfen.«

»Es hat überhaupt nicht weh getan«, sagte ich. Das stimmte.

Er sah überrascht aus. »Das freut mich, wenigstens das nicht, aber ich komme mir deswegen verdammt mies vor.« Der Texas-Akzent ließ seine Worte aufrichtig klingen, und seine Augenbrauen waren zusammengezogen. Seine Augen waren dunkel und traurig. Er zog an seiner Zigarette und sah mich eindringlich an, wenn auch nicht lange. Meine Finger waren kalt.

»Vergessen Sie's«, sagte ich und meinte es auch so. Ich hatte das Geld, er hatte mich geschlagen – na und? Es war nur mein Körper, und es war vorbei.

»Danke«, sagte er. »Du bist wirklich reizend, weißt du? Du solltest nicht tun, was du tust. Ich weiß, es geht mich nichts an, aber du bist wirklich hübsch und nett, und es ist einfach nicht richtig. Es kann auch gefährlich sein. Ein Haufen Verrückte wie ich laufen frei rum.«

Ich spürte, wie sich meine Kehle zusammenzog.

Da stand er, wieder ein anderer, und welche Rolle sollte ich nun spielen?

Ich schluckte und sagte, ruhiger als ich beabsichtigt hatte: »Warum haben Sie mich denn geschlagen?«

Er beugte sich über die Theke und flüsterte, als wäre es

etwas wirklich Erstaunliches: »Süße, ich hab keine Ahnung.« Er schüttelte den Kopf, betrachtete seine Hände, die nebeneinander auf der Theke lagen, dann blickte er mich mit feuchten Augen an. »Das ist die Wahrheit«, sagte er. »Ich habe nicht die leiseste Ahnung. Es ist irgendwas Krankes in mir, vermutlich.«

»Da haben Sie wahrscheinlich recht«, sagte ich, und meine Augen wurden blöderweise auch feucht. Ich merkte, daß ich ein wenig zurücktrat, von meinem Körper weg oder aus ihm heraus, und ich konnte mich selbst wie in einem Spiegel sehen. Verlegen, sentimental, verschwommen.

Gary Jensen fingerte aus seiner Hemdtasche eine weitere Zigarette und reichte sie mir. Die Flamme fühlte sich vor meinem Gesicht warm an, als er mir Feuer gab.

Im Büro war es zu eng und zu stickig, ein matter Ventilator blies Staub in die Luft. Ich sah die vertrockneten Mäusemumien vor mir, die im Rohr der Elektroheizung steckengeblieben und zerbröselt waren und nun als winzige Teilchen durch die Luft geblasen wurden. Und wir atmeten sie ein. Der Zigarettenrauch füllte meinen Mund mit Ruß.

»Dann hast du die Frau gesehen, die nach mir gesucht hat?« fragte er.

»Ich denke schon.«

»Sie hat auch ein gutes Herz, und ich hab's ihr gebrochen. Sie ist die Mutter meines Kindes, und ich hab sie schlimmer behandelt als den letzten Dreck.« Er schüttelte den Kopf, schien über sich selbst verwundert. »Wer weiß, warum ein Typ wie ich so etwas macht. Wer weiß?«

Ich zuckte die Achseln und sagte: »Ich weiß es nicht«, und blies den Rauch über seine Schulter.

Er grinste. »Nein, Süße, vermutlich nicht. Aber ich wollte dir sagen, daß mir nichts im Leben mehr leid tut, als daß ich dich geschlagen habe. Es gibt einfach keine Entschuldigung dafür, ein süßes kleines Ding wie dich zu schlagen. Außerdem bin ich ja ein vollkommen Fremder für dich. Das mußte ich dir einfach sagen. Vor allem, nachdem du wirklich nett zu mir gewesen bist, und wir etwas … Intimes gemacht haben. Weißt du? Mein Verhalten war einfach vollkommen falsch. Ich bin wirklich ein übler Bursche. Meine Mama würde sich im Grab umdrehen, wenn sie wüßte, was für ein Mensch ich geworden bin.«

»Also gut«, sagte ich und drückte die Zigarette in dem Aschenbecher neben seinem Ellbogen aus, »ich muß jetzt wieder an die Arbeit.« Ich war verärgert, war mir aber wieder vertraut, ich war wieder ich selbst.

Daraufhin richtete er sich auf, als hätte ich ihn bei einer Lüge ertappt. »Ich verstehe. Ich verstehe.« Er räusperte sich. »Hör zu, ich hoffe, das macht nicht alles noch schlimmer. Aber im Moment ist Geld kein Problem für mich, für dich aber wahrscheinlich schon. Hier.«

Er reichte mir ein Bündel abgegriffener Scheine. »Ich möchte, daß du das als Geschenk von mir annimmst.«

Ich nahm es und steckte es in meine Rocktasche.

»Danke«, sagte ich und sah auf die Wand hinter Gary W. Jensens Kopf, als er sich anschickte zu gehen. Seine Stiefel quietschten über das Linoleum, und bevor er aus dem Büro in den feuchten Vorhang der Dämmerung hinaustrat, drehte er sich beim Klingeln der billigen Weihnachtsglöckchen um: »Wiedersehen.«

Ich versuchte zu lächeln.

Ich wußte nicht, warum.

Die Uhr zeigte zwanzig nach acht, und der Fluß draußen hörte sich lebhaft und schnell an wie jemand, der mit einem Eimer voll kaltem, schwarzem Wasser davonrennt.

Mein Onkel Andy zupft meine Mutter am Arm, zieht sie sanft aber schnell von der Couch hoch, und bevor er sie an sich drückt, wirbelt sie anmutig herum und lacht. Er schlingt den Arm um sie und schiebt eine Hand unter ihre Brust, mit der anderen ergreift er die ihre, und sie krault leicht seinen Nacken, während sie barfuß, ohne Musik im Wohnzimmer tanzen. Ihre Fingernägel sind lang und glänzen matt perlmuttfarben, und während sie zart über sein Fleisch streichen, hört man ein trockenes Schaben – wie ein Stift, der schnell über ein Stück Papier kritzelt.

Sie trägt ein rotes Kleid, schwarze Strümpfe und eine Kette aus falschen Perlen um den Hals, klein wie Muschelzähnchen. Das hübsche Hemd meines Onkels Andy ist steif gestärkt und bis zur Brust aufgeknöpft. Er sieht gut aus und ist jung. Er hat immer neue Kleider, die immer geplättet sind, Hosen mit Bügelfalten, schmale Gürtel und Krawatten. Er ist groß und schlank, aber kräftig. Sein Haar ist aus der Stirn gekämmt, fällt aber trotzdem ständig über die Augen. Mit einer schnellen Bewegung streicht er sie zurück.

In der Ecke des Wohnzimmers blinkt der Weihnachtsbaum wie die Warnlampen eines Pannenfahrzeugs, der Schnee draußen wird tiefer und tiefer und tauber. Mein Vater ist irgendwo auf der Landstraße unterwegs und versucht aus einem anderen Staat nach Hause zu fahren, wo er jemandem etwas verkauft hat, der es sofort haben mußte, dem egal ist, daß Weihnachtsabend ist. Er ruft alle paar Stunden an und sagt, er sei schon fast zu Hause, aber daß es bei diesem Wetter trotzdem noch lange dauern werde. Ich versuche aus dem Fenster zu sehen, aber alles, was ich sehe, ist das Spiegelbild der beiden:

Meine Mutter packt das Ohrläppchen meines Onkels mit den Zähnen. Er öffnet den Mund, und es kommt nur Luft heraus – er zieht sie näher an sich, läßt die Hand über ihren Rücken gleiten, um ihre Hüften an sich zu pressen. Ich drücke mein Gesicht gegen die schwarze Scheibe, und mein Atem hinterläßt den Schatten von Geisterlippen, die dann verschwinden.

Draußen, entlang unserer Straße, haben sich milchblaue Schneewehen zu sanft geschwungenen Hügeln aufgehäuft. Darunter sind alle Gehsteige und Eingangsstufen, all die gefrorenen Gärten und vereisten Vogelbäder verborgen. Die schmucklosen Häuser, die wie Tortendekorationen aus Plastik in Schneegebirgen aus Zucker stecken, sind mit unserem vollkommen identisch:

Zwei Schlafzimmer. Kein Eßzimmer. Ein Platz in der Küche, wo man sich setzen und zu Abend essen oder die Rechnungsschecks ausfüllen kann. Ein Wohnzimmer.

Hier und dort war eine Garage angebaut worden. Anstatt weiß, hatte jemand seine Fensterläden rot gestrichen. Aber ansonsten sind alle Häuser gleich. In jedem brennt ein trockener grüner Christbaum, der das Haus im Dezember in eine festliche Feuerfalle verwandelt. Ein langsamer Tanz hinter dunklen Vorhängen. Ich höre sie hinter mir atmen, es klingt wie Musik – nur Rhythmus, nur ein Trommelbesen.

Die Spitze um die Manschetten meines Pyjamas sticht. Eine hübsche Verzierung. Mäusezähnchen, kratzend, nagend.

Ich bin zu klein, um so lange aufzubleiben, sogar am Weihnachtsabend.

Als ich in dieser Nacht nach Hause kam, sah Rick in blauen Boxershorts und einem einfachen T-Shirt im Wohnzimmer fern. Ein hübscher blonder Polizist sackte auf einem Betonboden zusammen. Kugeln schwirrten über ihn hinweg. Ein Postbote legte die Hand auf den Mund einer schreienden Hausfrau, die hysterisch reagierte, weil Blut von irgend jemand auf ihr gelbes Kleid gespritzt war. Auf unserem Bildschirm sah das Blut wie das Neonschild vor dem Swan Motel aus – grell, unecht und fröhlich.

Rick schaltete den Fernseher aus.

»Hallo«, sagte er, ohne zu lächeln.

Er beugte sich über die Couch, und wir küßten uns mit einem Geräusch, als würde ein dünnes Buch zuklappen. Unser Apartment roch oft, als würden in einer anderen Wohnung Zwiebeln gebraten. Aber sie war warm. Ordentlich. Ein paar Plakate an der Wand – ein Mann, der Gitarre spielt, eine Vase mit blauen Blumen. Eine Reihe Bücher auf einem weißen Regal.

Ich ging ins Schlafzimmer und hängte meine Jeansjacke in den Wandschrank, dann ging ich ins Bad und putzte mir die Zähne. Während ich über das Waschbecken gebeugt war, den Mund voller Zahnpasta hatte und ausspuckte, trat Rick hinter mich und legte die Hand auf meine Hüfte. Im Spiegel konnte ich ihn hinter mir stehen sehen, die Schultern spitz wie Drahtbügel unter dem T-Shirt. Auch sein Gesicht hatte sich verändert; die Knochen traten viel deutlicher hervor als noch vor ein paar Monaten.

»Wie war die Arbeit?« fragte er.

»Nicht schlimm«, sagte ich.

»Viele Gäste?«

»Nein. Kaum welche. Sehr ruhig.«

»Möchtest du jetzt was zum Abendessen?« Seine Haut

wirkte vor den hellen Badezimmerwänden grau, aber sein Haar und seine Augen waren dunkel, und ich erkannte seine Mutter zu ihrer Zeit als Teenager-Schönheitskönigin darin. Es war, als hätte er durch den Gewichtsverlust das frühere Gesicht seiner Mutter freigelegt, ihren zart geformten Schädel exhumiert.

»Nein, ich möchte bloß ins Bett. Hast du gegessen?«

»Ja«, sagte er und ging ins Schlafzimmer.

Ich folgte ihm. »Was hast du denn gegessen?« fragte ich.

Rick zuckte die Achseln. »Einen Salat.«

Ich lehnte mich gegen die Schlafzimmerwand und schüttelte den Kopf. »Warum? Warum ißt du nichts außer Salat, Rick? Du hast vierzig Pfund verloren. Ich finde es furchtbar.«

Rick schaute mich nicht an. Er lächelte ansatzweise. Wieder zuckte er die Achseln. »Ich fühle mich wirklich gut«, sagte er.

»Jesus«, sagte ich leise. »Du siehst aber nicht gut aus. Du siehst *krank* aus. Du siehst aus, als würdest du sterben. Was ist los mit dir?«

Ich sagte es nicht ärgerlich, obwohl meine Stimme lauter geworden war. Es klang eher so, als würde ich etwas Interessantes aus der Zeitung vorlesen. Rick betrachtete meine bloßen Knie. Er sagte: »Können wir nicht über was anderes reden?«

»Nein«, sagte ich. »Wir müssen darüber reden. Millie hat mir heute gesagt, sie habe nicht glauben wollen, daß du es bist, als sie dich letzte Woche gesehen hat. Soll ich ihr sagen, daß du seitdem noch zehn Pfund abgenommen hast? Daß du nichts ißt, außer Salatblättern, dich aber *wirklich gut* fühlst?« Am Schluß imitierte ich seinen monotonen Tonfall und verschränkte die Arme vor der Brust.

»Du kannst Millie sagen, was du willst, Leila. Erstaunlicherweise bedeutet mir Millies Meinung nicht besonders viel.« Er klang nicht verärgert, sondern sprach nur aus, was er dachte.

»Und was ist mit *meiner* Meinung. Ist es dir egal, wenn mir beim Anblick meines Ehemannes schlecht wird? Ist es dir egal, daß es mich in den Wahnsinn treibt, wenn ich zusehen muß, wie du dich in Luft auflöst?«

Rick setzte sich auf die harte Bettkante, als wäre er erschöpft. Dann sah er mich an. Sogar sein Haar sah anders aus – feiner. Seine Zähne waren größer und weißer.

»Hör zu, Leila. Ich hab's satt, über meinen Körper zu reden.«

»Und ich hab's satt, mit ihm zu leben.«

Er grinste. »Na schön, das ist wenigstens aufrichtig. Leila, du hast es satt, mit *mir* zu leben, und ich hab's satt, das zu tun, was andere Leute mir vorschreiben. Ich hab die Nörgeleien meiner Mutter satt und daß mein Vater mir eine Zukunft mit Spielautomaten prophezeit. Und ich hab's satt, daß du mir sagst, was für meinen Körper das beste ist.«

»Du richtest dich zugrunde. Darf man das sagen?«

Meine Hände begannen zu zittern, als er seinen Vater, die Zukunft und die Spielautomaten erwähnte. Es war das einzige gewesen, worüber Rick sich nie beklagt hatte, das einzige, wovon ich dachte, es würde ihn nicht mit Verzweiflung und Verachtung erfüllen.

»Also, zumindest ist es *mein* Körper«, sagte er. »Es ist *mein* Körper« – jedesmal wenn er *mein* sagte, klopfte er sich auf den Brustkorb, »und ich kann mit *meinem* Körper machen, was ich will. Richtig?«

Als ich meinen Mund öffnete, um zu antworten, war er leer. Ein feuchtes Loch voller Luft. Ich mußte blinzeln: Die

Richtigkeit seiner Worte hatte mich gelähmt. Er ging an mir vorbei ins Wohnzimmer.

Ich zog meine Kleider aus, legte sie ordentlich zusammengefaltet in die Ecke des Schlafzimmers, schlüpfte in eines von Ricks weißen T-Shirts und legte mich ins Bett. Ich konnte ihn im Wohnzimmer hören. Aus dem Fernseher drangen Gelächter und Kindergequengel. Ich war immer noch wach, als er den Fernseher ausschaltete, in das dunkle Schlafzimmer kam, sich vorsichtig aufs Wasserbett legte und sich an mich schmiegte, bevor er einschlief. Sein Atem war tief und langsam und verursachte sanfte Wellen auf der Oberfläche unseres Bettes.

Ricks Beine waren mir so vertraut, als wären sie meine eigenen, als wären wir ein Baum mit verschlungenen Ästen. Ich dachte an den Mann mit dem braunen Koffer, der meine Brüste sehen wollte, aber ich konnte mich nicht an sein Gesicht erinnern, nur an seinen teigigen Körper, der wie weicher Pudding gezittert hatte, als er kam. Als Rick im Schlaf die Hand auf meinen Bauch legte, drehte ich mich schnell um und preßte meine Brüste gegen die mit warmem Wasser gefüllte Matratze. Kurz darauf rutschte er weiter auf seine Bettseite hinüber, wandte sich im Traum von mir ab; er atmete tief und regelmäßig.

Die Dunkelheit war total, als ich mich wieder auf den Rücken drehte und meine Augen zur Decke richtete. Gelegentlich streifte der Lichtstrahl eines vorbeifahrenden Autos geisterhaft über die Wand. Ich konnte die Frau über uns hören, die Wasser in das Waschbecken im Badezimmer einließ, und ich stellte sie mir in rotem Flanell oder etwas eng anliegendem Schwarzem vor, bevor sie schlafen ging. Ich hatte sie nur einmal gesehen, als sie sehr langsam die Treppe hinaufstieg. Sie hatte lange Beine, mußte etwa vierzig sein.

An diesem Tag, im trüben Licht des Treppenhauses, trug sie eine Sonnenbrille, daher konnte ich ihre Augen nicht sehen. Aber das Haar der Frau war dunkler und länger als meines. Sie hatte gelächelt, aber nicht geantwortet, als ich grüßte.

Nun stieg diese Frau in ein Bett über unserem Bett. Ich hörte die Federn quietschen, still werden und wieder quietschen. Ich fragte mich, ob das Paar unter uns das Schwappen des Wassers genausogut hören konnte, wenn wir ins Bett gingen.

Die beiden unter uns waren nicht verheiratet und stritten sich jede Nacht. Weder Rick noch ich hatten die Frau je zu Gesicht bekommen, aber mit dem Typen, mit Bill, waren wir zur High-School gegangen. Bill war beliebt gewesen – ein Arztsohn –, und Rick schien ihn damals ganz gut gekannt zu haben. Beide waren witzig gewesen, Athleten, und hatten stärker gegen den grauen Schulalltag gekämpft, als ich es je gekonnt hätte.

Auch ich hatte Bill damals gekannt, und Rick wußte das. Inzwischen wechselten die beiden Footballkumpel aus der High-School kein Wort mehr miteinander, nicht einmal, wenn sie im Gang aneinander vorbeigingen. »Hallo«, sagten sie bloß, ein ganz leises »Hallo«, trocken wie ein Besen, der rasch über den Boden fegt, wenn sie sich zufällig vor den Briefkästen trafen.

Manchmal hörten wir Bills Freundin nachts laut und heftig weinen.

»Er ist ein Schwein«, sagte Rick einmal, als sie weinte, »immer schon gewesen«, und runzelte die Stirn.

Einmal hörten wir sie Bills Namen aus dem Fenster rufen, und wir hörten Bill, der von der Straße »Fotze« zu ihr hinaufrief.

Dann dachte ich über Gary W. Jensen nach. Erst als ich

vom Swan Motel fast zu Hause war, hielt ich am Straßenrand an und zählte das Geld, das er mir über die Theke geschoben hatte. Es waren drei Fünfzigdollarscheine in dem fahlgrünen Bündel, das so weich war wie ein abgehacktes Hundeohr. Dann dachte ich darüber nach, wie ich dem Schlag standgehalten hatte. Er hatte mich betäubt, aber nicht weh getan. Ich hatte mich bereits auf den nächsten eingestellt und meine Bewegung dem Schwung des Schlages angepaßt. Ich dachte, daß er mich nicht einmal überrascht hatte. Es war wie vor vielen Jahren, als unsere Klasse einen Ausflug ins Eislaufstadion von Ottawa City machte, und der Trainer zu mir sagte, das Wichtigste beim Schlittschuhfahren sei, richtig fallen zu lernen. Ich dachte daran, wie er sich in mich hineingezwängt hatte, als ich am Boden lag, mir in die Augen gesehen und sich dann zurückgezogen hatte und gekommen war, auf den beigen Teppichboden und auf meinen Oberschenkel.

Rick begann im Schlaf mit den Zähnen zu knirschen. Ich dachte an Gary Jensen, wie er neben meinem Körper gekommen war, und ich rutschte näher an den Rand des Bettes, schob eine Hand unter den Gummizug meines Höschens und machte es mir selbst, bis ich kam. Dann schlief ich ein.

Schlaftrunken wachte ich wieder auf, da Rick sich unruhig herumwarf und zu murmeln begann. Ich stand auf, spürte benommen die Schwere meines Körpers, als würde alles auf meinem Rücken lasten, und tastete mich im Dunkeln zur Couch, wo jetzt immer eine Decke und ein Kissen lagen. Ich schlief wieder ein und träumte vom Grab meiner Mutter, das ein mit Schnee bedeckter Gemüsegarten war. Ein paar Zentimeter unter dem Schnee wuchsen zehn oder fünfzehn wundervolle rote Paprikaschoten, vollkommen glatt und frisch. Zu Anfang, als ich sie mit kalten, bloßen Händen pflückte, sahen sie aus wie blutige Brüste. Aber es waren nur wächserne Früchte aus dem Supermarkt, glänzend und groß und so viele, daß ich nicht wußte, was ich damit anfangen sollte. Aber in meinem Traum dachte ich, Rick würde es wissen. Rick würde bestimmt ein passendes Rezept finden und mir etwas kochen. Dann war ich in einem Kaufhaus und wollte mir einen Mantel kaufen. Dann, mit meinem neuen Mantel, ging ich über Wasser. Und dann wachte ich auf.

Irgendwo unter mir dröhnte der Morgen, und als ich die Augen öffnete, sah ich, daß Rick bereits gegangen war. Aus der Küche drang der Geruch von abgestandenem Kaffee. Zwischen den Vorhängen fiel helles Licht herein. Ich zog sie auf. Die Sonne stand wie eine sanfte gelbe Krone hoch oben in einem verschwommenen Himmel. Ich ging ins Schlafzimmer und sah, daß Rick das Bett gemacht hatte, bevor er gegangen war. Der elektrische Wecker blinkte 11.15, 11.15, 11.16.

Draußen zwitscherten leise die Vögel, digital und süß. An einem großen Baum auf der anderen Straßenseite raschelten orangefarbene Blätter, und nebenan hatte jemand einen Kürbis auf die Stufen der Zahnarztpraxis gelegt, der aussah, als würde er lächeln. Es war ein freundlicher Herbstkürbis, so groß wie der Rumpf eines kleinen Kindes.

Ich ging in die Küche – ein glänzendes Quadrat. Die Resopaltischplatte und die Haushaltsgeräte waren von nacktem Weiß. Im Abwaschbecken stand kein Geschirr; ein kariertes Geschirrhandtuch war achtlos über den Wasserhahn geworfen. Ich hatte das Gefühl, daß die Küche Rick gehörte, und verbrachte wenig Zeit darin. Ich schenkte mir Kaffee ein, nahm meine Tasche von dem Küchenstuhl, auf dem ich sie am Abend zuvor liegengelassen hatte, und ging ins Schlafzimmer. Die Kaffeetasse stellte ich auf den Boden, setzte mich auf das Bett und zählte das Geld noch einmal.

Die Scheine fühlten sich schlaff und feucht an, aber die Münzen waren kaltes Metall. Ich wog sie in meinen Händen. Ein warmer goldener Sonnenstrahl, der durchs Fenster fiel, kroch langsam meinen Leib hinauf, und ich überlegte, was ich mir von all dem Geld kaufen wollte.

Was nur?

Ein Wagen – ein weißer Kombi? – fuhr vorbei und ließ die Straße aufleuchten wie eine explodierende Granate.

Einen Kühlschrank vielleicht?

Nein.

Einen Eiskremwagen?

Einen Käfig mit weißen Tigern im Zoo von Chicago an einem blendend hellen Maitag.

Aber das war's auch nicht.

Ich beugte mich hinunter und öffnete die unterste Schublade der Kommode und suchte unter den Höschen und Söckchen nach der Schmuckschatulle, in der ich das Geld aufbewahrte. Langsam machte ich sie auf:

Die Ballerina tanzte immer noch, aber die Schatulle spielte keinen Wiener Walzer. In dem kleinen Spiegel sah ich meine Hand mit dem Geld vom Vortag. Ich zählte die Scheine in der Schmuckschatulle, obwohl ich genau wußte, wieviel es war:

Zweitausenddreihundertsiebenunddreißig Dollar und sechzig Cents.

Dabei machte ich das, was ich machte, erst seit zweiundvierzig Tagen.

Die Sonntage, meine einzigen freien Tage, nicht mitgezählt.

Es ist Juli – fünfunddreißig Grad im Norden von Michigan, und es ist, als versuche man auf vergilbten Laken unter einem Berg aus graublauen Decken zu atmen, die von Fieberschweiß durchtränkt sind. Ich habe gelernt, das Telefon zu beantworten.

»Hier Lei-la«, sage ich in die schwarze Muschel.

»Leila, mein Schatz, hier spricht Daddy. Ich möchte mit Mommy sprechen.«

Die Stimme meiner Mutter ist ein melodisches Raunen hinter der geschlossenen Schlafzimmertür, und sie kommt heraus, bevor ich anklopfe. Nackt. Ihr Körper ist blaß wie feuchtes Pappmaché, außer ihren Brustwarzen, die rosa glänzen, und dem dichten schwarzen Haarbusch zwischen den Beinen. Sie macht die Schlafzimmertür nicht zu, und ich sehe seine dunklen Arme auf den Kissen. Ich rieche ihren Schweiß und ihr Veilchenparfüm, als sie vorbeigeht.

»Hallo, Schatz«, sagt sie ins Telefon.

Ich stehe im Gang vor dem Schlafzimmer meiner Eltern. Ich sehe, wie er sich im Bett umdreht, sich aufsetzt, den Rücken an das weißkieferne Kopfende gelehnt. Und ich starre ihn direkt an, vollkommen bewegungslos.

Vielleicht sind meine Augen zusammengekniffen und nichtssagend.

Ich höre meine Mutter hinter mir.

Sie sagt: »Ich kann jetzt nicht darüber reden, Jack. Ich mache zweihundert Dinge auf einmal, und hier ist's heißer als in der Hölle. Ruf mich doch heute abend zur Essenszeit an, ja?«

»Ich liebe dich auch.«

»Komm doch so schnell wie möglich zurück.«

Sie legt auf, während sie »Wiedersehen« sagt.

Mein Onkel starrt mich an, ohne mich wahrzunehmen, und seine Brust hebt und senkt sich, ärgerlich und schnell; all die gebräunte Nacktheit nimmt mehr als die Hälfte des Bettes ein. Er schwitzt am ganzen Körper.

Beim Zurückkommen geht sie schnell an mir vorbei, und diesmal rieche ich etwas Sauberes wie Medizin auf ihrer Haut, bevor sie die Schlafzimmertür hinter sich schließt, und dahinter höre ich ihn murmeln:

»Warum, zum Teufel, redest du so mit ihm?«

»Weil er mein Mann ist, zum Teufel«, sagt sie, »deshalb.«

Die Sonne wurde im Laufe des Tages flacher, aber heißer. Sie prallte von den Windschutzscheiben der anderen Autos ab und schoß wie ein Blitzstrahl in meinen Schoß, als ich zum Swan Motel fuhr. Ich hatte die Autofenster heruntergekurbelt, und die Oktoberluft schmeckte klar auf meinen Zähnen. Altweibersommer, dachte ich, als ich am Geschenkartikelladen auf der Main Street vorbeifuhr und einen Moment in die blauen Augen von Pocahontas sah, die über uns wachte wie eine kitschige Göttin der Touristen und des Kleingelds. In ihren starren Augen war ich bloß ein nebelhafter Fleck aus Glas und Rost.

Es war warm, aber es war Oktober. Ich spürte, wie die Erde kippte, wie sich die ganze Stadt von der Sonne fortbewegte. Doch sie glitt nicht in Unendlichkeit und Äther, sondern hing fest – wie angeklebt.

Ein paar Bäume entlang der Main Street waren bereits kahl. Strahlend und still hatte sich die Stadt vom Sommer verabschiedet. Als ich an der Apotheke vorbeifuhr, sah ich meinen Vater auf der Bank davor sitzen und eine Pepsi trinken, während ein paar welke Blätter um seine Füße wirbelten. Aber natürlich war er's nicht.

Und vor der Devil Red Lounge auf der anderen Straßenseite standen drei Männer in Lederjacken vor ein paar blitzenden Motorrädern. Einer der Männer sah in den Himmel hinauf, ein langer brauner Zopf hing über seinen Rücken. Er stand mit gespreizten Beinen da, die Hände auf den Hüften wie ein Mensch, der vom Anblick Gottes gebannt ist. Wie sonnenblind. In einer Hand hielt er eine grüne Bierflasche.

Alle Häuser entlang der Main Street, außer dem Geschenkartikelladen mit dem Wandgemälde, waren aus rotem Backstein und vor hundert Jahren erbaut worden, als Suspicious River einen ungeheuren Aufschwung erlebt hatte – als sich bärtige Holzfäller und Fallensteller im Sonntagsgewand gemeinsam mit ihren Frauen, die Schnürkorsetts und Hochfrisuren trugen, fotografieren ließen. Grimmig lächelnd posierten sie vor den nagelneuen Häusern, die sie gebaut hatten, an deren Stelle ein paar Monate zuvor nur Wald gewesen war:

Diese Fotos waren in Eds Lichtbildanstalt in ein Album geklebt wie die Vergangenheit. Manchmal kamen Touristen vorbei, um die Gesichter dieser längst verstorbenen Menschen zu betrachten und über die damalige Stadt nachzudenken. Bereits damals mußte sie einen schrecklichen Eindruck gemacht haben, eine Stadt, deren Zukunft aus endlosen, unzähligen Wintern bestand.

Wer hätte damals an Touristen gedacht? Das Swan Motel? Mich?

Aber diese Holzfäller kauften Tabak von einem Deutschen auf der Main Street, verzehrten in dem Restaurant neben dem Tabakladen große, blutige Steaks und massenhaft Kartoffeln und schäkerten mit den Kellnerinnen – den Töchtern des Deutschen, die dicke Fesseln hatten und lutherisch blaue Augen.

Das Geld, das diese Männer ausgaben, war gerade genug, um die Stadt jedes Jahr ein Stückchen voranzubringen, wie ein großes Sträflingsschiff, das sehr lange vor einem kurzen Küstenabschnitt kreuzt. Nichts anderes taten die Touristen, die beim Durchfahren ein bißchen Geld im Stadtsäckel ließen.

Einige der Backsteinhäuser waren verfallen. Viele Gebäude standen leer. Das Star-Hotel war im Westteil des Landes einst berühmt gewesen für seine Kronleuchter und seine Star-Lounge-Pianobar. Erdnußschalen und Sägemehl lagen auf den breiten, abgewetzten Eichenbohlen. Aber jetzt war das Star-Hotel ein Möbelkaufhaus, das einer Firma aus einem anderen Landesteil gehörte. Sogar das Palace gab es schon so lange nicht mehr, daß es niemand mehr erwähnte. Nur noch ein Ball aus Glitzersteinen war übrig, der sich über dem Tanzboden drehte wie ein seltsamer, mechanischer Planet aus der Vergangenheit.

Die Main Street roch entfernt nach Verfall, möglicherweise sogar angenehm.

Nicht nach Tod, nur wie ein Dachboden voller purpurfarbener Abendkleider, Krinolinen und Seidenanzüge, die vor einem Jahrhundert in eine Truhe gelegt worden waren.

Mottenkugeln und eine Schuhschachtel voller getrockneter Nelken.

Aber niemand war darüber traurig. Die Eleganz der roten Backsteinhäuser entlang der Main Street war über Nacht durch das Glas und Neon der neuen Gebäude entlang der Eighth Street ersetzt worden. McDonald's. Howard Johnson's. A & W. Bis 1972 war die Eighth Street noch eine Kuhweide gewesen. Aber diese Häuser würden uns nie so vertraut sein wie diejenigen auf der Main Street, gleichgültig, wie lange sie auf der Eighth Street stehen sollten. Sie waren nichts als Glaskästen voller Luft, fluoreszierendem Licht und glänzenden Plastiklöffeln. Diese Gebäude sahen aus wie Notunterkünfte. Und darüber hing der Geruch von Kuhmist, Hühnerfedern und Pferdehaar, der in jeder nachmittäglichen Brise mitschwang und immer noch an eine Weide erinnerte.

Ich gab Gas, um über die gelbe Ampel zu kommen, und ein kühler Wind schlug mir ans Ohr und gegen den Mund, als ich schneller fuhr. In diesem Wind schmeckte ich Sterlingsilber. Als würde ich auf eine Münze beißen.

Auf dem Parkplatz des Swan Motels sah ich immer noch seinen silbernen Thunderbird stehen. Bewußt parkte ich den rostigen weißen Duster daneben, den Ricks Vater uns vor ein paar Jahren für dreihundert Dollar verkauft hatte. Es war ein zuverlässiges Auto, und es gehörte mir, zeigte aber merkwürdig nervöse Reaktionen. An Ampeln hatte ich manchmal das Gefühl, ich hätte vergessen, den Fuß auf die Bremse zu drücken und der Wagen würde abheben.

Millie war nicht im Büro, als ich ankam. Statt dessen das Schild: REZEPTIONISTIN KOMMT GLEICH WIEDER.

Ich stellte meine Tasche unter die Theke und lauschte an der Toilettentür. Millie war nicht auf der Toilette. Ich ging wieder auf den Parkplatz hinaus, sah mich um, entdeckte sie aber nicht. Dann ging ich ums Büro herum auf die Rückseite des Motels, wo Millie im moosgrünen Gras stand, eine Zigarette rauchte und besorgt oder gelangweilt in den Suspicious River starrte.

Die Schwärze des Wassers und die Art, wie Millie hineinstarrte, erinnerte mich an den magischen Ball, den jedes Kind besaß, als ich klein war. *Antwort ungenau, versuch es noch einmal* erschien auf der tintigen Oberfläche.

Da sich Millies Haar bei feuchtem Wetter kräuselte, schien es immer voller zu werden, bis Millie darunter klein und welk wie eine alte Petunie aussah. Aber heute war ihr Haar so glatt wie Plastik. Ein neues Pflegemittel, dachte ich. Gel, Schaum, Shampoo – irgendwas Glitschiges in einer blauen Tube – hatte Millie über Nacht verändert.

»Hallo«, sagte sie, den Mund voller Rauch.

Ich sagte: »Hallo.«

Der Fluß roch nach Gräsern, war schwarzgrün, und ein Schwan glitt vorbei. Ein anderer stand allein am Flußufer, hob die Schwingen, legte sie wieder an, schüttelte sich, hob dann wieder die Schwingen und schüttelte sich erneut. Er war wie eine schöne Frau, die Selbstgespräche führt, eine Rede probt, die Lippen bewegt, ohne daß etwas herauskommt. Die Sonnenstrahlen legten Streifen übers Wasser. Ein dünnes Zittern aus Licht.

Millie sagte: »Gott. Das war wirklich ein schlimmer Tag.«

Das orangefarbene Auge ihrer Zigarette glühte auf, als sie inhalierte. Ich setzte mich in einen Liegestuhl neben sie und betrachtete Millies Gesicht. Es war ein hübsches Gesicht, aber die Augen wirkten blaß und verloren darin. Ihre langen Zähne waren so scharf wie die eines Tieres und ebenso hart. Sie schüttelte ihr glänzendes Haar und sagte: »Mrs. Briggs war da und hat rumgemeckert, weil ich vor zwei Monaten vergessen habe, einen Typen den Kreditkartenbeleg unterschreiben zu lassen.«

»Hat sie das jetzt erst rausgefunden?«

»Wahrscheinlich.« Millie zuckte die Achseln. »Sie hat ihn gestern von der Bank zurückbekommen.«

Millie seufzte und rauchte und sah auf die andere Seite des Flusses, die nur aus Büschen bestand, dem stetigen Wiegen dünner weißer Äste. Ab und zu flatterte eine Krähe auf. Gelegentlich kreiste ein Habicht in der Luft und stieß auf der Suche nach etwas Schwachem oder Totem träge zur Erde herunter.

Millie zog den Rauch ein und sagte: »Irgendein Typ ist vorbeigekommen und hat nach dir gefragt.«

Sie sah weg, als sie das sagte. Wieder auf den Fluß.

»Wer?«

»Ich weiß nicht. Er fuhr einen weißen Kombi.« Millie räusperte sich. »Das kommt ziemlich regelmäßig vor, weißt du.«

Eine Warnung. Ich hätte damit rechnen müssen. Obwohl es mich nicht sonderlich beunruhigte, da sie von Millie kam, die nicht etwas richtig machte.

Dann herrschte Stille, abgesehen vom Fluß. Das gedämpfte, pumpende Geräusch breiter Schwanenfüße, direkt am Wasserrand.

»Ich sollte wohl ins Büro gehen«, sagte ich.

»Ja«, sagte Millie, »und ich werd mich auf der Stelle verziehen.«

Samstag, 16. Oktober. Ich schlug das ledergebundene Gästebuch auf.

Zwei der Reservierungen hatte ich selbst eingetragen. Zwei waren in der Handschrift Samanthas, der dritten Angestellten. Eine große Kleinmädchenschrift. Auf dem i waren Kringel statt Punkte. Samanthas knubbeliges, freundliches B bei Browski, Mr. & Mrs. John.

Samantha war siebzehn, im achten Monat schwanger, und sie arbeitete im Swan Motel, wenn sie nicht zur Schule ging.

Den ganzen Tag saß sie auf einem Hocker hinter der Theke und sang ihrem Baby Barry-Manilow-Songs vor. Sie beugte sich über ihre großen Brüste und murmelte auf ihren Bauch, und wenn ein Gast ins Büro kam und die Glöckchen bimmelten, sah Samantha mit offenem Mund auf und hielt inne.

Millies kleine wirre Schrift, verkrampft und schlaff zugleich, war nirgendwo unter dem Datum zu sehen; also wußte ich, daß in dieser Nacht etwas schiefgehen würde. Irgend jemand würde mit einer Reservierung aufkreuzen und jemand anderer ohne. In Millies Schicht gab es die meisten Reservierungen, außerdem war Wochenende. Selbst im Oktober gab es für den Samstagabend immer zehn oder elf Buchungen.

Ich sah auf das Blatt mit den Neuzugängen und entdeckte, was ich schon wußte, als ich den silbernen Thunderbird auf dem Parkplatz gesehen hatte. Jensen, Gary, daneben Smith in Klammern. Wie hatte er Millie das erklärt?

Ich leerte einen orangefarbenen Aschenbecher in den Abfallkübel unter der Theke. Für einen Plastikaschenbecher war er schwer und hatte die Form einer Niere. Er fühlte sich seltsam und gefährlich in meiner Hand an, schwer genug, um zu explodieren, falls er zu Boden fiel oder hingeworfen wurde.

Dann zündete ich eine Zigarette an und sah auf die Uhr an der Wand gegenüber. Sie hatte keinen Sekundenzeiger, aber der Minutenzeiger rückte starr und mechanisch voran, mit einem leise klickenden Geräusch, als würde jemand den Abzug einer Waffe ziehen, die nicht geladen war.

Ich sah ihn nicht an, als er eintrat, aber er beugte sich ein wenig nach vorn und vollführte ein paar gutgelaunte Tanzschritte in seinen hellen Cowboystiefeln. Eine blaue Baseballmütze beschattete sein Gesicht, und er versuchte, meinen Blick auf sich zu ziehen. »Wie geht's?« fragte er stark näselnd.

Gary Jensen trug ein anderes Hemd – hellblau und so steif gestärkt, daß es von allein stehengeblieben wäre. Ebenso steife Jeans. Sein Gesicht wirkte magerer, vielleicht sogar ein wenig böse mit dieser Baseballmütze über der hohen Stirn. Er hätte tatsächlich ein Baseballspieler sein können. Ich sah die Falten, die von den Wangen zu seinem Kinn liefen, wie Narben oder tiefe Grübchen. Wenn er lächelte, gruben sie sich noch tiefer ein, was sogar unter seinen Bartstoppeln zu erkennen war. Ich konnte mir vorstellen, wie er auf einen Grabhügel spuckte.

»Hast du was dagegen, wenn ich eine Zigarette mit dir rauche?« fragte er und griff in seine Brusttasche nach der Packung. Aber seine Hand hielt über dem Herzen inne, als wolle er einen Schwur leisten, und er sah mich Zustimmung heischend mit hochgezogenen Augenbrauen an.

Ich zog den Rauch ein und nickte leicht, vielleicht verdrehte ich die Augen und murmelte: »Hab nichts dagegen.«

Gary Jensen entspannte sich und zündete sich eine Zigarette an, wozu er zwei Streichhölzer brauchte. Das erste Streichholz flammte auf und erlosch, bevor er es an die Zigarette gehoben hatte, und hinterließ ein Schwefelwölkchen in der Luft zwischen uns. Diesmal lehnte er sich nicht auf die Theke.

»Schöner Tag heute, was?« begann er, und ich nickte, die Lippen zu einem automatischen Lächeln gedehnt – wie der Minutenzeiger auf der Uhr, dieselbe mechanische, ruckartige Bewegung. Dieses Lächeln hätte alles bedeuten können, hoffte ich. Ich hoffte, es verwirrte ihn ein bißchen – aber wieder beugte er sich nach vorn, um meinen Blick zu erhaschen und sagte: »Du scheinst ein wirklich trauriges Mädchen zu sein. Ich wünschte, ich hätte nichts getan, um dich noch trauriger zu machen.«

»Das haben Sie nicht«, sagte ich, als hätte ich es inzwischen satt, mir seine Entschuldigungen und Komplimente anzuhören, obwohl ich ihn erst seit einem Tag kannte.

Er saugte mit der Zunge an einem Schneidezahn und dachte darüber nach, bevor er wieder an der Zigarette zog und sagte: »Doch, das habe ich. Lüg nicht. Es ist nicht in Ordnung, wenn irgend so ein Arschloch vorbeikommt und dich grundlos schlägt, oder? Zweimal!« als könne er es selbst nicht fassen. »Da mußt du dich doch furchtbar fühlen, meine Süße. Da käme sich doch jeder wie ein Stück Dreck vor.«

Ich wünschte, das Radio im Büro hätte noch funktioniert, oder wir hätten ein Aquarium voller kleiner verschreckter, küssender, orangefarbener Fische gehabt. Fluoreszierend wie Wasserfelsen. Ein glitschiges Keramikschloß und eine Schnecke, die an der Scheibe hinaufkriecht. Ich erinnerte mich, daß ich im Blue Moon Inn, auf der anderen Seite der Stadt, ein solches gesehen hatte – vor vier oder fünf Jahren vielleicht. Aber dann war mir der Job hier angeboten worden. Damals hatte ich vor, Mrs. Briggs von dem Aquarium im Blue Moon zu erzählen. Ich wollte ihr anbieten, die Fische selbst zu kaufen, auch das Fischfutter, den Wasserreiniger und die Dekoration. Geld war kein Problem.

»Hör zu«, sagte er, »du hast jetzt wahrscheinlich Angst vor mir, was ich dir nicht verdenken kann.«

»Das habe ich nicht«, sagte ich aufrichtig. Und dann sarkastisch: »Tut mir leid, das habe ich nicht.«

Ich zuckte die Achseln.

Und es stimmte. Ich habe mein Geld bekommen, dachte ich, sogar eine Zulage, und es hat nicht weh getan. Keinen Moment hatte ich um mein Leben gefürchtet.

Natürlich fürchtete ich mich vor dem Tod wie jedermann – vor einem großen weißen Raum mit endlosen Regalen voller Bücher mit leeren Seiten. Ein Krankenwagen fuhr heulend die Straße hinunter, während ein Glitzern von Stahl und Nadeln aus dem kleinen Rückfenster aufblitzte, als es vorbeifuhr. Ich haßte es, davon überrascht zu werden, hörte die Sirenen aber immer erst, wenn der Wagen direkt hinter mir war. Ich hatte absolut keine Angst, von einem Fremden in einem Motelzimmer geschlagen zu werden. Nicht die mindeste. Außerdem war ich bezahlt worden.

Gary Jensen schien sich darüber zu freuen, und er zog den Rauch ein, bevor er sagte: »Nun, ich wollte eigentlich vorschlagen, daß wir's noch mal versuchen könnten.« Er hob die Hände, die Handflächen mir zugewandt. »Wenn du dazu bereit bist, obwohl ich das getan habe. Geld ist kein Problem.« Seine Handflächen waren blaß und leer. »Ich würde dir zahlen, was immer du verlangst.«

Ich seufzte wie gegenüber einem Kind.

Er sah aus dem Fenster zum Parkplatz hinaus, dann wieder auf mich und flüsterte: »Du sagst, wieviel. Ich wäre gern wieder mit dir allein, und diesmal würde ich mich anständig benehmen.«

»Zweihundert Dollar«, sagte ich schnell und sah ihm in die Augen. Als ich die Zimmernummer sagte, spürte ich einen Windstoß, als hätte mich ein rasendes Auto an der rechten Gesichtshälfte gestreift – ein Flügel, ein Schlag. Ein großer weißer Sattelschlepper fuhr in die halbkreisförmige Einfahrt, und die Räder und der Motor rumpelten unter meinen Füßen, in meinem Bauch, meine Beine hinauf.

»Großartig«, sagte er, legte eine Hand aufs Herz und lächelte. »Ich weiß das wirklich zu schätzen.«

Ich sitze auf der Rückbank eines tiefblauen Autos. Bäume und graue Häuser, Schaukeln und Straßenschilder huschen an mir vorbei. Aber es geht zu schnell, als daß ich einzelne Bilder wahrnehmen könnte.

Jetzt biegen wir in einen offenen Feldweg ein. Meine Mutter stellt das Radio an – es hört sich an, als sänge eine einzige Stimme, die aus hundert jungen Mädchen besteht, traurig über die Liebe – und sieht zu mir nach hinten. Dann beugt sie sich zur Seite und sagt meinem Onkel etwas ins Ohr, das ich nicht hören kann. Er hat eine Hand auf dem Steuerrad, während er mit der anderen ihre Knie befingert. Es ist warm, und ich fühle mich schläfrig, aber ich möchte nicht schlafen. Meine Augen öffnen sich und fallen immer wieder von selbst zu, wie in Zeitlupe.

»So ist's recht, Baby«, sagt meine Mutter, als sie sich umdreht und mich ansieht. »Du schläfst jetzt wie ein braves Mädchen, Leila.«

Ein silbriger Windstoß durch das einen Spalt geöffnete Wagenfenster hebt das Haar meiner Mutter. Ihre Augen sind blaue Murmeln, gute Augen.

Mein Onkel sieht von hinten wie ein Junge aus. Sein Haar glänzt und ist glatt zurückgekämmt. Seine Ohren sind an den Rändern rosa, und in Gegenwart meiner Mutter wirkt er ein wenig scheu und nervös. Aber seine Haut ist dunkler als die ihre. Doch wenn er sie ansieht, liegt ein Zögern in seinem Blick, ein Erstaunen, und er sieht aus wie ein verwirrter Kellner, der ein schweres Tablett mit zerbrechlichen Tellern trägt, jeder mit einem silbernen Deckel versehen. Er will sich nonchalant geben, weiß aber nicht mehr, welches Gericht unter welchem Deckel ist. Beiläufig streicht mein Onkel das Haar aus der Stirn, immer und immer wieder, bis er ein hübscher Mann mit dem Profil eines Filmstars ist.

Das Sonnenlicht liegt zitronengelb und schwer auf meinem Gesicht. »Sch«, sagt meine Mutter in meinem Traum, der einsetzt, abbricht, verschwimmt und wieder einsetzt.

Ich höre sie leise lachen, wie von fern, während die Autoreifen über Kies knirschen, Staub aufwirbelt und durchsichtige Schwaden sich aufblähen wie Laken an einer Wäscheleine.

Er beugt sich über sie, und ich kann sie beide atmen hören. Es hört sich an, als ob der Wind an diesen Laken rüttelt, die auf einer straffen, hochschwingenden Leine hängen. Irgendwo zittert Geißblatt, und der Löwenzahn wimmert hell – jene bittersüßen weißen und gelben Blumen, die der Sonne einen einzigen, schrillen Ton entgegenschleudern.

Plötzlich ist es Nacht, ich liege in meinem Bett und glaube, immer noch zu träumen, aber das Wohnzimmer ist strahlend hell erleuchtet. Ich steige aus dem Bett, um nachzusehen, warum sie singt oder schreit. Barfuß gehe ich über den Gang.

Meine Mutter trägt ein T-Shirt, seines – er hat es am Morgen beim Frühstück getragen. Er hat kein Hemd an, nur weiße Unterwäsche, und meine Mutter kniet auf dem Wohnzimmerteppich, den Rücken an den Fernseher gelehnt.

Mein Onkel beugt sich über sie, beide Hände auf ihrem linken Arm.

Deshalb schreit sie.

Er drückt sie gegen den Bildschirm, reißt sie auf die Füße, schleppt sie zur Stehlampe, die umfällt und Funken sprühend erlischt.

Mein Onkel weint. Sein Gesicht ist verzerrt und tränenüberströmt. Seine Lippen sind geöffnet und häßlich verkrampft, als versuche er ein Lächeln.

»Bonnie«, schluchzt er.

Er will sie schütteln, kann aber die Augen nicht öffnen. Sie hält sein Haar fest, und es ist Blut darauf. Mein Onkel macht den Mund auf, aber es kommt nichts heraus. Dann sieht mich meine Mutter und sagt: »Geh wieder in dein Zimmer, verdammt.«

Ich gehe zurück.

Ich schließe die Tür hinter mir.

Aber das Bett ist kalt geworden.

Ich rolle mich in eine Ecke und versuche zu schlafen, aber ich höre meinen Onkel schreien: »Warum. Warum.« Es ist keine Frage. Nur Laute.

Meine Mutter weint nicht mehr. Sie befiehlt ihm, endlich den Mund zu halten. »Es geht dich nichts an, du Idiot.«

Dann scheine ich für Ewigkeiten einzuschlafen. Die Zeit ist keine gerade Linie mehr. Sie mäandert. Mein Gedächtnis ist jetzt gespannt wie ein Bogen, und nichts mehr geschieht in der richtigen Reihenfolge. Blätter fallen von den Bäumen, es regnet, dann fallen wieder Blätter von den Bäumen, und am Wegrand stehen Blumen. Mein Vater kommt und steigt in sein dunkles Auto, er riecht wie kühler Wind und Zigaretten, wenn ich mein Gesicht an seine Brust drücke. Ich träume, daß jemand eine neue Garderobe für meine Barbie-Puppen kauft. Eine der Puppen hat kupferfarbenes Haar wie ich, die andere schwarzes wie meine Mutter. Beide sind aber erwachsene Frauen und tragen die ganze Nacht aufregende trägerlose Abendkleider aus metallischem, steifem und glänzendem Stoff. Sie tanzen miteinander auf dem bortenbesetzten Teppich meines Schlafzimmers. Die Füße elegant gebogen.

Diese Puppen sind aus starrem Plastik, ihr Tanz ist so steif wie ihre Kleider und ebenso häßlich. Von oben sieht es schrecklich aus. Manchmal schlagen sie grundlos – aus Eifersucht oder Gehässigkeit – mit ihren ausgestreckten Zombie-Armen aufeinander ein. Manchmal ziehen sie ihre Kleider aus und tanzen immer und immer wieder im Kreis herum, die durchgedrückten Beine eng aneinandergepreßt, als wären ihre Fesseln zusammengekettet.

Als ich aufwache, liegt überall Schnee, und die Welt ist weiß und unbewohnt wie die Oberfläche des Mondes. Ein leeres Buch. Ein Betonteich, der ausgelaufen ist. Ein ganzes Zeitalter verlorener Erinnerungen, viereckig und kahl wie eine leere Kinoleinwand.

Ich wartete eine halbe Stunde und beobachtete, wie auf der Wanduhr die Minuten verstrichen, bevor ich das Schild auf die Theke stellte. Er sollte ruhig warten.

Als ich schließlich das Büro verließ und mich auf den Weg zu Gary Jensens Zimmer machte, schreckte das Bimmeln der Türglöckchen einen Schwan auf, der auf dem geteerten Parkplatz nach Futter suchte. Schnell und ungraziös watschelte er wieder auf den Rasen zurück und lief zum Fluß hinunter, dorthin, wo er glaubte, sicher zu sein, daheim zu sein.

Auf der Suche nach Popcorn oder alten Hotdog-Brötchen wanderten die Schwäne oft vom Wasser weg. Manchmal pickten sie an einem Stück Kaugummi herum und glaubten, es sei etwas zum Fressen – diese Tiere waren unersättlich, ständig fraßen sie. Sie waren natürlich wunderschön, aber schamlos und gierig wie betrunkene Engel bei einem Festmahl.

Ich konnte ihn in zweiundvierzig hören, er pfiff hinter der Tür. Ich klopfte nicht an, sondern trat einfach ein.

Gary Jensen saß zurückgelehnt auf seinem Bett, die Beine

seitlich auf den Boden gestellt. Er hatte immer noch seine Jeans und das gestärkte blaue Hemd an. Auch die Stiefel trug er noch, und er klopfte mit den Absätzen auf den Teppich. Er sah mager aus. Ein Fernsehcowboy – schlaksig, wettergegerbt, mit zögerndem, offenem Lächeln. In seinen Augenwinkeln zeigten sich ein paar tiefe Falten, die aussahen wie die Fußabdrücke eines Spatzen in nassem Zement. Als er »hallo« sagte, blähten sich die eingekerbten Mundwinkel und fielen dann wieder zurück. Sein Haar wirkte zerzaust und am Oberkopf gelichtet, kringelte sich aber am Hals ein wenig. Während ich ihn ansah, kam ich mir reizlos, blaß und pummelig wie ein Kind vor. Ich schloß die Tür hinter mir, und er zeigte auf die Frisierkommode. Zwei Einhundertdollarscheine lagen darauf, abgenutzt und weich wie lange in Gebrauch gewesen. Er mußte sie schon ewig in seiner Brieftasche herumgetragen haben. Ich nahm die Scheine, faltete sie zusammen, steckte sie in meinen Schuh, ging dann zum Fenster und zog die Vorhänge zu.

»Komm her, meine Süße«, sagte er und klopfte auf den Platz neben sich auf dem Bett. Er legte den Arm um meine Schultern, und die Haut an seinem Hals roch wie Haut: Ich konnte mir nicht helfen, ich grub die Zähne sanft in den Bart auf seinen Kinnbacken, hoch oben, unter seinem Ohr.

Als ich ins Büro zurückkam, war es voller Sonne. Es roch nach weich gewordenem Plastik – wie die warmen Sitze eines alten Autos auf einer langen Fahrt in den Sommer. Der Geruch machte mich müde und träge – wie jemand, der tagelang unterwegs war. Im Büro war niemand, aber auf der Theke stand eine braune Tüte, daneben eine Nachricht, die mit Bleistift auf die Rückseite einer Lebensmittelrechnung geschrieben war:

Wo bist du? Ich habe dir dein Mittagessen gebracht. Ruf mich zu Hause an. Rick.

Ich warf den Zettel weg, stellte das Essen unter die Theke, holte die zweihundert Dollar aus meinem Schuh und steckte sie in meine Tasche. Dann ging ich in die Toilette und wusch mir mit der kleinen rosa Seifa und heißem Wasser die Hände und das Gesicht. Hinterher sah die Haut über meinen Wangenknochen dünn aus, und ich nahm einen Lippenstift aus meiner Tasche, schminkte mir die Lippen, verteilte ein bißchen Rouge auf den Wangen und kämmte mit dem schwarzen Kamm mein Haar. Als das Telefon nachdrücklich und metallisch klingelte, ließ ich es einfach läuten. Ich drehte den Heißwasserhahn ab und ließ kaltes Wasser ins Becken laufen. Ich beugte mich darüber, um aus der Hand zu trinken, als schlürfte ich am Ende der Eiszeit von einem Eisberg. Die Kälte schmerzte angenehm auf meinen Zähnen, schmeckte schmerzlich rein.

Das erste Mal, als Rick und ich uns liebten, weinte er sanft und leise und entschuldigte sich, nachdem es vorbei war. Es hatte in völliger Dunkelheit auf einer alten Couch im Keller seines Elternhauses stattgefunden. Wir waren beide sechzehn, und es hatte mir nichts ausgemacht. Es sei schön gewesen, sagte ich. Er könne machen, was er wolle. Ich stand auf, zog meine Kleider aus und ließ sie auf den kalten Kellerboden fallen. Ich hatte den Eindruck, mein Körper fühle sich wie alter Stein an, aber Rick, der noch angezogen war, ließ die Hände darüber gleiten, als wäre mein Körper vollkommen neu.

»Ist alles in Ordnung?« fragte er mich immer und immer wieder.

»Ja«, sagte ich.

Rick stand auf, um Hemd und Hose auszuziehen, und ich konnte ihn schwer atmen hören. Ich konnte ihn nicht sehen und überlegte, wie es wäre, blind zu sein oder tot. Vielleicht hielt ich die Hand vors Gesicht und konnte nicht einmal die sehen.

»Leila«, sagte er hinterher sanft, »es tut mir leid. Ich wollte eigentlich nicht so weit gehen.« Sein Kopf lag auf meiner Schulter, und ich spürte, daß Tränen auf meine bloßen Schultern rannen. »Ich wollte warten, bis wir verheiratet sind«, sagte er.

Ich war versucht zu lachen, sagte aber statt dessen: »Es ist schon gut.«

»Hat es weh getan?«

Vielleicht habe ich daraufhin tatsächlich gelacht. Ich sagte: »Nein.« Ich hatte überhaupt nichts gespürt, und er wirkte verwirrt, aber erleichtert.

Danach schien Rick der Meinung zu sein, wir wären verheiratet, aber er fand auch, daß wir nicht mehr miteinander schlafen sollten, bis wir es tatsächlich waren. Wenn er mich von der Schule nach Hause fuhr, redete er flüsternd darüber, daß wir keine Jungfrauen mehr seien, und ich stellte fest, daß er glaubte, ich sei unberührt gewesen. Ich fühlte mich überlegen und sicher. Seine Augen sahen rund und dumm aus, wenn er mich anstarrte. Ich fühlte mich geliebt wie eine böse Katze, die von einer alten einsamen Frau geliebt wird. Sie weiß, daß sie die Möbel verkratzen und auf den Teppich pissen darf, und niemand ist ihr böse. Die Vorstellung gefiel mir, es gefiel mir, meine Brüste anfassen zu lassen, bis er am ganzen Leib zitterte, und dann sah ich in seine vor Unterwürfigkeit und Selbstbeherrschung umwölkten Augen. Ein Junge auf Diät. Ein Priester. Er hätte machen können, was er wollte, und das wußte er, aber er tat es nicht. Er behandelte mich genau so, wie seine Mutter ihn behandelte – eine verblühte Schönheitskönigin mit einer Schwärmerei für etwas zu Märchenhaftes, um anzudauern. Es gab Zeiten, da dachte ich, ich würde ihn auch lieben, weil Rick so mundfaul war, so langsam und träge wie die Liebe selbst. Nachts, bevor ich einschlief, tastete ich meine Brust ab und suchte nach meinem Herzen, aber nie war irgend etwas da.

Das Telefon hörte nicht auf zu klingeln. Ich meldete mich auf der Hausleitung, die blinkte wie das rote Warnlicht eines Krankenwagens.

»Büro«, sagte ich ärgerlich.

»Ja. Hallo. Ich bin in zweiundzwanzig. Ist dort das Mädchen, das ich gestern kennengelernt habe?«

Es war der Mann mit dem braunen Koffer. Er war immer noch da. Millie hatte sich nicht die Mühe gemacht, das ins Gästejournal einzutragen.

»Ja, das bin ich«, sagte ich.

»Ich würde dich gern wiedersehen.«

Ich verdrehte die Augen beim Klang seiner Stimme. Er hörte sich an wie ein sehr schlechter Schauspieler, der die Rolle eines häßlichen romantisch Verliebten spielt. Ich sagte: »Gut, diesmal kostet's achtzig Dollar.«

Schweigen. Vielleicht sah er in seiner Brieftasche nach. »Kein Problem«, sagte er. »Wann?«

»In einer halben Stunde«, sagte ich.

Er sagte: »Also bis dann.«

Ich legte auf, nahm den Hörer wieder ab und wählte die Nummer meiner Wohnung. »Rick?« sagte ich, als er sich meldete.

»Leila? Wo zum Teufel bist du gewesen? Ich hab überall nach dir gesucht. Ich hab mir Sorgen gemacht.«

»Wahrscheinlich war ich hinterm Haus eine Zigarette rauchen«, sagte ich.

»Da bin ich gewesen.« Es war kein Vorwurf. Er hörte sich verwirrt an.

»Das kann nicht stimmen«, sagte ich. »Es ist der einzige Ort, wo ich gewesen bin, außer auf der Toilette. Wie lange hast du gewartet?«

»Ich hab nur etwa zehn Minuten Zeit gehabt. Dad hat im Auto auf mich gewartet. Wir mußten am Nachmittag in Ottawa eine Reparatur machen.«

»Hm«, sagte ich, als sei ich diejenige, die Grund hatte argwöhnisch zu sein.

»Ich wollte Dad nicht sagen, daß du nicht da warst. Ich wollte dir nur dein Essen bringen und hallo sagen.« Schweigen, dann räusperte er sich und sagte: »Tut mir leid wegen des Streits gestern nacht.«

»Ist schon gut«, erwiderte ich.

»Ich hab's einfach satt, daß ständig an mir rumgenörgelt wird, weißt du.«

Ich griff mir an den Hals. Dies war wieder der andere Rick. Sogar seine Stimme klang tiefer, und ich richtete mich ein wenig auf, als er das sagte. Ein wenig überrascht. Furcht und Erregung kitzelten mich in der Brust wie ein winziges Babyhändchen mit eingerissenen Fingernägeln.

»Danke für das Mittagessen«, sagte ich. »Rick, gerade fährt jemand herein. Ich muß aufhören. Ich ruf dich später an. In Ordnung?«

»Natürlich«, antwortete er. »Wiedersehen.«

Sein Zimmer sah chaotisch aus. Der braune Koffer lag noch immer geöffnet am Boden, das Bett war nicht gemacht. Auf dem einzigen Stuhl lag ein benutztes Handtuch.

»Ist das Zimmermädchen heute morgen nicht dagewesen?« fragte ich.

»Ich hab geschlafen«, antwortete er. »Ich hab ihr gesagt, sie soll gehen.«

»Aha«, sagte ich. Ich nahm die Scheine aus seiner Hand und steckte sie in meinen Schuh.

Unser »Zimmermädchen« war Mrs. Briggs' Schwiegertochter – eine dicke, verschwitzte Person unbestimmbaren Alters, die Zigaretten rauchte und Cola trank, bis sie schleimigen Sirup heraufhustete, den sie übers Geländer auf den Parkplatz spuckte. Schlief jemand noch, wenn sie kam, oder das Schild »Bitte nicht stören« hing an der Tür, machte sie sich nie die Mühe, ein zweites Mal zu kommen, und fast nie beschwerte sich jemand deswegen. Manchmal verbrachte sie den halben Morgen in einem sauberen, unbelegten Zimmer und sah sich *Jeopardy* oder *The Dating Game* an. Später tauchte sie dann gewöhnlich mit einem rosafarbenen Staubwedel wieder auf, den sie wie eine Trophäe in der Hand hielt, wie einen exotischen Vogel, den sie erlegt hatte.

Ich sagte: »Ich dachte, Sie wollten nur eine Nacht bleiben.« Er kam auf mich zu, kühner als am Tag zuvor. Er trug noch immer dasselbe weiße T-Shirt. Dieselbe blaue Hose. »Ich bin deswegen hier geblieben«, sagte er, zog meinen rosafarbenen Pullover aus meinen Jeans und schob ihn zu meinen Schultern hoch.

Ich hob die Arme und ließ mir den Pullover über den Kopf ziehen. Er zitterte und versuchte, meinen BH aufzuhaken, was ich dann übernahm. Er atmete schwer. Ich stand mit hängenden Armen da. Seine Finger waren kurz und kalt. Die Handflächen feucht. Er machte leise Sauggeräusche und stöhnte, als er meine Brustwarzen in den Mund nahm. Nach einer Weile, die mir für achtzig Dollar ausreichend erschien, kniete ich mich hin und öffnete seinen Reißverschluß. Als es vorbei war, setzte er sich mit offenem Mund auf die Bettkante. Seine Lippen glänzten feucht. Wortlos zog ich BH und Pulli wieder an und ging.

Gary W. Jensen lehnte an der Kühlerhaube seines Autos, als ich herauskam. Er rauchte eine Zigarette und betrachtete seine hellen Stiefel. Stumm ging ich an ihm vorbei, aber er ergriff meinen Ellbogen. Leicht, aber ich blieb stehen.

»Jesus«, sagte er, biß sich auf die Unterlippe und schüttelte den Kopf. »Meine Süße«, sagte er und sah weiterhin auf seine Stiefel hinunter. Dann hob er den Blick. »Wie oft machst du das eigentlich?«

Ich wartete einen Moment, während ich mir überlegte, was ich ihm antworten sollte. Bei ihm war es nicht so leicht wie bei dem Mann mit dem braunen Koffer in zweiundzwanzig. Mir gefielen seine Stiefel und seine Jeans, sein ungezwungenes Lachen. Er erinnerte mich an einen liebenswerten Gauner, an die Art von Männern, die man in Filmen bejubelt – glatt, aber gutherzig, die auch den eigenen, unvermeidlichen Tod gelassen in Kauf nehmen. Ich kam mir klein und unbeholfen vor, als ich das zweite Mal in Gary Jensens Bett lag. Nackt fühlte ich mich mager und unfertig unter seinem festen Körper, ein Stück weißes Fleisch auf einem weißen Teller, ohne Beilage.

Aber er hatte gezittert, als er mich berührte und *so schön, so wunderschön* säuselte. Es war schwer gewesen, die Augen offenzuhalten: Ich hatte mich inzwischen daran gewöhnt, wie eine Statue behandelt zu werden, und es machte mir nichts aus. Es ist nur mein Körper, dachte ich, du kannst machen, was du willst. Ich hatte mich daran gewöhnt, die Männer so zu behandeln, als hätten sie mich für eine Hausarbeit angeheuert, die sie selbst angefangen, aber aus Zeitmangel nicht zu Ende gebracht hatten: Flecken auf der Couch wegputzen oder Nippsachen abstauben und wieder aufstellen.

Aber das war etwas anderes. Gary Jensen hatte versucht, mir zu gefallen – hatte mich umkreist, mich geküßt. Er ließ es nicht zu, daß ich ihn in den Mund nahm. Statt dessen wollte er meinen Rücken streicheln, wodurch sich die Innenseite meiner Haut wie elektrisch aufgeladen anfühlte – ein elektrisches Knistern entlang meines Rückgrats, rote Funken, die aus meinen Nerven aufsprühten. Er sagte: *Entspann dich, entspann dich*, aber das konnte ich nicht. Er wollte mein Haar berühren, auf Knien zwischen meinen Beinen sein.

Er war mager, und seine Haut war glatt. Über seinem Brustbein verlief eine fedrige Kammlinie aus dunklem Haar, als wären dort einmal Flügel gewesen, die operativ entfernt worden waren. Er strich mit dem Gesicht meinen Bauch hinunter, und sein Bart fühlte sich wie kleine Flammen an. Ich berührte seinen Kopf an der Stelle, wo das Haar dünn war; es war weich wie das eines Kindes. Er bat mich, mich dort unten küssen zu dürfen, und ich dachte, daß er sich zuviel Mühe gab, um die Schläge vom Vortag wiedergutzumachen, weil er wohl meinte, er schulde mir etwas, genauso wie ich meinte, ihm für sein Geld etwas zu schulden. Deshalb hatte ich mich auch nicht gewehrt, als er mich schlug. Also ließ ich ihn gewähren, und er kam nicht einmal. Er leckte und berührte mich nur, bis ich es nicht mehr aushielt und an seinem warmen Mund kam.

Danach küßte und küßte er mich immer wieder aufs Ohr, während ich versuchte, zu Atem zu kommen. Lächelnd sagte er, daß er gekommen sei, daß das alles gewesen sei, was er wollte, und ich zog mich wieder an. Vielleicht hatte mir seine

Aufmerksamkeit gut getan. Ich war nicht ganz sicher, aber als ich die Betonstufen hinunterging, fühlte ich mich an der Stelle, wo er den Herzschlag zwischen meinen Beinen gespürt hatte, zerschlagen und empfindungslos. Dumm und reingelegt wie ein Kind. Ich kam mir vor wie ein Kind, das ein neues Spielzeug bekommen hatte; eines, das sich seine Eltern zwar nicht leisten konnten, aber trotzdem gekauft hatten:

Etwas, das man sich wünscht, aber Angst hat, es zu bekommen.

»Na? Wie oft?« Er stupste mich und drückte meinen Ellbogen. Nicht hart, aber ich sah ihn an.

»Das geht dich gar nichts an«, sagte ich. Dann schob ich mein Bein zwischen seine Beine, meine hellblauen Jeans gegen seine dunkelblauen, und drückte mein Knie an das seine. »außer du sagst, du möchtest es noch einmal tun«, sagte ich.

Er warf die Zigarette in den Steingarten, und ein dünner Rauchfaden stieg aus den verwelkten Petunien auf, die zusammengeknäult waren wie gebrauchte Papiertücher und den Kopf hängen ließen. Er nahm die Hand von meinem Ellbogen, legte den Arm um meine Taille und zog mich an sich. Er küßte mein Ohr. »Ja«, sagte er in mein Haar, »ich möchte es wieder tun.«

Bei Nummer 22 öffnete sich die Tür. Jemand sah aus dem dunklen Spalt auf den Gang hinaus, ein Mann mit kleinen Vogelaugen, und schloß die Tür dann wieder.

»Hör zu«, sagt meine Mutter zu meinem Vater.

Sie sitzen am Küchentisch, vor ihnen liegen lauter leere Briefumschläge.

Meine Mutter hebt angesichts der Umschläge die Hände und sagt erneut: »Hör zu. Wir wissen, daß Andy uns Geld leihen wird. Und er hat's auch. Wenn du ihn nicht fragen willst, tu ich's.«

Mein Vater sieht in den Ordner mit den Kontoauszügen, als hätte er etwas verloren darin. Er sagt nichts, schluckt aber.

Eine Schneewehe hat sich gegen unser Küchenfenster gelehnt, und im winterlichen Zwielicht, das so rein und hell ist wie kaltes Badewasser, scheint der Schnee der Himmel zu sein. Hitze steigt über dem Heizungsgitter auf und legt sich kratzend wie ein trockener Wollpullover auf mein Gesicht. Ich stehe mit nackten Füßen auf dem schwarzen Gitter und verbrenne und erfriere zugleich.

Ich schaue aus dem Fenster, und durch das Kondenswasser und über die Schneewehe hinweg sehe ich den eingezäunten Hinterhof unseres Nachbarn, wo ein großes braunes Kaninchen an dem niedrigen Ast eines Kirschbaums hängt. Im Frühling wird dieser Baum blühen, und im Sommer werden sich die Blüten in harte rote Edelsteine aus Blut verwandeln.

Unter dem Kaninchen ist jetzt Blut – ein schwarzer Fleck im Schnee. Ich beobachte, wie das Kaninchen im Wind hin und her schwingt, das Maul geschlossen, die Ohren immer noch starr an den Kopf angelegt, der Schwerkraft trotzend oder aufmerksam in die Dunkelheit lauschend.

»Jesus«, sagt mein Vater. »Ich hasse es, von meinem Bruder Geld zu nehmen.«

Stille trat ein, und während sie anhält, schaut meine Mutter erneut zur weißen Decke hoch. Mein Vater bemerkt es nicht. Unter seinem Kinn ist ein böser Ausschlag, genau an der Stelle, an der er sich jeden Tag die dunklen Bartstoppeln abrasiert und danach in den Ausguß spült. Sein Haar ist zu kurz, zu nahe am Schädel abgeschnitten, um sagen zu können, ob es noch schwarz oder schon grau ist.

»Aber wir haben einfach keine andere Möglichkeit«, sagt er und räuspert sich, »vor allem nächsten Monat nicht.« Dann zuckt er die Achseln.

Meine Mutter zündet sich eine Zigarette an. Sie trägt einen engen braunen Pullover und einen schwarzen Rock. Ihre Beine sind lang und unter dem Tisch übereinandergeschlagen – sie hat hochhackige Schuhe und schwarze Nylons an. Sie wird sagen, daß sie heute abend zur Kirchenchorprobe muß. Aber die Probe ist wegen des schlechten Wetters ausgefallen, und Stunden später, wenn mein Vater besorgt in der Kirche anruft, wird der Küster ihm sagen, daß schon vor vielen, vielen Stunden die Probe abgesagt worden ist.

Aber jetzt geht meine Mutter ins Schlafzimmer, steht vor ihrem Frisiertisch und tupft sich Veilchenwasser auf die Handgelenke, bevor sie ihren Kamelhaarmantel anzieht und geht. Ich beobachte, wie sie über das Eis schlittert und mit diesen schwarzen Absätzen über eine Schneewehe zum Auto stolpert. Hinter ihr, im Gang vor ihrem Schlafzimmer, steigt eine Säule aus Veilchenduft auf. Draußen, beim gefrorenen Abfall in der Tonne, schreit ein Tier hoch und blechern.

Ich gehe früh zu Bett, lausche auf den Wind und die Geräusche von Autoreifen, die über den festgefahrenen Schnee knirschen.

Während er mein Haar küßte, sagte er erneut: »Ja, ich möchte es noch mal tun.«

Ich drückte mich an ihn, grub schnell meine Zunge in sein Ohr, und es schmeckte süß wie Schweiß, wie eine Schote, und ich flüsterte: »Achtzig sind genug. Ist das okay?«

»Mehr als okay.« Er atmete mit offenen Lippen auf meinem Hals.

»Also gut«, sagte ich, befreite mich aus seinen Armen und lachte. »Hier geht's nicht.«

Auch er lachte. «Nein, Schätzchen, da hast du recht.«

»Laß mir eine Stunde Zeit, um im Büro alles fertig zu machen«, sagte ich. Er nickte und ließ langsam seine Hand aus der meinen gleiten.

Obwohl es eigentlich unmöglich war und nur ein entsetzliches Wunder sein konnte, wußte ich schon ein paar Tage später, daß ich schwanger war. Mein Vater saß rauchend in der Küche, und der Zigarettengeruch brachte mein Herz zum Rasen. Ich hatte den Geschmack von Teer und Autoreifen im Mund und war unsäglich schwach. Ich konnte keinen Kaffee trinken, und meine Brüste fühlten sich plötzlich so zerquetscht und schwer an wie altes Obst. Nachts schlief ich wie jemand unter Wasser. Es war erst fünf, vielleicht sechs Tage her, daß ich das erste Mal mit Rick geschlafen hatte.

Ich erzählte Rick nichts davon, weil ich wußte, was er sagen würde. Seine Familie war so liebevoll, daß ich Angst hatte, es seiner Mutter zu sagen, weil sie sofort anfangen würde, Schühchen und winzige rosafarbene Pullover zu stricken. Sein Vater hätte vielleicht eine dicke Zigarre angezündet und die ganze Verwandtschaft zu einer Party eingeladen.

Mein eigener Vater fuhr jeden dritten Dienstag zur Bank,

um seine Behindertenrente abzuholen, und dabei zog er sein totes Bein nach wie einen lahmen, aber anhänglichen Bluthund. Natürlich war gerade Frühling. An diesem Morgen ließ ich ihn in der Schule anrufen, um der Sekretärin zu sagen, ich hätte eine Erkältung. Dann, nachdem er zur Bank gefahren war, ging ich in unseren Hinterhof, wo nur ein schwächlicher Rosenstrauch wuchs, den meine Mutter gepflanzt hatte, und der jedes Jahr im Juni rot und unvermittelt erblühte. Er war das einzige, was meine Mutter je gepflanzt hatte. Hinter ihm hob ich mit einem Kaffeelöffel ein kleines Loch aus.

In diesem Loch vergrub ich ein kleines Foto meiner Mutter als Teenager. Jahrelang hatte ich es wie eine gepreßte Blüte zwischen den vergilbten Seiten eines alten schwarzen Liederbuchs aufgehoben, das ebenfalls ihr gehörte.

An diesem Morgen war die Erde unter dem Rosenstrauch schlammig, von der Sonne aufgeweicht. Der Schlamm war mit altem Gras vermischt, das süß und naß roch. Der Rosenstrauch sah an diesem Tag wie ein Skelett aus, das mit knochiger Hand aus der Unterwelt nach der Sonne griff.

An manchen Stellen spitzte ein Krokusschößling hervor. Die Leute, die vor uns in diesem Haus gewohnt hatten, hatten sicher einen hübschen Garten angelegt.

Sogar ein paar dicke Rotkehlchen waren schon da, die verblüfft herumspazierten.

Als ich das Foto mit den Fingerspitzen in den Schlamm drückte, rollten sich die feuchten Kanten auf. Ich nahm wieder den Kaffeelöffel, um Erde über meine Mutter zu schieben, dann klopfte ich alles mit den Handflächen fest und ließ die dunklen Krumen durch meine Finger rieseln:

Es war ein abergläubisches Ritual, das war mir klar – obwohl es mir ganz natürlich, sogar archaisch erschien, als ich es ausführte, keineswegs so albern, kleinstädtisch, schäbig und verzweifelt hoffnungsvoll, wie ich mich fühlte, wenn ich betete. Ich war froh und erleichtert, daß sie dort begraben lag, während ich hier war, lebendig und seit einer Woche schwanger und genauso alt wie sie damals, als sie mich geboren hatte.

Es war das letzte Bild, das ich von ihr hatte, das einzige, das ich noch nicht neben dem Rosenstrauch begraben hatte.

Später am Nachmittag rief ich eine Klinik in Grand Rapids an, und man sagte mir, ich müsse acht Wochen warten, bis der Fötus groß genug sei für eine Ausschabung. Bis dahin würden entlang der Häuser in unserer Straße die Tulpen schon blühen, glatt und schwarz, oder züngelnd die roten Blütenblätter recken. Bis dahin wäre der April gekommen und wieder gegangen. Spatzen würden im Schatten eines Kreuzes über den Kirchhofrasen hinwegschießen. Mit feuchten Flügeln würden sie am Karfreitag durch einen verschwommen gelben Himmel fliegen.

Es war nicht verwunderlich, daß an der Stelle, wo ich die Fotos meiner Mutter vergraben hatte, nie etwas wuchs. Was hätte dort auch wachsen sollen? Irgendeine Art von Blumen oder ein gefährliches Unkraut? Eine Mohnblüte, die die Sonne anfunkelte oder etwas halb Menschliches? Eine orangefarbene Blume mit einem Kindergesicht inmitten der Blütenblätter?

Ich versuchte sogar, dieses letzte Foto im August wieder auszugraben, aber es war nicht mehr zu finden. In gewisser Weise war ich darüber erleichtert, weil meine Schwarze Magie nicht funktionierte und mein Handel mit dem Teufel jedesmal schiefging.

Er schien meine Seele um keinen Preis haben zu wollen.

Ich rauchte eine Zigarette im Büro, und dann ging ich zu seinem Zimmer hinüber.

Gary Jensen öffnete die Tür, bevor ich anklopfen konnte.

»Hab dich die Treppe raufkommen hören«, sagte er mit seinem starken Akzent. Er schlang die Arme um meine Taille. Ich umschlang seinen Hals. Der Kuß, den er mir gab, war glitschig und heiß. Unsere Zungen schwammen über- und untereinander wie Flußschlangen.

In der Woche vor meinem Termin sagte ich am Küchentisch zu meinem Vater: »Ich muß eine Abtreibung machen lassen.«

Er starrte mich lange an und begann dann zu weinen. Er legte den Kopf in die Hände und schluchzte, während seine Zigarette im Aschenbecher verglühte. Ich sah auf seinen Kopf, auf die kurzen Stoppeln, und dachte, daß er sehr schnell gealtert war, aber immer noch den Haarschnitt eines Marinerekruten hatte. Nach einer Weile lief seine Nase, und er schien keine Luft zu bekommen. Ich griff über den Tisch und drückte sein Handgelenk, das schmal und von blauen Adern durchzogen war. Er sah mich an.

Mein Vater war ein großer Mann. Er hatte riesige Hände. Ein Mann, der ein Soldat oder ein Footballspieler hätte sein können, der in einem altmodischen Krieg, bevor es Waffen gab, einen anderen Mann mit bloßen Händen hätte zu Boden schlagen können, oder der nach dem großen Heimspiel, hinter der Tribüne, um die Ehre eines Mädchens gekämpft hätte. Statt dessen war ihm von einem Mann in einem blauen Anzug, der am Tag nach seinem High-School-Abschluß an die Tür gekommen war, eingeredet worden, für den Rest seines Lebens Putzmittel zu verkaufen. An dem Tag war mein Vater verwirrt, verkatert und gelangweilt gewesen, und seine Mutter, die gerade mit einer Büchse Tomatensoße in der Hand in der Küche stand, hatte sich wegen seiner Zukunft Sorgen gemacht, als handle es sich um eine Erkältung. Sein jüngerer Bruder Andy besaß schließlich bereits ein Auto.

Wegen seines Mißerfolgs als Handelsvertreter war mein Vater in Gegenwart anderer Männern stets gummiartig und nervös. Sogar in der Kirche trat er hinter den Platzanweisern zurück, die nicht so groß waren wie er, aber in ihren blauen Anzügen um vieles größer wirkten als mein Vater. Sie hatten eine Art von Größe, die mein Vater nie besaß, und die nichts mit körperlicher Größe zu tun hatte. Sie redeten freundlich mit ihm, als wäre er ein viel jüngerer oder ein viel älterer Mann. Diesen Männern überließ mein Vater all die wirklich wichtigen Entscheidungen – wo man die reichen alten Damen mit ihren Rollstühlen aus Sterlingsilber plazierte und wo die Extrastapel der frommen Broschüren hinzulegen waren.

Er konnte nicht einmal dem Mechaniker mit seinen schmutzigen Händen in die Augen sehen. Mißerfolg hatte meinen riesigen Vater klein und schüchtern werden lassen. Ein Autounfall gab ihm schließlich den Rest: Während man ihn, ein Brei aus Blut und Knochen unter dem Armaturenbrett, aus seinem zertrümmerten Ford zog, schrie er ununterbrochen nach meiner toten Mutter – begleitet von dem Geschirrgeklapper, das aus der Küche eines Restaurants drang. Vom Geräusch eines Dosenöffners, der in eingedelltes Blech schnitt.

»Wir müssen über Nacht bleiben«, sagte ich. »Ich muß am Dienstagnachmittag Tests machen lassen; die Abtreibung findet am Mittwochmorgen statt. Ich bestelle uns irgendwo ein billiges Zimmer. Im Motel 6 oder so, in Ordnung?«

»Es ist meine Schuld«, sagte mein Vater, eine Aussage, die wie eine Frage klang, während er sich heftig mit einem weichen Papiertuch über Nase und Augen wischte. »Du bist doch noch ein kleines Mädchen. Du brauchst eine Mama.«

Er begann noch heftiger zu weinen.

»Nein«, sagte ich. »Ist schon gut, Dad. Ich mach das schon. Aber du mußt am Dienstag mit mir nach Grand Rapids fahren. Eine Aufsichtsperson muß mich begleiten.« Mein Vater nickte. »Sicher«, sagte er. »Sicher, Baby. Ich liebe dich so sehr.«

Gary Jensen nahm meine Zunge zwischen seine Zähne und zog mich aus, ohne seinen Mund von mir zu lösen. Diesmal schlug mein Herz wie wild gegen meinen Brustkorb. Ich kam gleichzeitig mit ihm, während er in mir war, was ich noch nie erlebt hatte, mit keinem Mann. Es war ein unglaubliches Beben, wie ein Vogel, der flatternd zwischen meinen Beinen starb. Ich hatte nicht geglaubt, daß es so sein würde, und ich öffnete und schloß mich um ihn wie ein warmer Mund.

Danach küßte er wieder meine Brustwarzen. Meinen Hals. Meine Lippen und meine Augen und schien zu weinen.

»Mein Gott«, sagte er, »Leila – ich kann es nicht fassen, daß du so verdammt nett zu mir bist, nach dem, was ich dir angetan habe. Du kommst hier rauf, als hättest du kein bißchen Angst vor mir, und du liebst mich so, wie es noch niemals jemand getan hat.«

Er griff in mein Haar und verhedderte und verlor sich in der kupferfarbenen Masse.

Ich bemerkte eine dünne Narbe unter seinen Bartstoppeln, die zart und rot vom Hals bis zum Ohr verlief, weiß an den Rändern. Ich legte meine Hand auf seine Brust. Sie war nicht breiter als meine eigene, und während wir vögelten, hatte sie sich weich angefühlt; seine Knochen hatten sich sanft auf meine Brüste gepreßt. »Ich muß wieder ins Büro runter. Mein Gott, was ist, wenn Mrs. Briggs angerufen hat, oder wenn ein Haufen Gäste unten warten?«

Gary Jensen stützte sich auf die Ellbogen und sagte: »Geh noch nicht, Leila, bitte. Ich muß dich noch ein bißchen anschauen.« Seine Augen waren braun und trocken.

Ich ließ ihn schauen.

»Mein Gott«, sagte er und berührte mit zwei Fingern meine Wange. »Ich kann nicht glauben, daß ich dich geschlagen habe, Baby. Ich kann es nicht glauben. Was zum Teufel ist bloß los mit mir?«

Ich sah ihn eindringlich an. Auch seine Wimpern waren dunkel. Von dem lebhaften Jungen, der er einmal gewesen war, waren nur noch ein paar verblichene Sommersprossen auf seinem Nasenrücken übriggeblieben. Das weiche Haar. Ich berührte es an der Stelle, wo es sich im Nacken kräuselte, und er küßte mich wieder.

»Leila, ich sag dir, warum. Ich muß dir etwas über mich sagen, damit du mich nicht haßt. Weil ich das Gefühl habe, ich könnte mich in dich verlieben«, sagte er und drückte dabei meine Brustwarze zwischen Daumen und Zeigefinger. Er schluckte. »Mein Daddy hat meine Mama schlimm verprügelt.« Er schluckte erneut. »Und ich hab das die ganze Zeit mit angesehen. Vermutlich seit meiner frühesten Kindheit. Ich wette, ich habe ihn nie etwas anderes tun sehen, *außer* meine Mutter zu schlagen. Und obwohl ich mir geschworen habe, nie in meinem Leben eine Frau so zu behandeln, tue ich es trotzdem. Ich habe es genauso gemacht, Leila, bevor mir klar geworden ist, was ich getan habe.«

Ich wollte nicht weinen, aber es hörte sich nach einer wahren Geschichte an, und ich sah mich, wie ich mich über einen Autositz beugte und irgendein Junge, der sich in meinem

Haar verkrallt hatte, ergoß sich in meinen Mund. Flüsternd und mit abgewandtem Gesicht sagte ich: »Ich weiß, wie das ist.«

Noch während dieser Satz aus meinem Mund kam, verblüffte er mich wie ein Schlag. Nie zuvor hatte ich darüber nachgedacht. Ich schloß die Augen. Plötzlich zuckte ein greller Blitz hinter meinen Lidern auf, und ich sah mich an meinem sechsten Geburtstag am Küchentisch sitzen. Meine Mutter hatte einen Kuchen gebacken. In den Schokoladenüberzug war eine Plastikpuppe gesteckt. Sechs Kerzen brannten um die orangefarbenen Zöpfe der Puppe.

Mein Vater war unterwegs, und mein Onkel war vorbeigekommen und hatte mir eine Schmuckschatulle und meiner Mutter eine Flasche Rotwein mitgebracht. Meine Mutter hatte eine langsame Jazzplatte aufgelegt, und sie stießen mit ihren blutroten Gläsern, die wie alte Glocken klangen, auf mein Wohl an. Das Saxophon krächzte, schwer atmend, obszön.

Ich trug einen Petticoat und ein rotes Samtkleid wie ein Mädchen aus einem Märchenbuch. Der Unterrock kratzte und lag stachelig und steif um meine Schenkel. Die beiden bestanden darauf, daß ich lachen sollte – meine Mutter beugte sich mit dieser purpurnen Süße im Atem über mich und klatschte und sang *Leila, Leila, viel Glück, Leila.*

Ich wollte lächeln, um sie glücklich zu machen.

Mit einem tiefen Atemzug blies ich die Kerzen aus, aber ich konnte den Kuchen nicht essen. Ich hatte Bauchweh. Sie brachten mich ins Bett, als ich zu weinen begann, und meine Mutter und mein Onkel saßen am Bettrand und lächelten.

Bring Leila zum Lächeln, sagte meine Mutter, und mein Onkel machte einen Zaubertrick. Er warf die Hände in die Luft und zog dann einen langen Seidenschal hinter meinem

Ohr hervor. Rot. Ich schloß die Augen, und ich hörte roten Wind, als er aus mir heraus in seine Hände glitt. Er ließ mein Herz rotieren wie einen Kreisel. Meine Mutter tat so, als hätte es ihr den Atem verschlagen, aber ich wußte, woher er den Schal hatte, und mein Herz begann wie wild zu pochen und dumpf gegen meine Rippen zu hämmern:

Als Gary Jensen sein Gesicht zu mir hinunterbeugte und mein Ohr küßte, erinnerte ich mich daran. Etwas Rotes und Tödliches war aus meinem Körper herausgerissen worden, für jedermann sichtbar, und jetzt war es in seinen Händen.

Etwas Scharlachrotes, Geheimes, wie der Wunsch zu sterben oder zu töten.

Seine Finger umkreisten meine Brustwarze. Er beugte sich hinunter, um sie zu küssen, dann sah er mich wieder an. »Ich weiß, daß du verstehst, was ich meine«, sagte er, »auch du bist verletzt worden. Das habe ich schon zehn Meilen gegen den Wind gesehen.«

Er setzte sich auf und beugte sich über die Bettkante, um sein Hemd vom Boden aufzuheben. Er schlüpfte hinein, zog es zurecht, strich den Kragen glatt und begann, es zuzuknöpfen. Mein Körper fühlte sich schlaff und erschöpft an wie etwas, das zu lange in warmem Wasser eingeweicht war. Ich konnte mich nicht rühren, obwohl ich wußte, ich mußte mich anziehen und ins Büro zurückgehen. Ich wußte, daß ich mich beeilen mußte, aber ich schaffte es nicht.

Er stand auf und zog seine Hose an. Wir hatten nicht einmal den Bettüberwurf abgenommen. Er sah auf meinen nackt ausgestreckten Körper. »Geh dich waschen«, sagte er und verschwand.

Er hatte mir das Geld nicht gegeben, und ich wußte, ich würde ihn nicht danach fragen.

Ich kann sie durch die Wand hören.

»Bonnie«, sagt mein Vater, »wo zum Teufel bist du gewesen?«

»In der Chorprobe«, sagt sie, und ich höre, wie sie eine Perlenkette auf die Frisierkommode legt, den Reißverschluß ihres schwarzen Rocks öffnet und ihn auszieht – eine Brise Nylon, die über Polyester streift, elektrische Spannung auf den Hüften, die im Dunkeln sprüht.

»Da warst du nicht«, sagt er, und es hört sich an wie ein Flehen. »Ich hab schon vor zwei Stunden in der Kirche angerufen, und der Küster hat gesagt, daß heute abend keine Chorprobe stattgefunden hat.«

»Jesus, Jack«, seufzt sie, »du hältst dich wirklich auf dem laufenden, nicht wahr?«

»Also, wo bist du gewesen?«

Ich höre, wie Kleiderbügel in den Wandschrank gehängt werden. Ich kann die Kleider und Röcke fast riechen, die dort schlaff und leer in der Enge hängen und einen Geruch von Fleisch verströmen, über den sich ein abgestandener Duft von Zedernholz, Badesalz und Lavendel gelegt hat. Sie muß nackt sein, denke ich, vielleicht neben dem Bett stehen und sich im grellen Licht der Deckenlampe von ihm betrachten lassen, während sie irgendwas Seidiges überstreift.

»Was denkst du wohl, Jack? Wir haben es doch schon besprochen.«

»Was?« fragt mein Vater. »Was haben wir besprochen?«

»Wir haben über das Geld gesprochen, das wir uns leihen

müssen.« Sie klingt ungeduldig. »Ich war bei deinem kleinen Bruder, Jack, und habe das Geld geholt. Tut mir leid, wenn du dir deswegen Sorgen machst, aber das ist alles.« Sie seufzt. »Ich konnte ja schließlich nicht gleich wieder gehen, nachdem er mir einen Scheck über siebenhundertfünfzig Dollar ausgestellt hat, oder?« Schweigen, als würde sie trinken oder Luft holen, dann fährt sie fort: »Also habe ich ein paar Biere getrunken. Seine Freundin, diese Amber, war da. Ich hatte das Gefühl, nicht unhöflich sein zu können, nachdem er uns so viel Geld gegeben hat, zum Teufel noch mal. Hätte ich einfach den Scheck nehmen und gleich wieder abhauen sollen, Jack?«

»Natürlich nicht«, sagte er entschuldigend, »aber ich hab mir Sorgen gemacht, Bonnie. Es bläst schließlich ein verdammter Schneesturm draußen. Wie um Himmels willen hätte ich wissen sollen, wo du bist?«

Wieder ist es ganz still. Sie muß ihn auf die Lippen geküßt haben.

Mit leiserer Stimme sagt sie: »Ich bin froh, daß du dir Sorgen machst. Ich weiß, daß du mich liebst.« Wiederum Stille; dann die Stimme meines Vaters, die unter ihren Lippen erstickt.

Ich spähe unter meiner Jalousie in das Nichts hinaus. Schicht um Schicht legt sich der Schnee übereinander. Ein weißer Lastwagen steckt in einer Schneewehe fest. Ein Mann schaufelt ihn fluchend frei. Durch den Spalt zwischen Jalousie und Fensterbrett kann ich ihn sehen, er steht knietief im Schnee und hat eine weiße Windjacke an.

In der Küche schaltet sich der Kühlschrank ein und aus.

Der Mann verschwindet und taucht hinter einer weißen Leinwand wieder auf.

Einen Moment lang ist er der Schnee.

Dann ist er Schnee und schaufelt Schnee in einen weißen Lichtspalt, der aus dem Kühlschrank dringt.

Schließlich ist er sein eigener weißer Laster, der mit Federn beladen davonfährt.

Dann ist er Schlaf, das Kissen, Himmel.

Als ich ins Büro zurückkam, wartete dort ein weißhaariges Ehepaar. Sie saßen auf der Vinylcouch – der hellblauen Couch für Gäste, obwohl sich Gäste im Büro selten setzten, da sie gewöhnlich schnell aufs Zimmer oder weiterfahren wollten.

»Ach, du lieber Gott«, sagte ich und tat so, als wäre ich außer Atem, als ich die Glastür aufriß. »Tut mir leid. Es gab einen Notfall«, sagte ich und deutete nach draußen. »Haben Sie lange gewartet?«

»Fünfzehn Minuten«, sagte der Mann. Er war ärgerlich und hatte einen kleinen verkniffenen Mund, aber seine Frau lächelte mit rosa geschminkten Lippen wie eine Titelbildschönheit, die nichts in der Welt erschüttern konnte. Beide hatten blaue Augen, aber eines seiner Augen war trüb, also sahen sie mich mit ihren drei blauen Augen an, während ich hinter die Theke glitt und versuchte besorgt zu wirken und Entschuldigungen und Lügen murmelte.

Beide standen gleichzeitig auf und fixierten mich. Ich sagte: »Haben Sie reserviert?«

»Alberts«, sagte die Frau. Ihr Haar war in sanften Meerschaumlocken aufgetürmt wie eine fedrige Tiara. Sie war zierlich wie ein Vogel, trug ein marineblaues Kleid und war für irgendwas herausgeputzt; aber sie war alt.

Ich ging das Gästejournal durch. Alberts stand nicht drin.

»Hier«, sagte ich trotzdem, machte ein schwarzes Kreuz neben Foreseth, Karl und schlug das Journal schnell wieder zu. Sie sollten nicht sehen, daß ich ihren Namen nicht gefunden hatte, daß ihr Name überhaupt nicht im Gästejournal stand. Dann sah ich auf und lächelte. »Eine Nacht?«

»Nein«, sagte Mrs. Alberts und klang jetzt etwas besorgt. »Drei Nächte. Wir fahren erst am Dienstagmorgen wieder zurück.«

»Oh, natürlich«, sagte ich, nickte ernsthaft und schrieb in großen Blockbuchstaben 3 NÄCHTE auf das Anmeldeformular unter ALBERTS. Ich gab ihnen ein Zimmer, das so weit wie möglich von Gary Jensens Zimmer entfernt lag. Ein hübsches Zimmer mit Blick auf den Fluß. Dort konnten sie den ganzen Tag die Schwäne beobachten, die sich in die Brise lehnten, sich stundenlang die eigenen Federn ausrupften und ein Gewölk weißen Flaums in den Wind schüttelten, der aussah wie zarter Schnee.

Am Montag nach der Schule packte ich eine Haarbürste und zwei Kleider in eine grüne Reisetasche, die meiner Mutter gehört hatte und nach all den Jahren wie der Dachboden selbst roch – eine Mischung aus Formaldehyd und Mottenkugeln.

Vier Garnituren Unterwäsche. Socken. Shampoo. Meine Zahnbürste und einen Damenrasierer. In eine andere Tasche, deren Henkel gebrochen war, was bedeutete, daß mein Vater sie wie ein großes, schwerfälliges Kind vom Wagen zu unserem Zimmer im Motel 6 tragen müßte, packte ich zwei weiße T-Shirts für ihn. Zwei Garnituren Unterwäsche. Den Elektrorasierer in dem weichen schwarzen Beutel. Seine Zahnpasta. Seinen Deodorantstift. Hose und Hemd konnten wir auf einen Bügel an den Rücksitz hängen. Ich hatte keine Ahnung, was wir noch brauchen könnten. Wir waren nie zusammen irgendwo über Nacht geblieben, nie.

Damals war ich sechzehn und noch in der Junior-High-School. Ständig tat mir der Kopf weh. Ich hatte blaue Ringe unter den Augen. In den Schulgängen trug ich meine Bücher immer fest an die Brust gedrückt und schaute beim Gehen zu Boden. Die trübe Politur roch wie altes Terpentin. Der Hausmeister in einem marineblauen Overall, auf dem oberhalb des Herzens in Orange RON eingestickt war, fuhr Tag für Tag in langsamen Kreisbewegungen mit einem trockenen Mop darüber, bis der Boden strahlend glänzte.

Es war immer zu hell in dem Gebäude, zu heiß und staubig, am Morgen tränten mir die Augen, bis ich mich an das grelle Licht gewöhnt hatte. Im Klassenzimmer, unter den summenden Leuchtstoffröhren, starrte ich auf mein spiegelnd glattes Hausaufgabenheft; die Wörter auf dem glänzenden Papier hingen bedeutungslos aneinander wie dunkle Perlenstränge.

Hinter der schweren Tür des Musiksaals geschah etwas Geheimnisvolles: Der Schimmer einer schwarzen Klarinette und beständig wiederholte Tonleiterübungen, als würde jemand gehorsam schreien.

Ich mochte Musik und ging gern am Musiksaal vorbei, wenn dort geprobt wurde, aber im Gegensatz zu all den aschblonden Mädchen spielte ich selbst kein Instrument. Ich wohnte in Suspicious River und ging mein ganzes Leben lang mit diesen hübschen, affektiert lächelnden Mädchen zur Schule, deren Namen ich immer noch nicht wußte. Ich hätte genausogut auf einem anderen Planeten leben können. Diese Mädchen schraubten ihre Flöten auseinander, die naß von Spucke waren, und steckten sie in schmale schwarze Kästen, die mit Samt ausgeschlagen waren, und ich dachte, wie es wohl wäre, wenn ich das Rohrblatt eines Instruments so lange küssen würde, bis ich in der Lage war, es zu spielen.

Zwischen den Unterrichtsstunden rannte Rick immer auf dem Gang hinter mir her. Er war größer als ich, sein Haar war damals lang und reichte bis auf den Kragen. Er rief »Leila«, aber ich hörte ihn nie, bis er neben mir war, den Arm um meine Schulter legte und mich an sich zog wie unter einen schweren Flügel. Die Schule war immer überheizt, und er hatte rote Flecken auf den Wangenknochen und Schweißtropfen auf der Oberlippe. Er wirkte eifrig und aufgeregt wie ein Haustier aus einem Comicheft oder eine Fernsehmutter. Er küßte mich vor meinem Schließfach und fragte: »Macht es dir was aus, wenn ich dich in der Öffentlichkeit küsse?«

Es machte mir nichts aus.

»Geht's dir gut?« fragte er. »Hast du heute morgen etwas gefrühstückt?«

»Ja.« Ich zog die Augenbrauen hoch, obwohl ich nicht wußte, ob ich gefrühstückt hatte oder nicht.

»Ach, Leila«, sagte er lächelnd. »Ich bin so glücklich«, flüsterte er mir ins Ohr. Ich wurde mit dem Rücken gegen das Schließfach gedrückt, das nur aus dünnem Blech bestand, leicht eingebeult und grau gestrichen war wie alles andere auch und nur genügend Platz bot, um einen Körper oder einen Regenmantel darin aufzubewahren. Im Gang war niemand außer uns – die anderen waren schon in den Klassenzimmern, und wir kamen wieder zu spät.

Ricks Atem roch morgens nach Milch. Am Nachmittag nach Minze oder Hustensaft.

Er sagte: »Alle Jungs sind furchtbar eifersüchtig«, dabei kniff er die Augen zusammen und beugte sich ein wenig herunter, um mir in die Augen zu sehen. »Sie träumen seit Jahren von dir. Und jetzt bist du meine Freundin.« Er trat einen Schritt zurück, um mich genauer anzuschauen, und sagte dann: »Mein Gott.«

Ich kannte diese Jungen.

Es waren die Mädchen, die ich nicht kannte. Ihre vollkommen gleichartigen Pferdeschwänze schwangen auf verwirrende Weise wie Schlingen hinter ihnen durch die Gänge. Alle waren gleich angezogen. Sie gingen sogar auf dieselbe Art. Es war wie in einem Spiegelkabinett, wenn man sich zwischen ihnen bewegte. Manchmal stieß ein Mädchen mit mir zusammen, absichtlich wie es schien, und eine Gruppe ähnlicher Mädchen hinter ihr lachte.

Aber die Jungen traten zur Seite und bildeten einen kleinen Korridor für mich, wenn ich vorbeiging.

Ich sagte Rick nicht, warum mein Vater und ich nach Grand Rapids fuhren. Rick hatte in dieser Woche eine Abschlußprüfung in Trigonometrie und mußte Testspiele fürs Baseballteam absolvieren: Er wollte in die Collegemannschaft und sagte, er würde mir seine Baseballjacke geben, wenn er es schaffte. Ricks Klassenring mit seinem roten Glasauge, der an einer Silberkette zwischen meinen Brüsten baumelte, fühlte sich bereits schwer an. Beim Gehen erschien er mir manchmal wie eine winzige, aber harte Faust, die gegen meine Rippen klopfte, um eingelassen zu werden. Ich konnte mir nicht vorstellen, seine Baseballjacke zu tragen, wie es alle diese netten Mädchen, die sich mit seinen Freunden verabredeten, taten. Es waren braungebrannte, reiche Mädchen mit leuchtenden Skijacken und rundlichen Müttern, die Tampons am Empfang hinterlegten, wenn die Töchter hektisch zu Hause anriefen, um mitzuteilen, daß sie in der Schule ihre Periode bekommen hatten.

Diese Mädchen versammelten sich zwischen den Unterrichtsstunden in den Toiletten, trugen Baseballjacken, kicherten, tauschten Lippenstifte aus und sorgten sich um ihr Haar – das sie toupierten und mit Haarspray besprühten.

Aber Rick war dreißig Zentimeter größer als ich und wog achtzig Pfund mehr. Ich dachte, wenn ich seine Jacke trüge, würde ich mich darin verlieren.

Im Scheinwerferlicht der Sonne spazierte Gary Jensen ins Büro, und ich mußte blinzeln, um ihn zu sehen. Er hatte eine grüne Nelke und eine Zigarette in der Hand und streckte mir beides entgegen. Ich nahm die Nelke und lächelte.

Er hatte die Baseballmütze auf. Ein orangefarbenes D prangte über dem blauen Schirm. Sein Bart sah ungepflegt aus. Als er mich anlächelte, bewegte sich nur die eine Hälfte seines Mundes, und tiefe Falten gruben sich in seine Wangen. Ein zweigeteiltes Grinsen. Wie ein Cowboy, dachte ich wieder. Ein Zivilbulle aus einer Fernsehserie. Ich konnte mir vorstellen, wie er mit einem Pick-up durch die Wüste fuhr und auf jemanden zielte, der rannte. Er würde die Augen zusammenkneifen, grinsen und auf das Herz des Flüchtigen zielen.

Er schüttelte den Kopf und sah mich an. »Verdammt«, sagte er, »du bist so verdammt hübsch.«

»Danke«, sagte ich, »für die Blume.«

Er beugte sich über die Theke, und aus seiner Hand stieg Rauch auf wie eine verzauberte Schlange. »Du verdienst mehr als Blumen«, sagte er, zog den Rauch ein, schaute zur Decke und sah dann wieder mich an. »Und mehr als Geld. Du verdienst es, wie eine Prinzessin behandelt zu werden, Prinzessin.« Er inhalierte Feuer und atmete Rauch aus. »Und das ist ein weiterer Grund, weshalb ich gekommen bin. Ich wollte dir sagen, daß ich nicht nur mit dir schlafen will, Baby. Mir geht's um viel mehr als das. Du hältst mich vielleicht für verrückt, wenn ich das sage, weil wir uns ja gerade erst kennengelernt haben und überhaupt nichts voneinander wissen.

Aber ich habe mich nie«, er schnippte die Asche in den Aschenbecher neben meinem Ellbogen, »noch *nie* so gefühlt, wie ich mich fühle, wenn wir zusammen im Bett sind, mein Schatz. Du bist das süßeste, heißeste kleine Ding, das mir je in die Finger gekommen ist.« Dann zog er an seiner Zigarette und lachte. »Hör mal! Ich bin hier rübergekommen, um dir zu sagen, daß ich dich nicht bloß ficken will, und jetzt rede ich von nichts anderem als vom Ficken.«

Auch ich lachte.

Er sah auf meine Hände hinunter.

Auf den dünnen, goldenen Reif, meinen Ehering.

Dann sah er mich an und sagte: »Aber ich möchte, daß wir *Freunde* sind. Mein Gott, ich möchte für dich *sorgen*. Ist das so schlimm? Ich hab irgendwie das Gefühl, daß du bereits mein Baby bist.«

Ich sah an ihm vorbei.

Niemand war da.

Mit gedämpfter Stimme fuhr er fort: »Ich muß dir etwas gestehen, Leila. Was mein Temperament anbelangt. Du weißt, daß ich dich geschlagen habe. Mein Gott.« Er holte tief Luft. »Kannst du glauben, daß ich das getan habe? Also, ich hab dir ja schon gesagt, Leila, daß es mich manchmal einfach überkommt, dieses böse Gefühl. Und ich weiß, daß es mit meinem alten Herrn zu tun hat. Aber einmal – das ist eine häßliche Geschichte, mein Schatz...« Er richtete sich auf, um sie zu erzählen und drückte die Zigarette aus. »Einmal war ich mit einer Frau in Boulder zusammen.« Gedankenverloren sah er über meine Schulter in die Ferne. »Sie war wie du. Genauso verdammt hübsch und brauchte auch unbedingt Geld. Sie hatte einen kleinen Jungen zu Hause, glaube ich, aber sie war eigentlich noch ein Mädchen – und deshalb wurde sie Prostituierte, verstehst du. Ich hab damals auch in einem Motel gewohnt, und ich hab das Mädchen mit aufs Zimmer genommen. Leila, ich hab mit ihr dasselbe gemacht wie mit dir.« Er schüttelte ungläubig den Kopf. »Ich hab das kleine hübsche Ding geschlagen.« Er klatschte in die Hände und beugte sich wieder über die Theke. »Aber weißt du was, Baby? In der Sekunde – tatsächlich in derselben *Sekunde*, als ich das Mädchen geschlagen habe, kommt dieser Typ ins Zimmer gestürmt, schlägt mich nieder und prügelt mir die Scheiße aus dem Leib. Einfach so. Hat mir die Scheiße rausgeprügelt, genauso, wie ich's verdient hab. Mann. Baby.« Er schluckte.

»Leila, genau das würde ich gern für dich tun. Was dieser Typ für sie getan hat. Aus jedem Mistkerl die Scheiße rausprügeln, der versucht, dir weh zu tun. Weil ich verstehe, daß du tun mußt, was du tust – egal aus welchem Grund, meine Süße. Du mußt mir nicht erklären warum, weil ich weiß, daß du das Geld brauchst. Und du brauchst jemanden, der auf dich aufpaßt.« Er legte seine Hand auf meine, und sie fühlte sich schwer an. »Das Geld ist wichtig, Baby, aber das Geld ist nicht so wichtig wie dein Leben. Sonst ist das Geld nämlich gar nichts wert, Baby.«

Jedesmal, wenn er »Geld« sagte, schien der kalte Zeiger der Wanduhr vorzurücken.

Ich dachte darüber nach. Über »das Geld«.

Wahrscheinlich dachte jeder, daß ich es deswegen machte.

Aber Geld bedeutete mir nichts.

Es quoll aus meiner Schmuckschatulle, grün und trocken. Ich dachte nur daran, wenn ich weiteres Geld dazulegte.

Gary Jensen drückte seine Hand stärker auf die meine, und die Sonne wärmte die Glasscheibe. Eine helle Schatulle, ein Spiegelkabinett, ein weißer Laster, ein Palast aus Eis. Was war es? Wofür sparte ich das Geld?

»Na schön«, sagte er. »Hör zu, ich rede wie ein Narr. Wahrscheinlich empfindest du gar nichts für mich. Ich sollte lieber wieder auf mein Zimmer gehen. Aber ich hab mich gefragt, Leila, ob ich dich vielleicht heute abend sehen könnte, wenn du hier fertig bist, dann müßten wir uns einmal nicht beeilen. Vielleicht könnten wir ein Bier trinken. Bitte?«

Er lachte hinter vorgehaltener Hand und sagte: »Mein Gott! Ich bettle dich hier an wie ein liebeskranker Teenager, Leila. Das muß dich krank machen.«

Ich schluckte, lächelte. »Nein. Ist schon gut«, sagte ich. »Ich komme gegen elf rauf.«

»Großartig«, sagte er und sah mich immer noch an, als er rückwärts zur Tür ging und an den Rand seiner Baseballmütze tippte. »Das ist so verdammt großartig.« Er warf mir eine Kußhand zu.

Der Boden ist mit braunen Blättern übersät. Wenn der Wind weht, hören sich die Blätter an wie Frauen in Petticoats, die raschelnd durch den Gang einer leeren Kirche gehen. Die Bäume sind nackt, der Himmel purpurfarben. Der Garten des Nachbarn ist ein gelbvertrocknetes Gestrüpp, in dem seit dem Ende des Sommers alle Blumen umgeknickt sind. Der Geruch von Mulch und modrig welken Ringelblumen weht mit einem Hauch von Ambra und alten Blumenzwiebeln über den Maschendrahtzaun. Feuchte Schwaden steigen aus dem Schlamm von Michigan, voll mit Indianerknochen, verschlungenen Baumwurzeln und harten weißen Maiskörnern, die Eichhörnchen für den Winter vergraben haben; Würmer wühlen sich ins Erdinnere, um dort zu sterben oder zu schlafen.

Die Sonne ist schwach, scheint aber, und ich spüre, wie sie mein Gesicht rötet, während ich auf dem Rücken am Boden liege. Es ist Erntedankfest, und ich bin sechs. Aus dem Innern des Hauses höre ich entfernt das Dröhnen des Fernsehers – eine Menschenmenge, die wütend oder begeistert ist. Mein Vater und Onkel Andy sehen sich das Spiel der Lions gegen die Chiefs an. Nach dem Abendessen saßen sie erschöpft auf der Couch, Seite an Seite. Meine Mutter hatte die Hände in graues Spülwasser getaucht, vorsichtig tastete sie nach einem Messer am Boden und spülte es ab. »Leila, warum gehst du nicht raus? Es ist schön draußen«, sagte sie.

Ich habe eine alte karierte Jacke an und einen alten eingelaufenen Pullover meines Vaters. Die roten Ärmel hängen lose um meine Handgelenke wie Zungen. Die Erde fühlt sich fest und flach in meinem Rücken an, und ich lege den Unterarm übers Gesicht. Aber ich kann den Geruch meines Vaters in der roten Wolle nicht wahrnehmen. Nur die rostige Herbstsonne, den kommenden Winter.

Ich bleibe auf dem Rücken liegen, bis die Sonne farblos und durchsichtig wird, hinter den Ästen verschwindet und wäßrigen Glanz über den Himmel verteilt. Später dann, wenn ich durch die Hintertür ins Haus schlüpfe, sehe ich die beiden in der Küche, aber sie sehen mich nicht. Ich stehe in der Nähe der Garderobe, wo schlaff, ganz nahe an meinem Gesicht, der beige Vertretermantel meines Vaters hängt. Ich beobachte die beiden, spähe mit fast geschlossenen Augen um die Ecke und halte den Atem an.

Mein Onkel knöpft die Bluse meiner Mutter auf und legt den Mund auf ihre Brüste. Ihr Rock ist hochgeschoben, seine Hüften sind zwischen ihren Beinen und bewegen sich. Seine Hemdzipfel hängen über seine Schenkel, aber dennoch kann ich das kleine Stückchen nackten Fleischs dort sehen. Meine Mutter wird gegen das Abwaschbecken gedrückt, ihre Finger, weiß wie Knochen in seinem schwarzen Haar, spannen und entspannen sich über seinem Kragen. Dann höre ich, wie die Vordertür aufgeht und mein Vater ruft, als stelle er eine Frage: »Ich bin wieder da?«

Wo ist mein Vater gewesen?

Mein Onkel zieht sich schnell von ihr zurück. Es vergehen vielleicht zwei Minuten, genauso langsam wie schwere Kirchentüren sich öffnen, hinter denen eine begeisterte Menge versammelt ist, und jemand schreit plötzlich »Feuer!«. Als mein Vater in die Küche kommt, hält er eine Tüte hoch, womit? Bier? Er sieht abgehetzt aus, bleibt aber wie angewurzelt stehen, als er die beiden sieht.

Was hat sich verändert?

Sie haben bereits notdürftig ihre Kleider wieder geordnet, zumindest die Knöpfe geschlossen. Dennoch ist etwas zu spüren. Elektrische Spannung. Ob mein Vater das bemerkt?

Der Kühlschrank springt an, und mein Onkel nimmt ein Geschirrhandtuch von der Küchentheke und kneift die Augen zusammen, als wäre etwas in kleiner unleserlicher Schrift darauf geschrieben. Meine Mutter steckt schon wieder bis zu den Ellbogen im kalten Spülwasser. »Daddy«, sage ich, alle drehen sich um und sehen mich dort stehen, und alle sehen erleichtert aus.

»Hallo«, sagt er zu mir. »Ich habe das Bier«, sagt er zu den anderen und zeigt seinem Bruder und seiner Frau die braune Einkaufstüte.

Der Ausdruck auf dem Gesicht meines Vaters könnte alles mögliche bedeuten, aber ich stelle mir vor, daß er Hoffnung bedeutet. Einen Augenblick lang ist er ein Witwer, der scheu in einen Sarg greift, um am Hals seiner toten Frau den Puls zu fühlen: ein letzter verzweifelter Versuch. Wer wollte ihm das verübeln?

Hoffnung. Der Gesichtsausdruck meines Vaters ist leer wie der einer Vogelscheuche, die im Korn gekreuzigt ist – Krähen sind über ihn hinweggeflogen, haben ihre Spuren auf seinem Gesicht hinterlassen; ein großer Sturm kommt auf, während mein Vater vorgibt, nichts zu bemerken.

Entweder das, oder er bemerkt wirklich nichts.

Vom Rücksitz des Wagens aus habe ich das ganze Jahr über diese Vogelscheuchen auf allen Feldern um Suspicious River gesehen – ihre karierten Bauernhemden flatterten im Wind, und ihre Münder waren mit Stroh verstopft.

Sogar als Kind fiel mir auf, daß sich niemand vor ihnen fürchtete.

Es waren nur Attrappen von Männern.

Die Jahreszeiten hatten sie zerstört, jede mit ihrer eigenen langsamen Folter – Regen, Schnee oder sengende Sonne.

Es sind die Vogelscheuchen, die sich zu Tode fürchten. Sie stehen dort draußen, die Arme steif und dumm ausgestreckt wie mein Vater.

Gegen acht hatte ich vier Paare und eine Familie aus Chicago im Swan Motel aufgenommen.

Es war eine glückliche Familie.

Ein Zweijähriger lehnte sich ans Bein seines Vaters, das Gesicht hinter dessen Knie verborgen. Er lutschte mit lauten Schmatzgeräuschen am Daumen, taumelte wie in Trance im Zickzack, sah mit seinen halboffenen Augen nach oben, als befände er sich unter Wasser. Seine kleine Stirn war so blaß, daß man das hellblaue Blut unter der Haut sehen konnte, und als ich ihm in die Augen sah, wurden auch die meinen wäßrig und müde.

Es war dunkel geworden, bevor ich es bemerkt hatte, und im Büro war es kalt. Ich wünschte, ich hätte einen Pullover mitgenommen. Als ich die Heizung einschaltete, versuchte ein Mann die Glastür aufzudrücken, bis er das Schild entdeckte, auf dem ZIEHEN stand – aber ich wußte, warum er gekommen war, noch ehe er es geschafft hatte einzutreten.

»Hallo, Süße«, sagte er und zog seine Brieftasche aus der Gesäßtasche.

Der Mann war groß, trug eine Jeansjacke und eine rote Baseballmütze. Er hatte große, weiße Hände und war vielleicht sogar hübsch. Fünfunddreißig, schätzte ich. Blondes Haar, gestutzter blonder Bart. Einsachtzig. »Kann ich ein Zimmer haben?« fragte er und beugte sich über die Theke.

»Kein Problem«, sagte ich. »Sie haben nicht reserviert?«

»Nein. Hätte ich das tun sollen?« Er klang besorgt.

»Nein.« Ich zuckte mit den Achseln. »Wir haben eine Menge Zimmer.«

Ich nahm ein Anmeldeformular aus der Schublade unter der Theke.

Er räusperte sich und beugte sich noch etwas weiter vor. An einem Handgelenk tickte eine Golduhr. Er sagte: »Könnte ich auch ein bißchen Zeit bei Ihnen reservieren, Schätzchen? Gibt's davon auch eine Menge?«

Ich hielt den Stift in der Luft, direkt über der Spalte NAMEN auf dem Anmeldeformular, dann sah ich ihm in die Augen. Schwaches Blau. Ich sagte: »Auch dafür brauchen Sie keine Reservierung.« Ich legte den Kopf zur Seite und lächelte, möglicherweise ein bißchen höhnisch. »Aber das kostet Sie was.«

»Wieviel?« Er zog die fast unsichtbaren blonden Augenbrauchen hoch, als wäre er amüsiert.

»Nun.« Den Teil konnte ich auswendig. »Das Zimmer kostet sechzig Dollar. Ich denke, die Gesellschaft ist das gleiche wert. Finden Sie nicht auch?«

»Aber sicher.« Er nickte und grinste.

Er sagte, sein Name sei Barber, Charles. Ich schrieb ihn auf das Anmeldeformular. Er bezahlte das Zimmer in bar und sagte, meine sechzig Dollar würde er mir geben, wenn ich zu ihm rüberkäme. Großzügigerweise hatte ich ihm das Zimmer mit einer Glasschiebetür gegeben, die auf einen Patio hinausführte und nur ein paar Meter vom Fluß entfernt war. Er hatte nicht darum gebeten, direkt am Fluß zu wohnen, und in der Nacht würde er die Schwäne ohnehin nicht sehen, aber ich dachte, vielleicht wollte er den Fluß hören, während er schlief. Er sah mir ganz nach einem Mann aus, dem so etwas gefiel – ein Jäger vielleicht oder ein Hubschrauberpilot.

»Bis gleich«, sagte ich.

Ich schloß die Kasse ab, stellte das Schild REZEPTIONISTIN KOMMT GLEICH WIEDER auf die Theke, hängte den Hörer aus, drehte die Heizung noch ein bißchen höher und hoffte, es würde wärmer sein, wenn ich zurückkam. Ich ging hinaus. Die Luft roch modrig und kühl, war dick wie Moos, und ich spürte, wie sie mir über den Rücken und über die Brust kroch. Ich verschränkte die Arme und hielt mit den Händen die Schultern fest, während ich hinter das Motel rannte.

Dort konnte ich den Fluß hören und weiter hinten den Highway. Das Geräusch von Reifen und Wind. Es waren keine Sterne zu sehen, nur ein paar tiefhängende, ausgefranste Wolkenschwaden, die kalt am Himmel standen. Ich klopfte an die Patiotür, und er schob sie auf.

»Hier«, sagte er und reichte mir sechzig Dollar, aber er schien verärgert darüber, mir das Geld geben zu müssen. Er wirkte verändert: weniger locker, weniger freundlich, als wäre ein Zwilling an seine Stelle getreten – dieser hier kannte nur Geschäft, Mißgunst und schlechte Laune.

Ich steckte das Geld in meinen Schuh, der vom Gras feucht war, und spürte eine kalte Taubheit, die wie Flußwasser in das weiße Fleisch meiner Füße drang.

Es war kalt in seinem Zimmer. Er zog die Vorhänge vor, dann trat er hinter mich, packte mein Haar, riß meinen Kopf nach hinten und zog mich auf den Boden. Dann setzte er sich mit gespreizten Beinen auf meine Hüften und drückte meine Handgelenke auf den Teppich. Von draußen hörte ich ein Schäumen und Keuchen, als er mir ins Gesicht spuckte.

Er drückte mich mit seinem Gewicht auf den Boden, zerriß meine Bluse und kam auf meinen Büstenhalter. Dann schlug er mich so heftig, daß ich schlechten Kaffee auf meinen Backenzähnen schmeckte. Aber es mußte Blut gewesen sein. Ich hatte mir auf die Zunge gebissen. Als er von mir herunterstieg, rollte ich zur Seite, hielt die Hand aufs Gesicht gepreßt, bis ich das Gefühl hatte, wieder aufstehen zu können. Ich wischte mit einem Zipfel des Bettüberwurfs meine Brüste ab, schloß meine Bluse, so gut es ging, und verschwand.

Der Fluß war nicht zu sehen, aber während ich ins Büro zurückrannte, spürte ich, wie er sich unterhalb des Rasens hob und senkte, als wäre die Erde eine Membran, eine Blase, die sich rasch mit Wasser oder Blut füllte.

Es war eine dreistündige Fahrt nach Grand Rapids, ein zweispuriger Highway durch einen Tunnel von Kiefern. Einmal rannte ein Reh vor uns über die Straße, dessen weißes Hinterteil sich hob und senkte wie eine Flagge. Dann verschwand es in den Wäldern auf der anderen Seite des Highways, und ich fuhr langsamer. Ich war ihm so nahe gekommen, daß ich seine schlanken Muskeln gesehen hatte, die sich beim Rennen über seinen Rippen spannten.

Mein Vater schlief mit offenem Mund auf dem Beifahrersitz. Das Wetter war für Mai sehr kühl, und alles schimmerte in frischem Grün. Ein Stück hinter Ottawa City sah ich zwei schwarze Hundewelpen am Straßenrand liegen, und über den Hundekadavern wiegten sich babyblaue staubige Wildblumen. Die Welpen lagen so friedlich da wie zwei Stiefel, nicht blutig und zerfetzt wie überfahrene Tiere. Sie sahen aus, als hätte sie jemand bereits tot aus einem langsam fahrenden Auto geschleudert

Hier und dort kreiste ein Hühnergeier durch die Luft. Eine Krähe landete auf einem Telefondraht, brachte ihn mit dem Gewicht ihres schwarzen Körpers zum Schwingen, während sich die Blütenköpfe der Wolfsmilch in den Gräben zunickten, dumm wie Schwäne.

Über den Blumenkohlfeldern zwischen Suspicious River und Grand Rapids lag an diesem Tag dumpfe Feuchtigkeit, und alle paar Meilen drängten sich die kleinen Hütten der Wanderarbeiter am Rand der Felder zusammen. Sie hatten keine Fenster, und die Seitenwände aus Holzplanken waren graugrün verfärbt, in der feuchten Witterung verfault.

Bald wären sie wieder zurück – dunkelhaarige Kinder mit Lutschern und dürre Männer mit Strohhüten, die um die Hütten herum lagerten. Im Sommer sah man gelegentlich eine dieser Familien im Lebensmittelladen von Suspicious River. Sie wirkten verschüchtert und müde unter den grellen Lampen und hielten die Kleinen fest an den Händen. Aber man sah sie selten und nirgendwo anders als im Lebensmittelladen – außer dort draußen in den Feldern, wo sie wie menschliche Ackerfrüchte wirkten.

Die Wanderarbeiter kamen nur in Notfällen und zum Einkaufen nach Suspicious River und in die umliegenden Städte, nachdem drei Sommer zuvor ein mexikanischer Junge in Trinis Bar & Grill zusammengeschlagen und sterbend liegengelassen wurde. Der Streit hatte am Billardtisch begonnen und in der Gasse zwischen der Bar und der Bücherei geendet. Nur ein mexikanischer Junge – siebzehn, wie die Zeitung schrieb – gegen eine Horde weißer Betrunkener. Er starb schließlich im Bezirkskrankenhaus von Ottawa an schweren Kopfverletzungen. In Suspicious River war man offensichtlich der Meinung, daß der Junge selbst schuld daran war. Er war zu Tode geprügelt worden, weil er nachts in die Innenstadt gekommen war. Weil er in der Bar ein Bier bestellt hatte.

Es war die größte Bar in der Stadt, und in dieser Nacht war

Trini, die Besitzerin, persönlich dagewesen. Sie war damals schon eine alte Frau, eine Großmutter, deren langes, weißes Haar im Nacken zu einem festen Knoten zusammengesteckt war; bei besonderen Anlässen prangte eine blaue Feder darin. Sie kam nur an den Wochenenden in die Bar. Dann setzte sie sich auf einen Hocker, ermahnte den Barkeeper, trank eine White Russian, fuhr ihre lange, perlgraue Lincoln-Limousine aus der Parklücke und begab sich wieder in ihr hübsches Rentnerdorf am Fluß, wo sie in Frieden lebte.

Trini war da, als der Streit ausbrach. Aber als die Polizei am nächsten Morgen in ihrem Dorf auftauchte, um Fragen zu stellen, rückte sie mit keinem einzigen Namen heraus. An diesem Abend waren in Trinis Bar nur Einheimische gewesen, abgesehen von dem toten mexikanischen Jungen. Es waren nur Stammgäste in der Bar gewesen, als der Junge hinausgeprügelt wurde und vor der Tür stöhnend Blut erbrach. In der ganzen Stadt machte sich Erleichterung breit, daß keiner der Männer, die grölend hinterher torkelten, namentlich genannt worden war; nicht einmal im Drugstore wurde darüber getratscht. Jeder kannte zumindest einen der alten Knaben oder deren Frauen und Mütter. Man sagte, Trini habe wegen ihrer Loyalität Schachteln voller Blumen und Schokolade geschickt bekommen, und sie erzählte den anderen alten Damen im Rentnerdorf, daß sie jeden Weißen, egal wie schlecht er auch sein mochte, gegen jeden Mexikaner, Indianer oder Farbigen mit ihrem Leben verteidigen würde.

Die Zeit verging. Der Junge wurde irgendwohin gebracht und begraben, und niemand wurde je verhaftet, nie fand eine Verhandlung statt, und in jenem Winter, als die Lungenentzündung grassierte, starb Trini, auch weiterhin ganz friedlich, in ihrem Bett. Ihre Vogelseele verließ den feucht verschwommenen Nebel ihrer Lungen, und Morpheus trug eine

Fackel für sie durch die Stadt, bevor sich beide zusammen fortmachten. Ohne einen Ausdruck auf seinem Gesicht.

Am nächsten Tag war in der Zeitung, über der Todesanzeige, ein lächelndes Bild von Trini abgedruckt, und darunter standen die Namen von vierzehn Enkelkindern. Auf ihrem Grab wurde ein großer Zementengel mit Betonflügeln errichtet, der zu schwer zum Fliegen war.

Als mein Vater und ich die Stadtgrenze von Grand Rapids erreichten, mußten wir an einer Kreuzung anhalten, um auf dem Stadtplan nachzusehen, wo wir waren, und wo sich die Klinik befand.

»Hier«, sagte mein Vater und deutete auf eine dünne graue Linie. »Hier sind wir. Wir sind fast da.«

Das Wartezimmer der Klinik war rosa und leer; die Frau am Empfang freute sich, uns zu sehen. Sie lächelte ausgiebig mit langen nassen Zähnen und sah mir in die Augen. Sie nannte meinen Vater Sir und fragte, ob wir Kaffee wollten. Wir bejahten.

Mein Vater fummelte an seiner Uhr herum und zog sie ständig auf. Er trug ein dünnes, kariertes Baumwollhemd mit einem weißen T-Shirt darunter und sah alt aus. Vielleicht wirkte er sogar ärmlich mit dem kurzen, über den Ohren gestutzten Haar und den schweren schwarzen Schuhen. Der Schuh an seinem rechten Fuß war staubig, weil er sein totes Bein nachzog. Die Sessel, in denen wir saßen, waren dick gepolstert, und mein Vater schien sich darin nicht wohl zu fühlen, weil er zu tief saß. Als die Empfangsdame jedem von uns einen Styroporbecher mit bitterem, sehr heißem Kaffee brachte, sagte sie, immer noch breit lächelnd, die Schwester würde mich in einer Minute rufen. Ich sah zu meinem Vater hinüber, der sich mit der Fingerspitze etwas Unsichtbares aus dem Auge wischte. Als er bemerkte, daß ich ihn ansah, öffnete er den Mund. Dann rief eine Frau meinen Namen.

»Ich bin die Beraterin«, sagte sie lächelnd, obwohl ihre Mundwinkel nach unten gebogen waren.

Ich folgte der Beraterin mit dem schwarzen Zopf in ein kleines purpurnes Zimmer ohne Fenster. Es war mit Büchern und komischen Stofftieren vollgestopft, die nagelneu und unberührt waren. Ein Walroß. Ein exotisch aussehender Polarbär mit einem kleineren Bären im Arm. Sie schien gefährdete Arten zu sammeln. An der Wand hing ein Plakat, auf dem eine alte Frau zu sehen war, die ein langes, schwarzes Kleid trug und Seil hüpfte. Vermutlich war es aufgehängt worden, um die Patientinnen in gute Stimmung zu versetzen: eine alte Frau, so lebenslustig, und eine hoffnungsvolle Zukunft in einem langen, schwarzen Kleid, die mit einem Strick auf mich wartete. Das Büro war warm und dunkel, und die Stimme der Beraterin klang weit entfernt, obwohl sie mir gegenüber auf der anderen Seite des Schreibtisches saß.

Sie beugte sich vor und fragte mich flüsternd, ob ich wirklich abtreiben wolle, und ich fühlte mich schläfrig. Ob ich zu Hause Schwierigkeiten hätte? Ob ich es meinem Sexualpartner gesagt hätte? Ob ich Angst hätte? Deswegen traurig sei? Ob ich darüber reden wolle? Ob ich irgendwelche Fragen hätte?

Ich versuchte, mir eine Frage einfallen zu lassen, um die Stille zu durchbrechen. Ich sah auf und fragte: »Wie groß ist es?«

Die Beraterin zog die Augenbrauen hoch. »Was? Wie groß ist was?«

»Das Baby«, sagte ich.

»Oh.« Die Beraterin zuckte die Achseln. Sie hob eine Hand und deutete auf die Spitze ihres kleinen Fingers.

Ich sah auf meine Finger, die länger und dünner waren als die der Beraterin, und kalt.

Dann seufzte die Beraterin und sagte: »Am Mittwochmorgen ist gewöhnlich der Stand von den Recht-auf-Leben-Leuten vor der Tür. Sie wissen, daß wir an diesem Tag die Eingriffe vornehmen. Wenn sie hier sind – was wahrscheinlich der Fall sein wird –, wird draußen jemand von uns auf Sie warten, um Sie und Ihren Vater vom Auto zur Hintertür der Klinik zu begleiten. Wenn Sie keinen von uns sehen, warten Sie im Auto, bei verschlossenen Türen. Wir kommen zu Ihnen. Wir werden Ausschau nach Ihnen halten.«

»Wieviel kostet es?« fragte ich flüsternd.

Die Beraterin sah mich ein wenig traurig an und lächelte. »Darüber müssen Sie sich keine Sorgen machen. Die Sekretärin hat den Einkommensnachweis überprüft, den Ihr Vater ausgefüllt hat, und Sie sind unterstützungsberechtigt. Es kostet Sie nichts.«

Ich wollte nicht weinen, tat es aber doch. Ich sah wieder auf das Plakat, auf das mit der seilhüpfenden Frau, und ich dachte, daß die alte Frau inzwischen vielleicht tot war. Die Beraterin reichte mir ein Papiertuch, das wie nasse weiße Rosen roch und sich feucht anfühlte, noch bevor ich mir die Augen abwischte.

Ich komme im Nachthemd in die Küche. Die roten Rosenknospen darauf sehen von weitem vielleicht wie blutige Blütenblätter aus, und der Spitzenbesatz um die Handgelenke kratzt immer noch. An diese Spitze werde ich mich nie gewöhnen.

Durch das Küchenfenster fällt Sonnenlicht und verwandelt die kalte Februarluft in Blech. In den Morgenstunden hängt ein Geruch von Stahl und Silberpolitur über dem Raum, der mir Kopfschmerzen macht.

Meine Mutter ist da, sie sitzt auf dem Schoß meines Onkels und hat die Arme um seinen Hals geschlungen. Sie bewegt sich nicht, schaut nicht einmal auf, als ich hereinkomme.

»Guten Morgen, Sonnenschein«, sagt mein Onkel, und ich starre ihn bloß an. Das Gesicht meines Onkels ist das meines Vaters, nur hübscher. Ein bißchen feminin, aber seine Augen sind schmal. Wenn mein Onkel die dunklen Augenbrauen hochzieht, ist er ein Schauspieler. Wenn er auf die Oberlippe beißt, ist er ein junger Soldat in einem alten Film, auf dessen Kinn ein paar Bartstoppeln stehen, damit man weiß, daß er kein Junge mehr ist – obwohl er immer noch so süß und verschmitzt aussieht wie ein Junge.

»Kannst du zu deinem Onkel Andy nicht nett sein?« fragt meine Mutter und zieht seinen Kopf näher an ihr Gesicht.

Ich mache den Mund auf, aber es kommt nichts heraus. Ich starre einfach weiterhin meinen Onkel an. Meine Augen blinzeln wie die einer Plastikpuppe.

»Schau mich an, junge Dame«, sagte meine Mutter, aber ich tue es nicht.

Sie sagt: »Du schaust mich an und bist gefälligst nett zu deinem Onkel Andy.«

Meine Mutter steht jetzt neben ihm, preßt die Zähne aufeinander und lächelt, als würde sie zischen. Draußen schmilzt Eis und rinnt in glitzernden Fäden am Küchenfenster herunter. Meine Mutter trägt hochhackige rote Pumps, die zu ihren außergewöhnlichen Lippen passen, einen schwarzen Rock und eine weiße Bluse, obwohl es Samstagmorgen ist und noch nicht mal neun Uhr.

»Mach dir nichts draus, Bonnie«, sagt mein Onkel.

»Nein.« Die Hände in die Hüften gestemmt, dreht sie sich zu ihm um. »Ich werde das nicht durchgehen lassen. Diese kleine Prinzessin muß lernen, sich zu benehmen.«

Sie sieht mich an. Ihre Stimme ist hoch und so straff gespannt wie ein Telefondraht, und sie sagt: »Du entschuldigst dich jetzt sofort bei deinem Onkel Andy.«

»Nein«, sage ich schmollend. Ich sehe ihn scharf und ausdruckslos an, meine Mutter beugt sich hinunter, packt mich am Nachthemd und zerrt mich näher zu sich heran. Ihre blauen Augen sind weit aufgerissen. Sie schlägt mich einmal, und dann noch einmal – wie eine Windmühle, die ihre steifen Flügel dreht, wie ein Segelboot, das auf einem kleinen ruhigen See kreiselt. Ich bin in einem Schornstein voller Federn und stürmischer Luft gefangen. Sie schlägt mich mit ihren kleinen weißen Händen, bis er sie plötzlich von mir wegzieht.

»Jetzt entschuldige dich«, sagt meine Mutter atemlos und funkelt mich über seine Schultern hinweg an.

»Bonnie.« Er nimmt sie an den Schultern, schüttelt sie einmal sanft und versucht, ihren Blick auf sich zu lenken.

»Ich werde das nicht durchgehen lassen, Andy. Sie muß das lernen. Sie muß Respekt vor dir haben, wenn du ihr Vater bist. Sie muß lernen, höflich zu sein.« Die Stimme meiner Mutter schwingt sich in immer höhere Tonlagen hinauf, wie ein weißer Drachen, der in einen blassen weißen Himmel gleitet.

Mein Onkel läßt ihre Schultern los und seine eigenen sacken nach unten. »Bonnie.« Er schüttelt den Kopf. »Sag das nicht noch mal.«

»Was?« fragt sie mit offenem Mund, dann schließen sich ihre Zähne. »Was?«

»Sag nicht, daß ich ihr Vater werde.«

Sie zieht den Atem ein. »Warum?«

Mein Onkel setzt sich wieder an den Küchentisch, legt die Hände auf die Platte, schüttelt den Kopf und sieht zu ihr auf, während sie auf ihn hinunterstarrt. »Weil es nicht stimmt.«

»Wovon redest du, zum Teufel?« Mit den Fingern umklammert sie ihre Arme und gräbt die Nägel tief hinein.

»Mein Gott, Bonnie, hör auf«, sagt er.

»Womit soll ich aufhören?«

»Davon zu reden.«

»Warum?«

Er sieht jetzt auf seine Hände hinunter, schüttelt immer noch den Kopf und beißt sich auf die Unterlippe. »Weil du die Frau meines Bruders bist.«

Meine Mutter tritt einen Schritt zurück und zieht scharf die Luft ein. Sie atmet schnell durch die Nasenflügel aus, reißt die Augen noch weiter auf, lächelt mit einer Mundhälfte und stößt dann zischend hervor: »Ist dir das gerade eingefallen, verdammt noch mal?«

»Bonnie«, sagt er.

Meine Mutter geht schnell an mir vorbei. Ich höre das Klappern ihrer Absätze und spüre einen Windhauch.

Mein Onkel steht auf und folgt ihr ins Schlafzimmer. Hinter der Tür wird geschrien. Etwas wird geworfen und zerbricht, jemand wird mühsam zum Schweigen gebracht, und ich halte den Atem an, um nicht loszuheulen. Dann klettere ich auf die Küchentheke, hole eine gelbe Plastikschüssel herunter, schütte Schoko-Crispies und Milch hinein und esse.

Die Schoko-Crispies schmecken gut – etwas Dunkles und Süßes in saurer Milch.

Als ich ins Büro zurückkam, wählte ich 42, und Gary Jensen nahm ab, noch bevor ich es klingeln hörte.

»Leila«, sagte er. »Bist du das?«

»Ja.« Ich wollte eigentlich nicht weinen. »Ich brauche ein bißchen Hilfe hier vorne.«

»Was ist passiert?« fragte er laut. »Jesus, Leila, hat irgendein Fiesling dir was angetan?«

»Ja«, sagte ich schluchzend. »Gary, meine Bluse ist ganz zerrissen. Kannst du mir bitte einen Pullover oder so was bringen, damit ich ihn über die Bluse ziehen kann?«

»Ach, Baby, ja«, sagte er. »Ja, ich bin gleich unten.«

Er war ganz außer Atem, als er ins Büro trat, aber es dauerte lange, bis er kam. Als er hereineilte, hatte ich zu weinen aufgehört, aber ich wußte, daß ich schlimm aussah. Ich verschränkte die Arme über der Brust, damit er die zerrissene Bluse nicht sehen konnte, aber er kam hinter die Theke und nahm mich in die Arme. Aus seiner Kehle drangen schwache Laute, die sich nach furchtbarem Kummer anhörten. Er strich mir übers Haar und seine Finger vollführten kleine Kreise auf meinem Rücken.

Völlig fertig beugte ich mich vor und drückte mein Gesicht in sein weißes Baumwollhemd. Ich sah die Narbe unter seinem Bart. In den wenigen Tagen, die ich ihn kannte, war der Bart noch dunkler geworden. Seine Lippen waren dünn und trocken, und als er mich küßte, schmeckte es nach Medizin. Seine Augen waren fast geschlossen, ein Saum aus Wimpern, seine Augenbrauen eine dunkle Naht.

Dann half er mir, in die braune Wolljacke zu schlüpfen, die er mitgebracht hatte, und knöpfte sie zu, als wäre ich ein Kind, während meine Arme zu beiden Seiten nutzlos herunterhingen. Die Jacke gehörte ihm und paßte beinahe. Dann klammerte ich mich an ihn. Ich konnte nicht anders. Ich begann wieder zu weinen.

»Hör zu«, er nahm mich an der Hand und führte mich zu der Vinylcouch. Sanft zog er mich neben sich hinunter, schlang beide Arme um mich und drückte meinen Kopf an seine schmale Brust. Er küßte mein Haar und räusperte sich. »Hör zu«, sagte er. »Es ist sehr wichtig, daß du mir sagst, wer dir das angetan hat, Leila. Ich werde nichts Verrücktes tun, mein Schatz. Aber ich muß es wissen.«

Lange Zeit war ich still. Als ich die Augen einen Moment lang schloß, sah ich einen Dachboden voller böser Geheimnisse, die mit nassen schwarzen Flügeln dort warteten. Aber ich holte tief Luft. »Einunddreißig«, sagte ich. »Du mußt hinten herum gehen.« Ich deutete zitternd auf den Fluß.

Gary Jensen küßte erneut mein Haar – ein kupferner Vorhang aus Haar, wirr wie das einer herumgezerrten Puppe.

Dann sagte er ruhig: »Du machst dich jetzt ein bißchen zurecht, Baby. Ich verspreche, ich bin gleich wieder zurück.«

Gary küßte mich auf den Mund. Er ließ sogar seine Zunge zwischen meine Zähne gleiten und strich mit den Händen über die braune Wolljacke, seine Wolljacke. Er berührte meine Brüste, rieb sein Kinn an meiner Wange, und ich spürte seinen Bart wie trockenes gemähtes Sommergras auf meiner Haut.

Die Schwester zog eine Nadel voll Blut aus meinem Arm, schüttelte die Kanüle, berührte meine Hand und sagte: »Wie alt sind Sie?«

»Sechzehn«, sagte ich, »ich werde nächste Woche siebzehn.«

»Waren Sie schon einmal schwanger?«

»Nein.« Ich schüttelte den Kopf. Ich dachte, die Schwester hätte das Formular gelesen, das ich im Wartezimmer ausgefüllt hatte.

Wie viele Schwangerschaften – Lebendgeburten – Totgeburten – Fehlgeburten – Abtreibungen –?

In jede Lücke hatte ich eine Null gesetzt, oval und sorgfältig wie Eier.

»Nun«, sagte sie. »Sind Sie auch sicher?«

»Sicher?«

»Sicher, daß Sie schwanger sind?« Ihr Lächeln war geduldig.

Der kleine Raum, in dem wir saßen, war sauber und so leer, daß man auf Schlittschuhen mit einem Schwung hätte hindurchgleiten können.

Das Licht über uns summte.

»Ja«, sagte ich, »ich bin sicher.«

»Nun, manchmal denken Mädchen, sie seien schwanger, aber ihre Periode hat sich nur verspätet. Deshalb nehmen wir das Blut ab.«

Ich sagte: »Oh.«

»Haben Sie schon entschieden, welche Verhütungsmethode Sie danach anwenden wollen? Hat die Beraterin mit Ihnen darüber gesprochen?«

»Ja.« Ich räusperte mich und sah über die Schulter der Schwester auf ein Plakat an der Wand, auf dem ein Skelett abgebildet war. Auf jeden Knochen zeigte ein Pfeil und darunter stand in schwarzen Buchstaben der Name des Knochens. Ich sagte: »Sie meinte, man könne mir eine Spirale einsetzen.«

Die Schwester hakte auf einem Blatt Papier etwas ab, und ich sah auf den Stift in ihrer Hand. Der Stift war gelb und stummelig. Die Hände der Schwester waren ebenfalls klein, obwohl sie selbst großgewachsen war und einen muskulösen, schlanken Körper hatte. Ihr Kinn war eckig wie das eines Mannes.

»Die kann nach dem Eingriff gleich eingesetzt werden«, sagte die Schwester und schaute mich an. »Der Arzt bekommt Bescheid. Sie sollten vor der Abtreibung nicht zu viel essen, in Ordnung? Aber ein bißchen etwas sollten Sie schon zu sich nehmen. Vielleicht Toast, ja?«

Ich fragte mich, wo ich im Motel 6 um sieben Uhr früh Toast herbekommen sollte. Ich hatte seit acht Wochen nicht mehr gefrühstückt, seit ich zum erstenmal dieses neue Ding in mir anschwellen spürte, das mich krank und schwindlig machte. Dann dachte ich an meinen Vater, der allein draußen im Wartezimmer in einem rosafarbenen Sessel saß.

»Hat die Beraterin Sie über die Protestierenden informiert?«

»Ja«, antwortete ich.

Als mein Vater und ich die Klinik verließen, war draußen zuviel Luft und Licht. Es war vier Uhr nachmittags, und der Himmel war maiblau, ein zu steinernes Blau, um zu atmen.

Gary Jensen kam genau eine Stunde später wieder ins Büro; er lächelte. Er hielt die Hände hoch, als wolle er mir zeigen, daß sie leer waren. »Ich habe niemanden verletzt, ehrlich, aber dieser Dreckskerl wird sich hier nicht mehr blicken lassen, Baby. Du kannst das Zimmer an jemand anderen vermieten.« Er lachte. »Ich hab ihm ordentlich eins drübergezogen, bevor er ging.«

Ich bemerkte eine Whiskyfahne, die nach alten Äpfeln roch. Draußen leuchtete ein Autoscheinwerfer auf und entfernte sich. Jemand fuhr ab. Mein ganzer Körper sackte in sich zusammen wie ein alter Schuppen.

Dann fuhr ein dunkler Wagen in die Einfahrt. Das Dröhnen eines Basses drang aus seiner Stereoanlage. Gary richtete den Finger wie eine Waffe auf mich und machte ein klickendes Geräusch. »Vergiß nicht«, sagte er, zog die Augenbrauen hoch und lächelte. »Du kommst zu mir rauf, wenn du hier fertig bist.«

Ich nickte und versuchte auch zu lächeln, während ein Mann in einem blauen Anzug an Gary vorbei durch die Tür kam.

»Entschuldigen Sie«, sagte der Mann.

Gary nickte dem Mann zu, zielte wieder mit dem Finger auf mich und sagte: »Sehen Sie selbst. Ist sie nicht eine heiße Nummer?«

»Das ist sie sicher«, sagte der Mann, aber er klang gelangweilt oder verdrossen und sah auf meine braune Wolljacke. Sein blauer Anzug wirkte teuer, und er hatte eine schwarze Aktentasche in der Hand. Der silberne Griff glänzte wie eine Handschelle. Der Mann war groß, sein Haar war leicht ergraut, und man hätte ihn als »distinguiert« beschreiben können. Vornehm, wie ausgemahlenes Mehl. Neben ihm wirkte Gary um so mehr wie ein Gauner, wie ein eifriger Mechaniker oder ein Zweitliga-Baseballspieler, der ein bißchen betrunken war.

Gary sagte: »Sie könnte einen zufriedenen Gast aus Ihnen machen«, und lächelte breit, bevor er ging.

Nach dem, was in einunddreißig passiert war, hatte ich Angst und spürte, wie mir heiße Säure in den Magen tropfte, als ich an die Tür klopfte. Aber als ich gezögert hatte, ihn zu besuchen, hatte mir der silberhaarige Mann hundert Dollar geboten und behauptet, ein Geschäftspartner hätte ihm von mir erzählt; er wäre sonst nie in einem Loch wie dem Swan Motel abgestiegen. Ich stand stumm und blicklos hinter der Bürotheke und kam mir in der braunen Strickjacke steif und häßlich vor. Sein Gesicht war so scharf rasiert, daß es wie Kalk oder wie die Unterseite eines weiblichen Handgelenks aussah. Seine Augen waren reizlos, ausdruckslos, und er redete auf diese herablassende Art mit mir, die ich schon immer für Zeichen von Reichtum gehalten hatte.

Meiner Ansicht nach konnte ich in diesem Fall nichts anderes tun als das, was ich immer tat.

Das Licht der Lampe war blaß und warf einen weißen Kreis an die Decke wie ein einzelner Autoscheinwerfer. Ich war wie betäubt von dem fahlen Licht, als ich ins Zimmer trat, und ich sah die schwarze Aktentasche ungeöffnet auf dem Bett liegen.

Er trug immer noch seinen blauen Anzug – ein respektabler älterer Herr, der etwas Teures, Gutes, Amerikanisches zu verkaufen hatte, das hergestellt worden war, um lange zu halten. Er berührte mich nicht, löste nicht einmal die Krawatte, aber er wollte, daß ich vor ihm niederkniete, während er ans Waschbecken gelehnt dasaß, damit er in dem hohen Badezimmerspiegel sehen konnte, wie er in meinen Mund stieß, und ich tat es.

Es ist Nacht und stockdunkel in meinem Schlafzimmer, aber der Rest des Hauses ist hell erleuchtet.

Es ist Sommer, und die Fenster sind offen.

Das Rascheln der Blätter erscheint mir wie das Zähneklappern von tausend Frauen, und der Himmel ist weit weg. Er wiegt sich mit Sternen – eine schwarze Hängematte, die unter dem Gewicht des Weltraums einsinkt. Lichter zucken darüber hinweg und fallen herunter. Spiralförmige Blitze. Ein Meteor. Ein Leuchtkäfer. Blitzstrahlen aus einem anderen Land. Raketen, Halbmonde, Nattern. Wind sammelt sich in einer warmen Ecke, bläht die Schlafzimmervorhänge und singt durch die Jalousien.

»Wie konntest du das tun, Bonnie? Wie konntest du einen anderen ficken?«

Mein Onkel schreit nicht, aber man spürt ein Anschwellen von Energie, eine Schallwelle, die die Wand zwischen uns zum Vibrieren bringt wie eine Stimmgabel. Ein strahlend heller Ton.

Ein Engel mit einem kleinen, summenden Elektromotor im Leib. Eine Schaumkrone aus Bewegung und Licht.

Angst liegt in der Stimme meiner Mutter, als sie sagt: »Das habe ich nicht getan.«

Geruch von Metall. Eine Katze knurrt im Nachbargarten.

Sie sagt: »Ich habe gelogen.«

Aber das blonde Haar auf meinen Armen ist elektrisch aufgeladen, zittert und stellt sich auf.

Mein Onkel sagt: »Ich bring dich um.«

Offensichtlich faßt er sie an, denn sie keucht.

Er sagt: »Das weißt du.«

Sie wimmert leise.

Er sagt: »Ich werd dir deinen hübschen Hals durchschneiden.«

Ich weiß, in welchem Moment er ihren Hals berührt, weil sich meine Pupillen in der Dunkelheit weiten, und ich stelle mir vor, daß ein summendes Licht über unserem Haus erstrahlt, aber niemand sieht es.

Um elf Uhr kam Samantha mit ihrer Thermosflasche Grapefruitsaft und einem Stapel Zeitschriften herein. Sie lächelte mich an und sagte: »Ich übernehme jetzt, ja?«

Samanthas Haare waren am Ansatz braun, und dort, wo das Blond herausgewachsen war, bildeten sie einen Streifen auf ihrem Schädel wie eine Narbe. Ihre Wangen waren gerötet, und ständig hatte sie eine blasse Hand auf ihrem dicken schwangeren Bauch und zog langsame, beruhigende Kreise mit den Fingern.

Ich holte die rote Tasche unter der Theke hervor und sagte gute Nacht.

Gary sah fern, als ich in sein Zimmer trat. Präsident Reagan sah auf dem Bildschirm besorgt und müde aus, er wirkte verwirrt und beantwortete stammelnd Fragen, während er nervös ein Stück Papier auf einem Rednerpult herumschob. Gary stellte den Fernseher ab und nahm mich in die Arme. Er griff nach meiner Hand, und ich setzte mich neben ihn auf die Bettkante. Ich schloß die Augen. Er knöpfte die Wolljacke auf, die er mir geliehen hatte, und streifte sie mir über die Arme ab. Dann knöpfte er meine zerrissene Bluse auf. Er öffnete meinen BH, und ich stand auf, damit er den Reißverschluß meines Jeansrocks aufziehen konnte. Nachdem er ihn mir heruntergestreift hatte, stieg ich heraus, und dann zog er mir die schlichte weiße Unterhose aus.

Es war sehr kühl im Zimmer, und ich spürte, wie sich meine Haut enger um die Knochen schloß und sich um meine Brustwarzen spannte, als er sie mit der Zunge berührte. Aber ich hatte das Gefühl, von meiner Haut weit entfernt, aber gleichzeitig nichts als meine Haut zu sein. Der Rest der Welt schien wie ein Kometenschweif zu schrumpfen, sich aus dem Raum zurückzuziehen, während draußen etwas in die Schatten fiel – ein metallischer Vogel, der aus dem Himmel geschlüpft war. Ich wußte, daß Rick sich fragte, wo ich war.

Gary Jensen sah mich an und sagte: »Leila, du bist eine Göttin.«

Bei seinen Worten blieb etwas in meinem Hals hängen wie ein Angelhaken. Ich konnte nicht schlucken. Ich kam mir vor wie etwas Gefiedertes und Gehäutetes, das schnell atmend aus dem Fluß gezogen wird. Er ließ die Hand über meinen Schenkel gleiten, steckte einen Finger in mich und sagte: »Ich möchte, daß du mir jede Stelle zeigst, an der dieser Dreckskerl dich berührt hat, und ich werde es wegküssen.«

In dieser Nacht, in der summenden Dunkelheit des Motels 6, als ich im Doppelbett neben dem Doppelbett meines Vaters lag, dachte ich über Rick nach. Irgendwo über mir hörte ich in einem Zimmer einen Hund bellen – vielleicht ein Welpe. Es klang aufgeregt und wild. Der Bettüberwurf war dünn und das Laken so fest zwischen die Kanten gesteckt, daß ich es kaum über die Schultern ziehen konnte, also schob ich es nach unten und fröstelte.

Ich fragte mich, wie Rick sein Baby nennen würde, wenn er eines hätte. Ich stellte mir vor, wie Rick ein Baby auf den Knien schaukelte. Die beiden saßen auf einer karierten Couch, und ich beobachtete sie aus der Ferne – das Baby lachte, Ricks Hände waren unter die molligen Ärmchen geschoben, und auf beiden Gesichtern lag ein Strahlen. Dann sah ich mich selbst mit dem Baby. Ich wiegte es in meinen Armen und sah in seine feuchten grauen Augen. Das Baby roch nach Orangen oder kandiertem Aspirin, und ich trug die hochhackigen, riemchenlosen Lackpumps meiner Mutter, die sie angehabt hatte, als sie starb. Ich hielt das Baby fest an die Brust gepreßt, und plötzlich stand ich in diesen Schuhen auf Eis und versuchte, das Gleichgewicht zu halten, schaffte es aber nicht. Ich spürte, wie mir das Baby aus den Armen glitt, bevor ich am Morgen beim leisen Klingeln des Reiseweckers aufwachte.

Mein Vater wachte mit einem roten Striemen über dem Gesicht auf, der von seinem Kissen stammte. Als wir ins Auto stiegen, war er immer noch nicht verschwunden. Die Straße war regennaß und glänzte wie eine Schlangenhaut. In der Nacht zuvor hatte es einen Sturm gegeben, und die Apfel- und Magnolienblüten waren wie Hühnerfedern über die Kühlerhauben der Autos verstreut. Der Frühling lag mit abgezogener Haut am Boden.

Wir waren noch einige Straßenzüge von der Klinik entfernt, aber ich konnte bereits die Scheinwerfer sehen und den Tumult hören. Ein Megaphon. Eine Stimme, die in dem stillen Regen hektisch und abgehackt klang. Als mein Vater und ich in die Einfahrt bogen, drängten sich eine Menge Leute um unseren Wagen, und rosafarbene Handflächen schlugen gegen die Scheiben. Die Jackenärmel glänzten naß und leuchtend. Mein Vater flüsterte: »Mein Gott.«

Schnell verschlossen wir die Türen, als jemand die Beifahrertür aufzureißen versuchte, während sich die Scheibenwischer hypnotisierend vor unseren Gesichtern hin und her bewegten. Auf der Rückseite der Klinik, nahe der Glastür, standen eng aneinander gedrückt zwei Frauen unter einem Regenschirm. Als sie uns sahen, stellten sie den Schirm zur Seite und rannten mit gesenkten Köpfen auf unser Auto zu. Eine von ihnen war die Beraterin, die ich am Tag zuvor kennengelernt hatte.

Die Frauen öffneten unsere Wagentüren, nachdem mein Vater und ich sie entriegelt hatten, und die Beraterin, das Gesicht zu mir heruntergebeugt, rief: »Schnell. Kommen Sie.« Ohrenbetäubend prasselte der Regen auf das Autodach, wie das Klappern kleiner, feuchter Steptanzschuhe.

Ich stieg aus und sah nichts außer der roten Jacke der Beraterin vor mir und ihren langen Zopf, der wie eine Strickleiter über ihren Rücken hing. Ich roch das Öl, das auf dem Parkplatz ausgelaufen war, und dann griff eine Hand durch den Regen nach mir.

Als ich mich umdrehte, sah ich das Gesicht des Mannes, der meine Hand genommen hatte, und sie zärtlich wie ein Liebhaber hielt. Er war blaß und hatte Bartstoppeln auf dem schmalen Kinn. Als ich mich losreißen wollte, umklammerte er mich fester. Sein grauer Anzug sah neu aus, und er trug keinen Regenmantel darüber. Sie werden sich in dem Regen Ihren Anzug verderben, wollte ich sagen.

Der Mann fiel vor mir auf die Knie. Tränen oder Regen lief ihm übers Gesicht. »Töten Sie Ihr Baby nicht«, flehte er, während meine brennenden Finger sich in seiner Hand wanden. »Töten Sie Ihr Baby nicht.«

Die Beraterin schob ihn mit der Hüfte aus dem Weg, schaffte einen Durchgang für mich, um ihm zu entkommen, aber ich sah den Mann wie betäubt an. Seine Augen waren klein und weiß, weit aufgerissen und glasig. Er sah betrunken aus oder verzückt. Dann kam jemand mit einem Plakat auf mich zugerannt und hielt es mir vors Gesicht, bevor ich erkennen konnte, was darauf war.

Mein Vater war schon im Warteraum, als ich wie von einer Welle hereingespült durch die Tür trat, während die Beraterin immer noch meine Hand festhielt. Wo war die andere Hand geblieben? Die Hand des Mannes war klamm gewesen wie die eines Toten. Meine Augen wollten sich nicht an das Licht gewöhnen, aber es war warm und trocken in der Klinik.

Mein Vater sah auf den Boden und schüttelte den Kopf. Die Beraterin legte einen Arm um mich und drückte mich. Dann gingen sie und die Frau, die meinen Vater durch die Menge geführt hatte, wieder nach draußen. Noch mehr Scheinwerfer. Jemand schrie über Megaphon: »Abtreibung ist Mord«, und dann die Stimme eines Mannes, der ein Kind imitierte: »Mommy, Mommy. Bring mich nicht um. Laß nicht zu, daß sie dein Baby abschlachten.«

»O Gott«, sagte die Empfangsdame und verdrehte die Augen.

»Ich sollte gehen«, sagte ich zu Gary.

Sein Kopf lag auf meiner Brust.

Meine Finger strichen durch sein Haar, und es fühlte sich weich an wie ein dunkles Spinnennetz. Ich hatte ein stumpfes und taubes Gefühl zwischen den Beinen, als wäre ich verliebt, aber mein Herz hämmerte noch immer in meiner Brust und drängte mich, endlich aufzustehen. Es drängte mich, nach Hause zu gehen, obwohl ich mich kaum erinnern konnte, wo das war.

Gary sah zu mir auf und sagte: »Ich möchte, daß du heute nacht bei mir schläfst. In meinen Armen.«

»Ich kann nicht«, sagte ich, obwohl ich in seinen Armen schlafen wollte.

Ich kam mir faul und dumm vor, und mein Körper war mit dicken nassen Fäden an ihn gebunden.

In seiner Stimme hörte ich etwas, das mir so vertraut war wie meine eigene. So vertraut wie der Geruch seines Bartes und die weichen schwarzen Haare auf seiner Brust. Sein Körper war nicht größer als der meine. Er war dünn wie ein Kind, und als ich mich an ihn schmiegte, während wir uns liebten, spürte ich seine Rippen. Sein Schweiß roch nicht wie der eines Fremden.

»Ich möchte nicht gehen«, sagte ich, »aber …«

Er legte einen Finger über meinen Mund und sagte: »Ich weiß. Du mußt gehen. Wann kommst du morgen wieder?«

Er nahm seinen Finger von meinem Mund und schob ihn zwischen meine Beine. Ich konnte nicht antworten, ich stöhnte. Ich konnte nicht einmal die Augen öffnen. Er sagte: »Nein, Leila. Ich werd's dir sagen. Du wirst um zwei Uhr nachmittags wieder hier sein.« Ich öffnete die Augen und sah ihn an. Er beugte sich näher zu mir. »Morgen wirst du mir gehören.«

»Es ist mein freier Tag«, sagte ich.

»Jetzt nicht mehr«, sagte er.

Rick schlief, als ich nach Hause kam. Ich zog mich aus, warf meine Kleider in eine Ecke des Badezimmers und zog ein T-Shirt von ihm an, das an einem Haken hinter der Badezimmertür hing. Ich zog die Afghandecke auf der Couch über die Beine bis zur Taille hinauf, und wie durch einen Blitzstrahl wachte ich beim scharfen Geruch von Kaffee auf.

Es war Morgen, und Rick trank eine Tasse Kaffee, als ich in die Küche kam. Sonne ergoß sich über die weißen Haushaltsgeräte, die in der Grellheit des Lichts zu pulsieren schienen.

»Leila.« Er sah nicht auf. »Wo bist du gestern nacht so spät noch gewesen? Ich habe im Motel angerufen, und sie sagte, du seist um elf gegangen.«

»Das stimmt«, sagte ich und goß die schwarze Brühe in eine Tasse. Schwacher Dampf kräuselte sich über der Kaffeekanne. »Aber ich wurde zu einer Party eingeladen und bin hingegangen.«

»Im Motel?« Erstaunt oder verwirrt sah er auf, und seine Augen waren immer noch vom Schlaf verklebt. Seine Schultern unter dem dünnen T-Shirt waren so knochig wie die einer Vogelscheuche.

»Ja«, sagte ich und schloß die Augen, während ich den heißen Kaffee schluckte.

»Also wirklich, Leila, du hättest anrufen können.« Er klang erschöpft, als er das sagte, und ich wußte, er würde nicht weiterreden.

»Ich weiß«, sagte ich. »Tut mir leid.«

»Weißt du, es ist nichts Besonderes, Leila, aber ich gehe nicht gern schlafen, wenn ich nicht weiß, ob du heimkommst oder nicht.« Er legte die Hände auf den Tisch. »Ich meine, wir sollten uns wirklich nach einem anderen Job für dich umsehen. Etwas mit geregelter Arbeitszeit, damit wir ein geregeltes Leben führen können, Leila. So geht's doch nicht.«

»Ich muß heute nachmittag auch arbeiten«, sagte ich und riß die Augen weiter auf.

»Was?« Er zog die Augenbrauen zusammen, schien aber nicht verärgert zu sein. Bis zu diesem Moment war mir nicht aufgefallen, um wieviel größer seine Augen geworden waren, seit er abgenommen hatte. Er sah aus wie ein hungriges Tier, aber nicht hektisch, sondern ruhig oder ausdruckslos. Wie ein hungriges Tier, das aus einer Höhle ans Licht kriecht.

»Ja«, sagte ich, »Millie ist krank.«

»Um Himmels willen, Leila, sieht Mrs. Briggs denn nicht ein, daß du auch noch ein Privatleben hast?«

»Ich glaube nicht, daß das Mrs. Briggs interessiert.« Ich zuckte die Achseln.

»Und wann mußt du dort sein?«

»Um zwei.«

»Großartig«, sagte er, nahm seinen Kaffeelöffel vom Küchentisch und legte ihn wieder zurück. »Großartig.« Er schüttelte den Kopf.

Ich sah in meine Tasse. Eine trichterartige Wolke stieg daraus auf, aber ich dachte daran, wie Gary Jensens Hände auf mir lagen. Wie er meine Beine gespreizt und gesagt hatte: »Zeig's mir, mein Schatz. Ich werde es wegküssen.« Als er es gesagt hatte, fühlte sich mein Körper benutzt und gleichzeitig nagelneu an.

Ich schaute Rick wieder an, und auch sein Körper sah so aus – wie etwas vollkommen Neues, das aus den Überresten des Altbekannten gemacht war.

Ich höre sie durch die Schlafzimmerwand. Meine Mutter weint.

»Hör auf mit dem Scheiß.« Seine Stimme bricht mitten drin ab. »Du dummes Dreckstück.« Jedes Wort ist ein Atemzug: »Hör – auf – mit – dem – Scheiß.«

»Tut mir leid«, keucht sie. »Ich wollte es doch nicht.«

»Wie zum Teufel konntest du mir das antun? Wie zum Teufel konntest du mir das antun? Jesus, Bonnie. Ich dachte, du liebst mich.« Jetzt hört er sich wie ein Kind an. »Aber du bist einfach eine Hure. Du bist bloß eine blöde Hure.« Er klingt hilflos. Er schluchzt.

»Andy.« Ihre Stimme ist hoch. »Sag das nicht. Bitte.«

»Mein Gott.« Er schluchzt jetzt heftiger. »Schau mich an. Schau mich an, Bonnie. Ich hab jahrelang mit der Frau meines Bruders rumgemacht. Heimlich und verlogen wie eine gottverdammte Schlange, und ich fand es schlimm genug, daß du mit ihm schläfst, und jetzt stellt sich raus, daß du die ganze Zeit auch noch mit irgendeinem Anwalt gefickt hast.« Er atmet in kurzen, scharfen Zügen, dann schluchzt er weiter: »Warum? Bonnie? Warum?«

Schweigen.

Schweigen, dann sein Schluchzen.

Vielleicht genießt sie sein tränennasses Gesicht. Jetzt weiß sie, daß er sie liebt, gleichgültig, was sie tut, daß sie diejenige ist, die ihn umbringt.

Der Stille haftet etwas Unverschämtes an. Gefühllos wird sie von meiner Mutter durchbrochen, die sagt: »Andy, ich hab nicht die ganze Zeit mit ihm gefickt.« Sie hört sich sogar ungeduldig an. »Bloß ein paarmal. Wir brauchen das Geld, Andy, du weißt es.«

Er weint stärker, lauter, fast wie ein Kind. »Ich hätte dir das Geld gegeben. Du hast sein Geld nicht gebraucht, Bonnie. Gib's einfach zu, das ist alles, was ich will. Du wolltest ihn eben ficken. Das ist alles.« Aber es hört sich an wie ein Flehen. Wie einfache, schlichte Angst. Ein Hund, der gleich einen Tritt bekommt.

Ihre Stimme ist jetzt leiser und tiefer, als sie wieder spricht, wie etwas, das mitten in der Nacht aus einem kleinen See aufsteigt. Eine dunkle Geisterstimme. Wäßrig. Unvermittelt beginnt sie zu lachen.

»Also gut«, sagt sie, »Andy, du hast recht. Wenn's das ist, was du hören willst. Ich wollte ihn ficken, und ich hab ihn hundertmal gefickt, und es hat mir gefallen.«

Sie schreit nicht, als er ihr in das lachende Gesicht schlägt.

Ich höre, wie er immer wieder auf sie einschlägt, und bei jedem Schlag dringt ein tiefes Stöhnen aus seiner Kehle.

In meinem dunklen Schlafzimmer habe ich den Eindruck, das Ganze findet im Fernsehen in einem anderen Raum statt.

Mir ist gleichgültig, ob das jemals aufhört oder nicht.

Auf dem Weg aus dem Apartmentgebäude ging ich an der Frau von oben vorbei, die gerade hereinkam. Sie trug eine Plastiktüte mit grünen Äpfeln. Die Äpfel sahen klein und sauer aus, und ihr Haar wirkte in dem hellen Licht grau. Das Grau war mir zuvor noch nie aufgefallen. Ich dachte, sie hätte die gleiche Haarfarbe wie ich. Außerdem war die Frau schwanger, und warf beim Gehen den Kopf zurück, als hätte sie leichte Rückenschmerzen. Ich sagte »hallo«, und die Frau von oben lächelte geheimnisvoll oder müde.

Es war wieder Altweibersommer. Nach dem Regentag ein weiterer staubiger Nachmittag voller Sonne in Suspicious River. Ein Lichtreflex bewegte sich auf meinem Arm, während ich fuhr, und einen Moment lang schloß er sich um meine Handgelenke und glitt meinen Ellbogen hinauf wie ein Armreif aus Licht.

An der Ecke fuhr ich langsamer, als ein langer Trauerzug aus Oldsmobile- und Lincoln-Limousinen vorbeifuhr, angeführt von einem Leichenwagen, der langsam dahinkroch wie eine schwarze Schlange, die gerade ein kleines Kind verschlungen hat. Hinter einem Rüschenvorhang sah ich den Sarg. Mahagonifarben und glänzend. Kleine orangefarbene Wimpel mit schwarzen Kreuzen flatterten an den Antennen der Wagen und erfüllten die Luft mit dem Geräusch schlagender Flügel. Ich hielt am Straßenrand und wartete, bis sie nicht mehr zu sehen waren.

Als ich auf den Parkplatz des Swan Motels fuhr, war es halb drei, und ich parkte so weit wie möglich vom Büro entfernt.

Eine ältere Frau aus Fennville vertrat uns während unserer Freischichten. Selbst wenn die Frau aus Fennville meinen Wagen sehen würde, würde sie sich nichts dabei denken, das wußte ich. Sie kriegte generell nicht viel mit. Sie betrieb zu Hause in ihrem Keller einen Frisiersalon – obwohl ihr eigenes Haar lang und ungepflegt war und wirr über ihre Schultern hing.

Die Frau aus Fennville beklagte sich oft über das Swan Motel und seine Gäste und setzte dabei ein höhnisches Lächeln auf wie ein schwer depressiver Mensch, der es kaum schafft, am Morgen aus dem Bett zu kommen, die Kaffeetasse nicht spült, und die Jalousien im Wohnzimmer nicht hochzieht, weil er das Wetter haßt, egal wie es ist – jemand, der nicht anders kann, als die eigene Verbitterung all den lächelnden Leuten in Freizeitkleidung anzulasten, die in Suspicious River im Swan Motel Ferien machten.

Wenn ich an diese Frau dachte, wollte ich keine vierzig werden.

Gary Jensen saß auf der Kühlerhaube seines Thunderbirds, einen Stiefelabsatz auf dem Kotflügel, und rauchte eine Zigarette. Er sah auf, als er mich hereinfahren sah, ging dann um seinen Wagen herum und stieg ein; sein Gesicht war hinter der Scheibe nicht mehr zu sehen, als er die Wagentür zuschlug. Er verschwand in diesem Gehäuse aus Silber und Stahl, und glattes Chrom gleißte in der Sonne.

Ich rannte über den Parkplatz zu seinem Thunderbird, und der Wagen reflektierte so viel Licht, daß ich blinzeln mußte. Wie einen großen Stahlflügel zog ich die Tür auf und glitt auf den Beifahrersitz neben ihn.

Er hatte den Wagen bereits angelassen. »Du hast dich verspätet«, sagte er.

Er sah großartig aus, lümmelte hinterm Steuerrad wie ein Mann mit zarten Knochen und ohne Sorgen. Er trug ein blaues Hemd und Jeans. Die Messingschnalle seines Gürtels schimmerte matt. Er lächelte mit einer Mundhälfte, ein wenig schief und sexy.

Bis zu diesem Moment hatte ich das Gefühl gehabt, einen Mann anstarren zu müssen, wie dies Männer offensichtlich bei Frauen tun müssen – bei Frauen auf glänzenden Titelblättern oder Litfaßsäulen, mit vorgestemmten Hüften und offenen, glatten Mündern – bei Frauen, die verführerisch auf dem Bildschirm erscheinen, während Ehemänner in ihren Sesseln versuchen in Gegenwart ihrer Frauen nicht hinzustarren, es aber trotzdem tun. Im Drugstore stehen diese Männer den ganzen Tag in der Nähe des Zeitschriftenregals und blättern

Magazine mit Bildern von Frauen durch, die sie nie treffen, nie berühren, deren Stimmen und Namen sie nie hören werden: flache, eindimensionale Frauen, die ihre Brustwarzen befühlen und ins Nichts starren. Vor ihnen das Vergessen.

Als ich an diesem Nachmittag Gary Jensen von der Seite beobachtete, wußte ich plötzlich, warum Männer Frauen anstarrten. Gary sah durch die Windschutzscheibe, als wäre ich nicht anwesend, und mit einem Schlag verstand ich, wie es war, jemanden zu begehren – sich einfach vorzustellen, unter dessen Kleidern, dessen Haut zu sein, und wie es wäre, die eigene Haut dagegen zu pressen, an diese Haut, dieses Blut – an ein menschliches Herz, das warm und sanft schlug. Da wußte ich, daß ich ihn haben wollte, egal unter welchen Umständen. Selbst wenn ich zahlen müßte.

Schließlich sagte er »hallo« und beugte sich herüber.

Eine Brise strich durchs Wagenfenster, als wir auf die Straße hinausfuhren, und dann berührte er mit den Fingerspitzen die nackte Haut über meinem Knie. Er sah mir ins Gesicht und lächelte. »Also, heute nachmittag siehst du wie eine richtig hübsche kleine Schlampe aus«, sagte er.

Ich schluckte.

Ich sah aus dem Fenster.

Ich spürte, wie mir etwas den Hals zuschnürte, und etwas Heißes und Flüssiges schien sich wie Schleim oder Scham auf meine Lungen zu legen. Ich trug einen kurzen schwarzen Rock und hochhackige Schuhe; ich hatte mich zweimal im Spiegel betrachtet, bevor ich gegangen war. Dazu eine enge weiße Bluse mit schwarzen Knöpfen. Ich fand mich sexy.

»Hey«, sagte er und sah mich an, als ich das Gesicht wegdrehte, »ich hab bloß Spaß gemacht, Baby. Du siehst prima aus.« Er drückte mein Knie, weiter oben diesmal. »Ganz großartig.«

Dennoch konnte ich ihn nicht ansehen. Durch die Windschutzscheibe wirkte der Himmel strahlend blau. Grellrot hoben sich die Bäume dagegen ab. Als wir an der Tankstelle vorbeifuhren, sah ich flüchtig ein Mädchen – inzwischen eine Frau –, mit dem ich in die High-School gegangen war. Sie mußte jetzt etwa dreiundzwanzig oder vierundzwanzig sein. Früher hatte sie bei den Cheerleaders rote Federpompons geschwungen. Mit riesigem Busen und blond gebleicht. Jetzt tankte sie ihren schwarzen Pinto auf und wandte stirnrunzelnd das Gesicht von den Dämpfen ab. Zu ihren Füßen lauter Regenbögen aus altem Öl. Ich dachte, ich hätte auf dem Rücksitz ein Baby gesehen, das in einen Kindersitz geschnallt war.

»Ganz großartig«, sagte er, nahm meine Hand aus meinem Schoß und legte sie auf seine Hose unterhalb der Messingschnalle und drückte sie auf sein erigiertes Glied. »Spürst du das?« fragte er. »Du mußt heiß aussehen, ha?« Er beugte sich zu mir herüber, als die Ampel auf Grün schaltete und sagte: »Schau mich an, Leila«, seine Hand war immer noch auf die meine gepreßt. Der Wagen heulte auf, als er aufs Gas trat. Ich sah ihn an, und er lächelte. »Braves Mädchen«, sagte er. »So mag ich dich.«

Gary Jensen fuhr geradewegs die Main Street hinunter, bis wir außerhalb von Suspicious River waren. Die ganze Zeit ließ er seine Hand auf der meinen liegen, und ich sagte nichts. Es war nur meine Hand. Ich sah auf meine Knie hinunter. Es waren nur Knie. Ich war müde. Als ich die Augen schloß, tauchte Rick vor mir auf. Er war nackt, ein Skelett, und hatte die Arme über den Rippen verschränkt. *Es ist mein Körper*, sagte er mit einem Nachdruck, der mich verblüffte. Die Sonne auf meinen Beinen und meinem Haar fühlte sich warm an.

»Leila«, sagte Gary, »du weißt, daß bei dir jeder Mann einen Ständer kriegt. Das weißt du doch, oder?« Er drückte meine Hand ein wenig fester, und dann rutschte er ein bißchen auf seinem Sitz herum und stöhnte. »Gott, Baby. Ich möchte deinen Körper für mich haben.« Er atmete schwer. »Baby, gehört er mir?«

Ich konnte ihn nicht ansehen, aber ich versuchte, den Himmel, den Baum und das Schild mit der Geschwindigkeitsbegrenzung anzulächeln.

»Gott, Leila. Welcher Mann könnte deinem Körper widerstehen, Baby?« Er warf einen schnellen Blick auf meine Beine und dann in mein Gesicht. »Ich wette, viele probieren's erst gar nicht, stimmt's?« Er drückte meine Hand.

Immer noch lächelte ich nur mein eigenes ausdrucksloses Spiegelbild auf der Windschutzscheibe an, aber er wartete.

»Stimmt das, Leila?«

»Stimmt das?«

»Stimmt das?«

Ich biß stärker auf meine Lippe, weil ich nicht mehr lächeln konnte. Ich hatte keine Ahnung, was ich antworten sollte. Ich wußte nicht, ob er wollte, daß mein Körper allen oder nur ihm gehören sollte. Ich wußte nicht, ob ich hinsichtlich meines Körpers kühn oder bescheiden sein sollte. Ich wollte ihm gefällig sein, aber ich konnte nur raten, was ihm gefallen würde. Ein Messerstich im Dunkeln. Ich zuckte die Achseln und sagte: »Ich glaube nicht.«

Es war die richtige Antwort. Ich war erleichtert, als er grinste und sagte: »Du hast den unglaublichsten Körper, Leila. Manche Männer mögen vielleicht sagen, daß du wie eine billige Hure aussiehst, aber mich macht das scharf, Leila. Wenn ich mir vorstelle, daß du all diesen Typen einen runterholst, steht er mir.«

Ich stellte ihn zufrieden.

Ich sah wieder aus dem Fenster und fühlte mich besser. Wir waren fast schon in Fennville, und die Fichten zitterten in der Brise wie vergiftete Pfeile. Vergiftete Pfeile, dachte ich. Vergiftete Spatzen. In einem Lufttunnel kreiste ein riesiger Vogel über dem Highway. Er stieß tiefer und tiefer zur Erde herunter, langsam wie ein böser Gedanke oder ein scharfer, schwarzer Drachen. Er sagte: »Wirst du mir zuliebe heute ein paar Typen einen blasen, Leila?«

Wir bogen in die Ausfahrt nach Fennville, und Gary steuerte nach links. Ich war diese Straße noch nie gefahren. Ich hatte keine Ahnung, wo wir waren.

Seine Hand lag immer noch auf der meinen.

»Ha?« fragte er drängend. »Du weißt, daß dir das gefallen würde.«

»Das würde dir doch gefallen, Leila? Ich weiß, daß dir das gefällt. Es ist nichts dabei, wenn dir das gefällt, Baby.«

»Leila? Wirst du heute ein paar Nummern für mich schieben?«

Ich schluckte und kniff die Augen zusammen – es war nur ein Staubkorn in meinem linken Auge oder eine Wimper, die über meine Pupille schwamm und die Welt auf dem einen Auge in Wasser verwandelte.

»Antworte mir, Leila.« Er drückte meine Hand, die kleinen Vogelknochen, so fest an sich, daß es schmerzte. »Machst du das, oder möchtest du zurück?«

Wieder zuckte ich die Achseln, wieder wußte ich nicht, was ich sagen sollte und fühlte mich nackt und beschämt, aber ich versuchte zu lächeln.

Dann fuhr er an den Straßenrand, zog den Reißverschluß seiner Hose auf, drückte mich heftig in seinen Schoß hinunter rund hielt sich in meinem Haar fest. Ich dachte, ich müßte husten, konnte aber nicht. Ich schmeckte ihn nicht einmal. Ich mußte nicht einmal atmen. Ich war weit weg, kaum durch einen dünnen weißen Faden an mich selbst gebunden – aber Gary drückte mich hinunter, hatte alles unter Kontrolle, hatte die Sache für mich übernommen. Ich erkannte meinen Körper, als ich über ihm schwebte, aber es war nicht mein Körper. Es war nur der flüchtige Eindruck von jemandem, den ich einst gekannt und der sich verändert hatte – wie das Pompon-Mädchen an der Tankstelle. Ich schloß die Augen. Hinterher wollte ich geschlagen werden, aber er küßte nur sanft meine tauben Lippen.

Es war nicht genug. Ich wollte, daß er mir weh tut, genauso wie der blonde Mann in Zimmer 31 mich geschlagen und in diese Welt hinausgestoßen hatte. Wie ein Neugeborenes. Genauso wie er mich beim erstenmal aus meinem Vergessen in meinem Leib zurückgeprügelt hatte – ich sah Sterne, bunte Planeten, sich auflösende Kometen, als ich wieder in die Atmosphäre eintauchte und in meinen roten Schuhen und voller blauer Flecken auf dem Teppich landete. Ich wünschte mir etwas, das mich in meinen Körper saugte, mich auf die Erde zurückstieß, mich fühlen ließ. Ich schwebte hoch oben wie eine Motte in einem Windstoß – hilflos und gleichzeitig begeistert, und viel höher über meiner kleinen Heimatstadt, als ich mir je hätte träumen lassen. Wie Rick bestand ich nur aus spröden Knochen, bereit, fortgeweht zu werden. Ich wollte in den Schmutz hinuntertauchen. Meine Nägel in seinen Hals graben, aber er riß mich an den Schultern zurück. Er schlug mich nicht, obwohl ich mich danach verzehrte und mich näher zu ihm beugte. Statt dessen murmelte er an meinem Hals: »Mein Gott, Leila, mein Gott, ich verliebe mich in dich.«

Meine Augen brannten, mein Herz war ein vergifteter

Sperling. Ich wollte mich gegen die Windschutzscheibe werfen wie eine Biene, mich selbst vor dem undurchdringlichen Himmel zu Tode stechen. Aber Gary war sanft geworden, während mein Herz in seinem blutigen Nest flatterte.

Es war kalt, und ich lag bis zur Taille nackt auf einem Tisch. Eine Schwester, diejenige mit dem männlichen Kinn, drückte mir die Hand. Ich hörte Surren von Küchengeräten zwischen meinen Beinen, und über mir hörte ich ganz deutlich meine Mutter schreien. Aus der runden Deckenlampe oder aus dem riesigen Glasbehälter mit Wattebäuschchen, der auf der Ablage neben der Schachtel mit den Papiertüchern und Gummihandschuhen stand, hörte ich meine Mutter schreien: »Du bringst mich um.«

Schließlich ein elektrisches Summen, und es war vorbei.

Stille, Glanz, Leere und dieses runde Licht in meinen Augen.

»Geht's Ihnen gut, Schätzchen?«

Die Schwester beugte sich zu mir herunter, als sie das sagte, und das Licht hinter ihrem Kopf machte ihr Gesicht unsichtbar. Ich sagte nichts, aber ich hielt ihre Hand fest. Dann sagte sie: »Der Arzt braucht nur noch ein paar Minuten, um die Spirale einzusetzen, dann bringen wir Sie in einen anderen Raum zum Ausruhen.«

Ausruhen, dachte ich.

In einem anderen Raum hörte ich Wasser laufen. Es lief von einem Raum zum anderen. Kam rasch aus einer entfernten Quelle hierher, die vielleicht meilenweit weg war, und es rauschte durch die Rohre in der Wand neben mir und hörte sich an, als stünde es unter großem Druck. Ein Fluß. Ein warmer Strom. Der Arzt zwischen meinen Beinen räusperte sich und stieß mit seinen Gummihandschuhen und etwas

Metallischem in mich, das an den Lauf einer Waffe erinnerte. Ich konnte ihn nicht sehen, und ich dachte an den Zahnarzt, dessen Gesicht nahe an meinem war, während seine Finger über meine Zähne strichen. Unser Atem vermischte sich – seiner warm und gelb –, und ich schloß die Augen, damit der Zahnarzt nicht hineinsehen mußte, während er sich über meinen Körper zu meinem Gesicht herunterbeugte.

Die Spirale fühlte sich beim Einführen wie ein Angelhaken an, und ich hielt die Luft an. Die Deckenbeleuchtung schien mich aus der Dunkelheit herauszuwinden, mich zu blenden, als wäre ich plötzlich geboren worden – schweißnaß, ohne zu schreien, floß mein Blut über einen rostfreien Stahltisch in die sterilen Handschuhe eines Fremden. Nie habe ich das Gesicht des Doktors gesehen – nur seinen Rücken, als er den Raum verließ; die blaue Operationskleidung hing lose über seinen knochigen Schultern, die so eckig wie die eines Mannequins waren.

Danach ging auch die Schwester, so daß ich mich wieder anziehen konnte. Ich stand auf und warf den weißen Krankenhausumhang auf den Tisch, auf dem ich gelegen hatte. Der Tisch war mit weißem Papier überzogen. Ich schlüpfte in ein Frühlingskleid mit rosafarbenem Blumenmuster, und dann hielt ich mich am Tisch fest, um nicht umzufallen. Zwischen meinen Beinen war Blut. Auf dem Linoleum unter mir. Ich nahm ein Tuch aus der Schachtel, die auf der Ablage stand, und beugte mich hinunter, um den Boden aufzuwischen. Grelle Blitze erschienen vor meinen Augen und in meinen Ohren brauste Flüssigkeit. Das Blut auf dem Papiertuch war fast schwarz, und meine Brust schmerzte.

In dem Raum, in dem mich die Schwester zum Ausruhen gebracht hatte, weinte ein Mädchen leise vor sich hin, und eine ältere Frau, wahrscheinlich die Mutter des Mädchens, drückte ihr Knie, während beide auf einen Fernsehschirm starrten, wo eine schöne Blondine ein Waschmittel anpries. Der Ton war abgedreht. Eine Weile betrachtete ich die Mutter mit ihrer Tochter, und als ich wegsah, betrachteten sie mich.

Die Beraterin kam herein und lächelte schüchtern wie die Gastgeberin einer mißlungenen Party. Sie trug einen dicken, purpurfarbenen Pullover, der selbstgestrickt aussah. Sie reichte mir einen Pappbecher mit Brause und ein paar Cracker in einer Serviette, und ich spürte, wie das Blut schneller aus mir floß – mein eigenes Blut strömte aus mir heraus, sickerte warm durch die Binde zwischen meinen Beinen und wurde dann kalt in der Welt.

Teil II

[illegible] Land [illegible] Stück

[illegible]

[illegible] Doch der [illegible]

[illegible]

Sie schreit: »Du bringst mich um!«

Ich setzte mich im Bett auf, und der Geruch von Laub drängt sich in meinen Schlaf wie ein geschmeidiges Stück Himmel.

Es ist Oktober, und ich bin sieben.

Die Mitternacht draußen ist blauschwarz und voll von schwarzen Flügeln, schwarzem Pelz und Mulch. Durch den Spalt zwischen den Vorhängen dringt ein scharfer Mondstrahl und der moschusartige Geruch eines Tiermagens.

Solche Innereien habe ich schon einmal gerochen, als meine Mutter eine gelbe Melone aufschnitt, die verdorben war – und noch einmal, als die Nachbarn am zweiten Tag der Jagdsaison in ihrem Hinterhof eine Hirschkuh ausnahmen.

Es klang, als würde ein engzahniger Kamm durch langes blondes Haar fahren, als sie die Hirschkuh öffneten. Hunde mit heißem, hechelndem Atem schnüffelten herum, während sie an einem Seil baumelte und rostiges Wasser aus ihr triefte – doch der Boden saugte es auf wie eine alte Decke. Alte Blätter hatten sich in Teppiche verwandelt, waren eine Weile naß und wurden dann steif.

Ich folgte diesem Duft ins Schlafzimmer meiner Eltern. Zuerst sehe ich meinen Onkel, der auf der Kante des Ehebetts sitzt. Auf seinem weißen T-Shirt ist Blut. Es ist rosafarben wie ein Steak, riecht wie Schlamm und Fleisch und erinnert an den Beigeschmack von Eisen in Leitungswasser und eine dunkle Moderschicht im Boden.

Meine Mutter liegt in einem roten Seidenslip auf dem Bett.

Ein roter Seidenslip ist über ihren Bauch hochgerissen, bedeckt kaum ihre Brüste, und ihre Beine sind nackt. Sie trägt schwarze Lacklederpumps. Ihre Arme sind nackt. Zwischen ihren Beinen ist ein schwarzes Haardreieck. Ihr Mund ist geöffnet. Darauf Schaum.

Aber es ist kein Slip, sondern Blut, das über ihre Brüste rieselt wie Seide.

Teil III

Sie war schön – wie ein Mannequin lag sie in ihrem mit Satin ausgekleideten Sarg, dessen glänzende Scharniere bis zur Kirchendecke hinaufblitzten. Sie trug ihr Lieblingskleid aus Chiffon, das leicht wie ein Trauerflor oder rabenschwarze Spitze über ihren langen Beinen lag. Ihre Nägel waren mattrosa lackiert. Eine Perlenkette war um ihren schwanenweißen Hals geschlungen. Als die Blitzlichter vor mir aufflammten, hinterließen sie schwarze Sterne in meinen Augen.

An der Hand des Pfarrers stand ich vor der Kirche und weinte leise, als vier Männer den Sarg meiner Mutter ins purpurne Licht eines Oktobernachmittags heraustrugen. Ich hörte, wie sich meine Mutter im Innern bewegte, und jemand eilte herbei, um meine Tränen zu fotografieren:

Am nächsten Tag war mein Bild in der Hälfte aller Zeitungen im Land zu sehen – mein Gesicht vor Schluchzen verzerrt und häßlich. Pfarrer Roberts wurde zitiert, der sagte: »Bonny Murray war seit ihrem siebzehnten Lebensjahr ein Mitglied unserer Kirche. Was sie sonst getan hat, geht mich nichts an, aber sie hatte die Stimme eines Engels, und die Person, die ihr das angetan hat, wird für alle Ewigkeit in einem Meer aus Feuer dafür büßen.«

Ich stellte mir meine Mutter und Onkel Andy in der Ewigkeit inmitten eines brennenden Meeres vor.

Sie würde mit ausgestreckten Armen übers Wasser gehen.

Sie würde ein weißes Chorgewand tragen, und es würde brennen wie schreckliche Flügel.

Ich weiß nicht warum, aber ich beginne zu weinen.

Gary fährt von der Straße auf eine ungeteerte Stelle unter einem Baum. Dahinter fließt der Suspicious River – genau dasselbe Wasser, das den ganzen Tag am Swan Motel vorbeirauscht. Es fließt durch Fennville, durch Ottawa City und Black Springs in den riesigen kalten Michigansee, und dann?

Ich rieche Wasser, und ich möchte wissen, wohin es fließt.

Er legt den Arm um mich, und ich bin glücklich, einen Arm um meine Schultern zu spüren, die sich kalt und nackt anfühlen. Ich rieche auch ihn. Ein Geruch nach Rauch und Seife. Ich spüre, daß mein Magen pocht wie ein Herz. Ich begehre ihn mit meinem Magen. Ich spüre Hunger und Leere. Ich mag seinen Geruch, der mich an etwas zu essen erinnert.

»Leila«, sagt er sanft. »Sieh mich an.«

Ich kann nicht.

»Sieh mich an«, sagt er und nimmt mein Kinn in die Hand, als wäre ich sein Kind.

Aber ich schäme mich, daß er mich weinen sieht, daß er mein verschwollenes, tränennasses Gesicht sieht. Sicher ist mein Make-up verlaufen und meine Haut hat sich grau verfärbt wie etwas Altes und Geschmolzenes. Wenn ich versuche, mein Gesicht wegzudrehen, hält er mein Kinn stärker fest. Er sagt: »Ich war heute nicht sehr nett zu dir, nicht wahr?«

Ich zucke bloß die Achseln. Um meine Ohren bläst Wind wie ein kühles schäumendes Bad. Es ist eine Entschuldigung, und die interessiert mich nicht. Statt dessen möchte ich angefaßt werden. Ich spüre ein Ziehen im Bauch. Es ist vielleicht mein Uterus, denke ich. Vielleicht ist es die kühle Brise in meinen Eingeweiden, aber ich habe das Gefühl, ich bin geöffnet worden, mein Inneres würde sanft zum Platzen gebracht und freigelegt.

»Also, ich sage dir, warum«, seufzt Gary. Er nimmt die Hand von meinem Kinn, läßt sie in seinen Schoß fallen und schaut durch die Windschutzscheibe. Er holt tief Luft und sagt: »Ich war böse auf dich, Leila, weil du letzte Nacht zu deinem Mann heimgegangen bist, verdammt. Ich wollte, daß du bei mir im Swan Motel bleibst.«

Wenn ich einatme, ertrinke ich immer noch in meiner Körperflüssigkeit – in Tränen und Schleim, und ich versuche, mein Gesicht in den Händen zu verbergen und denke, *er wollte mich.*

Er wollte mich.

Er wollte mich ganz für sich allein.

Deswegen war er so grausam.

Gary greift in seine Brusttasche nach einer Zigarette, bietet mir eine an, entzündet dann beide mit einem Streichholz, und die kleine Flamme bewegt sich von meinem Gesicht zu seinem wie ein winziger Leuchtkäfer, bevor er sie mit einem schnellen Schwung des Handgelenks auslöscht. Die Wagenfenster sind inzwischen geschlossen, und die Luft füllt sich rasch mit Rauch, der meine Augen trocknet.

Gary zieht den Rauch ein, dreht sich zu mir und sieht mich an. »Ist das nicht albern, Leila?« Er schluckt und sieht weg. »Ich hatte den Eindruck, daß du mir nicht vertraust oder so was, weißt du? Ich fand, daß du mir vertrauen solltest, nachdem ich dem Typen in einunddreißig eins übergebraten hatte. Weißt du? Aber jetzt merke ich, wie dumm das war. Warum zum Teufel solltest du mir vertrauen? Du kennst mich ja kaum.«

Er sieht mir wieder ins Gesicht, eindringlicher diesmal. Er sagt: »Aber, ich habe das Gefühl, dich zu kennen, Leila. Ich habe das Gefühl, dein Herz zu kennen.«

Während er das sagt, legt er die rechte Hand aufs Herz

und bläst eine graue Rauchwolke in mein Haar. »Leila, vergibst du mir? Vergibst du mir, daß ich heute nachmittag so – ich weiß nicht –, so *distanziert* zu dir war?«

Ich nicke, und mein Kopf fühlt sich schwer an von dem Rauch. Ich erinnere mich, wie er mit gerötetem Gesicht ins Büro zurückkam, wie er mir die Wolljacke über meiner zerrissenen Bluse zuknöpfte. Er hatte sich liebevoll gezeigt wie ein Vater. Ich flüstere: »Ja.«

Er scheint erleichtert und sagt: »Wir wollen einen Moment aussteigen, bevor es wieder zu regnen anfängt, in Ordnung? Ich möchte einfach mit dir reden, dich festhalten und dabei dein hübsches Gesicht sehen. Es ist so verdammt schön draußen. Nur kurz, ja? Wir fahren heute nachmittag nach Ottawa City und ich gebe vor meinen Freunden mit dir an. In Ordnung? Schön? Gut?«

Ich lächle und wische mit dem Handgelenk über die Augen. Auf dem Handgelenk ist ein Gewirr von Adern, die wie feines blaues Garn unter der dünnen Haut liegen. Die Adern sind so dicht an der Oberfläche, so ungeschützt, daß ich es kaum aushalte, sie anzusehen. Manchmal ertrage ich es kaum, den Puls am Hals zu fühlen, wo das Blut wie unter Gaze pocht, und der Gedanke an meine zarten Membranen, an den blauen, blubbernden Saft, macht mich krank. Wenn ich diese verzweigten Adern sehe, weiß ich, daß ich eines Tages sterben werde, aber in Garys Nähe fühle ich mich warm und lebendig. Ich steige aus, und Gary nimmt mein kühles Gelenk in seine Hand.

Die Blätter bilden einen rotgoldenen Baldachin über uns. Das Licht ist hennafarben. Wie mein Haar. Ich fühle mich hübsch, wenn er mich durch den kühlen Blätterglanz ansieht. Zwei Eichhörnchen jagen sich schreiend in den hohen Ästen, und die Sonne gießt verschwenderisches Licht über ihren kupferfarbenen Pelz. Ich fühle mich schön, weil er mich begehrt.

Gray liegt auf dem Rücken, und ich klettere auf ihn, schlinge die Arme um seinen Hals, strecke mich flach auf ihm aus und presse mich an ihn. Seine Messingschnalle drückt sanft und stumpf gegen meinen Bauch. Zwischen meinen Schenkeln spüre ich das Blut brausen, ein feuchtes Rinnsal, warme Flüssigkeit und Begehren. Er schließt die Augen, seine Hand liegt auf meiner Taille, und ich schmiege den Kopf unter sein Kinn. Es ist warm und fest wie die Erde unter mir, und die Sonne wärmt meinen Rücken. Das langsame Heben und Senken seiner Brust schläfert mich ein, als wäre ich bei ruhigem Seegang an Deck eines Schiffes. Das blaue Hemd riecht wie er. Sein Herz darunter ist in einem Korb aus Knochen eingeschlossen. Seine dünnen Rippen. Seine Hand auf meinem Rücken ist nicht größer als die meine. Seine Arme nicht breiter oder länger. Selbst seine Hüften passen auf die meinen. Er ist so groß und so breit wie ich, und mein Körper fühlt sich sicher bei ihm. Es ist, als würde ich mich selbst begehren, mir selbst gefallen. Ich sage: »Ich werde heute nacht bei dir bleiben, wenn du willst«, und ich hebe den Kopf und sehe in seine Augen.

Gary streichelt mein Haar und drückt meinen Kopf wieder auf seine Brust. »Wir werden sehen, was passiert«, sagt er. »Bis heute abend ist noch lange hin.«

Jetzt fühle ich mich nackt, beschämt. Ich habe das Gefühl, er hat die roten Muskeln unter meiner Haut gesehen, das gelbe Fett, das mit einem Gewirr von Adern bedeckt ist. Ich flüstere: »Ich dachte bloß, daß du das möchtest.« Auch in meinem Leib fühle ich Scham – Scham, die meine Blase ausdehnt, Scham in dem wogenden Fluß. Ich sage: »Ich möchte es auch«, und entschuldige mich für meine Scham.

Er räuspert sich und sagt: »Erzähl mir was von dir, Baby. Ich weiß gar nichts über dich.«

Ich schließe die Augen, und das Licht dahinter ist weiß wie eine Leinwand, auf die ein weißes Dia projiziert wird. Mir fällt nichts ein, was ich von mir erzählen könnte. Mir scheint, er weiß schon alles, was wissenswert ist. Er hat meine Brüste geleckt. Er hat mein Haar in beiden Fäusten gehalten. Obwohl ich liege, zucke ich die Achseln. Ich sage: »Ich weiß nicht, was ich erzählen soll.« Er wartet. Ich sage: »Ich bin in Suspicious River geboren.«

»Was machen deine Eltern?« fragt er.

Wieder das weiße Dia, dann noch eines und noch eines. Heute will ich nicht darüber reden, es gibt so wenig zu sagen, aber er gleitet mit der Hand unter meinen Rockbund und zieht meine Bluse heraus. Seine Handflächen streicheln das Fleisch. Zuerst ist das Fleisch kalt und bloßgelegt – kühle Luft weht vom Fluß herüber. Aber dann wärmt seine Haut, und ich sage: »Sie sind tot.« Die nackte Haut fühlt sich unter seinen Händen jetzt fast heiß an.

»Wie sind sie gestorben?«

Wieder zucke ich die Achseln. »Mein Dad hatte im Januar vor fünf Jahren einen Herzanfall. Er hat Schnee geschaufelt.«

»Scheiße«, sagt Gary und schüttelt den Kopf. »Das passiert öfter. Ich hatte zwei Onkel, die auf diese Art gestorben sind. So ein Mist.«

Die Art, wie er das sagt, macht es einfach. Eine nüchterne Tatsache: Ein Routinefall. Ich fasse Mut. Ich sage: »Meine Mutter ist gestorben, als ich sieben war.«

»Ach, Baby, das ist traurig«, sagt er, legt eine Hand auf mein Haar und küßt es.

Ich mache die Augen fest zu. Wegen dieser Küsse werde ich ihm alles erzählen, was er wissen will. Ich werde mich an

Einzelheiten erinnern, an Details, an Namen, an Orte, und Daten, wenn er nur seine Hand in meine Bluse gleiten läßt. Wenn er mir nur sagt, er sei in mich verliebt, werde ich ihm sogar das Bett zeigen, in dem meine Mutter gestorben ist. Was würde das schon ausmachen? Sie ist tot, und ich lebe. »Wie alt war sie?« fragt er.

»Vierundzwanzig«, sage ich, »genauso alt wie ich jetzt.«

Im selben Moment taucht blitzschnell das Gesicht meiner Mutter auf der Leinwand auf. Ihr Mund ist geöffnet, als wolle sie etwas sagen oder singen, aber ich mache schnell die Augen auf und sehe Garys Bart. Er wird jeden Tag dunkler und breitet sich über den ganzen Hals aus. Er verbirgt die lange weiße Narbe, die sein Gesicht teilt wie eine Naht, und die dunkle Seite von der helleren trennt.

»Also war sie noch ganz jung, als sie dich bekommen hat. Siebzehn?«

»Ja«, sagte ich. Er zeichnet mit den Fingern kleine Kreise auf meine Schultern. Ich fahre fort. Meine Stimme ist ein bißchen lauter. »Ich habe keine Geschwister. Danach gab es nur noch meinen Dad und mich.«

»Ach, Leila.« Seine Stimme ist durch mein Haar gedämpft. Er schiebt mich von sich herunter ins Gras und rollt mich sanft auf den Rücken. Ich spüre, wie die Erde kühl und feucht durch meine Kleider dringt. Er sagt: »Ich möchte für dich sorgen, mein Schatz. Ich möchte für den Rest meines Lebens für dich sorgen. Ich möchte, daß du nie mehr allein bist.«

Ich schließe die Augen.

Bei jedem Wort klickt der Projektor. Ich glaube, ich bin nie verliebt gewesen; ich bin verliebt? Bei Rick habe ich nie diesen körperlichen Sog, dieses Ziehen in der Magengegend gespürt. Mit Rick habe ich immer ruhig geschlafen, wenn ich in seinen Armen lag.

Aber wenn Gary Jensen auf mir liegt, folgt ein leerer Blitz auf den nächsten. Weiße Luft. Eine viereckige Deckenlampe. Sonne/nichts/Sonne. Ein Foto nach dem anderen, auf dem nichts zu sehen ist.

Ich weiß, daß ich verliebt bin.

Er legt sich auf mich, und sogar sein magerer Leib ist schwer. Sein Gewicht drückt mich in den Boden. Reine Erdanziehung. Seine Zunge stößt in meinen Mund. Seine Hände sind kühl, und er schiebt meine Bluse hoch, meinen Rock hinunter, ohne seinen Körper von mir zu heben, bis ich fast nackt und fröstelnd auf der Erde liege und nur sein Körper mich wärmt. Er öffnet nicht einmal den Reißverschluß seiner Hose, sondern reibt sich nur lange Zeit an mir. Er spreizt meine Beine und drückt sich heftig an mich. Ich sehe den Muskel, der sein Kinn bewegt wie ein Maschinenteil, aber seine Augen sind ausdruckslos wie bei jemandem, der in Trance ist, und schließlich meine ich, keine Luft mehr zu kriegen. Mein Hüftknochen schmerzt unter der Messingschnalle. Er stößt heftig gegen mich, als wäre ich gar nicht da – gewaltsam, schweigend, und dann kommt er.

Ohne etwas zu sagen, steht er über meinem zitternden Körper, der ausgebreitet unter ihm auf dem Boden liegt wie etwas, das aus dem Himmel nackt vor seine Füße gefallen ist. Mein Gesicht ist tränenüberströmt, und meine Schenkel sind gefühllos. Ich bin ein Mahl, denke ich, ein Picknick. Ich fühle mich hübsch und schließe die Augen, und während Gary zum Auto zurückgeht, öffne ich sie. Ich beeile mich, ziehe mich hastig wieder an, schließe mit zitternden Fingern Ösen und Knöpfe, aus Angst, er könnte ohne mich abfahren, und was sollte ich dann tun? Ich müßte dem Fluß heimwärts folgen, und vielleicht würde ich ihn nie wiedersehen.

Aber er wartet einfach bei laufendem Radio auf mich, als

ich zum Auto zurückkomme. Eine Gitarre kreischt wie Stahl, der über Stahl schabt – Musik, die sich wie ein Autounfall anhört. Er hat seine Hose geöffnet und wischt sich mit einem roten Halstuch ab. »Schau nur, was für eine Sauerei du gemacht hast, Leila«, sagt er. Er schüttelt den Kopf. »Mann.« Er lächelt. »Mit deinem Arsch könntest du eine Million verdienen, Baby.«

Ich kann nicht schnell genug atmen. Ich habe Angst, das Geräusch meines Atems könnte ihn verärgern, könnte ihn krank machen, daher halte ich die Luft an.

Dann klappt er die Sonnenblende am Beifahrersitz herunter, damit ich mich im Spiegel sehen kann – in meinen Haaren sind braune Blattfetzen. Ich sehe zerkratzt aus, struppig, wie ein Tier, das ein Jäger aus dem Wald auf die Straße gescheucht hat. Gary sagt: »Mach dich doch bitte zurecht, meine Liebe. Du siehst ja übel aus.« Er lacht.

Ich bin froh, daß er über mein übles Aussehen lacht. Bin froh, hier und am Leben zu sein, ihn lachen zu hören.

Mitten in der dritten Nacht nach der Abtreibung wachte ich glühend heiß und durchgeschwitzt auf, zog mein Nachthemd aus, das blutig war, legte es auf den Badezimmerboden und zog die Knie an die Brust. Ich wachte wieder auf, als mein Vater an die Tür klopfte; inzwischen war mir kalt, und ich war schweißgebadet. »Mir geht's gut«, murmelte ich immer wieder, aber meine Zähne klapperten. Ich legte die Hände vors Gesicht, als er das Badezimmerlicht andrehte, und ich sah, daß meine Finger blau waren.

Im Kreiskrankenhaus von Ottawa saß mein Vater auf meiner Bettkante.

Der Arzt räusperte sich, und seine Stimme klang wäßrig. Er sah mich nicht an. Er redete mit meinem Vater, als wäre ich nicht anwesend, als müßte er sich nicht an mich wenden; sein Rücken war breit und weiß; sein Haar war naß und weiß. Als er mit meinem Vater sprach, hörte es sich an, als sage er etwas auswendig Gelerntes auf: »Der Uterus ihrer Tochter ist perforiert, Mr. Murray. Es ist keine Folge der Abtreibung, wie Sie dachten. Es war die Spirale. Sie wurde nicht korrekt eingesetzt, und anstatt ausgestoßen zu werden, wie es richtig gewesen wäre, ist sie tiefer in die Bauchhöhle eingedrungen.«

»Wird sie wieder gesund?« fragte mein Vater leise.

»Sie wird wieder gesund werden, jetzt, nachdem wir sie herausgenommen haben. Aber natürlich ist das Gewebe stark vernarbt. Was vielleicht auch sein Gutes hat. Zumindest kann sie nicht mehr schwanger werden.«

Mein Vater sah auf, als hätte er einen Schlag versetzt bekommen. Er legte den Kopf in die Hände und rang um Atem.

Aber ich hauchte mein Leben aus und drückte mich in die gestärkten Krankenhauskissen.

Obwohl ich sie nie gesehen hatte, war mir die Spirale wie ein Angelhaken vorgekommen, der sich in meinem Bauch verfangen hatte, mich verbluten ließ wie meine Mutter, mich aus dem kalten Flußwasser zerrte und an Land zog. Aber jemand hatte dann doch entschieden, mich wieder zurückzuwerfen.

Nachdem meine Mutter gestorben war, wachte ich einen Monat lang jeden Morgen auf dem Fußboden auf. Mir war kalt, und ich fühlte mich wie ein Baumwollsack voller Knochen. Ich mußte aus dem Bett gefallen sein, aber ich wachte nie auf. Ich träumte nur, ich sei nackt durch einen dunklen Raum geglitten, und hundert Hände hätten mich berührt, während ich fiel.

Ich hatte keine Angst. Die Geräusche, die ich nachts hörte, waren mir vertraut: Das Weinen meiner Mutter, das Summen meines Onkels Andy. Doch inzwischen war es das Summen der Heizung oder das Radio meines Vaters im Keller, das mit der Stimme meiner Mutter weinte.

»Dies ist nur eine Kleinstadt«, zitierte die *Detroit Free Press* unsere Nachbarin, eine alte Dame, die ich nie zuvor gesehen hatte. Auf dem grauen Titelblatt der Zeitung sah man sie in graue Luft winken. Sie sagte: »Schon merkwürdig, auf diese Art bekannt zu werden.«

Unser Haus sah auf dem Bild ganz gewöhnlich aus, leer, obwohl das nicht stimmte. Und neben unserem Haus war eine Karte von Michigan abgebildet – wie eine aufgeblähte Hand, daneben ein Pfeil, der nach Norden auf den schwarzen Kreis um Suspicious River zeigte, das sich auf dem dicken kleinen Finger dieser Hand befand.

Niemand sagte mir, wo Onkel Andy hingegangen war.

Ins Meer oder ins Feuer?

Dann kam Halloween und endete mit dem Geruch von brennenden Laubhügeln, so groß wie Scheiterhaufen. Obwohl keine Kinder an unsere Tür kamen, hörte ich sie in ihren Kostümen durch die Nachbarschaft streifen. Und die unter Masken und Tüchern gedämpften Stimmen anderer Kinder, die an unserem verwunschenen Haus vorbeigingen.

Ein fauliger Geruch von gärenden Äpfeln hing in der Luft, und alles roch wie ein schwarzer Obstgarten, der von den Stiefeln eines Riesen zertrampelt worden war.

Als ich meinen Vater ansah, kam er mir ebenfalls gespenstisch vor. Es schien, als hätte ihn jemand mitten in der Nacht fortgeholt – wie meinen Onkel Andy –, ihm aber etwas ganz anderes in die Haut geritzt:

Den Gesichtsausdruck aufgemalt und den Kopf mit Stroh ausgestopft. Und aus dem leeren Mund meines Vaters blies schon der Winter, wenn er ihn zum Sprechen öffnete. Wie ein weißer Seidenschal, der meiner Mutter gehört hatte.

Gary sagt: »Da wären wir.« Er parkt den Thunderbird zwischen zwei verblichenen gelben Linien und sieht mich an.

Auf dem Parkplatz funkeln hübsche Autos und Pick-ups, darunter ein rostiger Lieferwagen, auf dessen Seitentür ein Bild von schneebedeckten Bergen aufgesprüht ist. »Laß uns was trinken und sehen, wer da ist.« THE BIG CITY BAR blinkt grün vor einem kleinen dunklen Fenster, an dem ein schlaffer Vorhang hängt.

In der Bar ist es dämmrig und warm. Der Geruch von altem Bier und Sägemehl wie in jeder Bar hier oben im Norden. Ein Paar steht in der Nähe des Eingangs vor den Toiletten und streitet. Die Frau, klein und blaß mit langem, schwarzem Haar, lehnt an der grauen Wand, sie trägt nur enge kurze Hosen, kein Oberteil. Ihre nackten Brüste sind ein bißchen welk, die Brustwarzen riesig und blauschwarz. *Meine Mutter*, denke ich, ohne der Frau ins Gesicht zu sehen: diese unbekümmerte Nacktheit, mit der sie vor einem Mann steht, als wäre sie eine Statue, eine Venus, eine Marmormadonna, aber ohne Oberteil. Ohne darüber nachzudenken, weiß ich ganz gefühlsmäßig, daß nichts Gutes dabei herauskommen kann, wenn man am hellichten Tag, an einem öffentlichen Ort, eine Frau mit nackten Brüsten ansieht. Sie ist so verfügbar wie etwas Totes, genau wie du selbst. Dein eigener Körper wird durch deine eigenen Augen entblößt. Genauso wie ein Foto einem immer die Seele stiehlt – die des Fotografierten oder die des Fotografen, je nachdem, wer schwächer ist. Je nachdem, wer bezahlt.

Der Mann hat seine Hände auf ihre Wangen gelegt, beugt sich zu ihr vor und bellt: »Was? Was hast du gesagt?« Auch er ist dünn und klein, vielleicht jünger als sie und nicht so kräftig. Die Frau wirkt verärgert, scheint aber keine Angst zu haben und wirft uns einen Blick zu; zwischen ihrem und dem Gesicht des Mannes liegt ein rechteckiger Sonnenstrahl, der scharfe Linien über ihren Bauch und ihre Brüste zeichnet, als sich die Tür öffnet und hinter uns schließt. Nachdem sie geschlossen ist, bin ich einen Moment lang blind. Die Frau sagt: »Halt den Mund, Doug. Hallo, Gary.«

»Hallo, Baby.« Gary winkt ihr flüchtig zu, und ich habe das Gefühl, jemand Wichtigem zu folgen. Dem Mann, der den Schlüssel zu dem Ort besitzt. Ich fühle mich ein bißchen wie die Freundin eines Rockstars. Ein bißchen neugierig, aber ruhig. Schaut mich an oder schaut mich nicht an; ich bin wichtig, und gleichzeitig zähle ich überhaupt nicht.

Dann war es Winter geworden. Das Mädchen sagt: »Deine Mutter war eine Hure.«

An diesem Tag habe ich den Aufsatzwettbewerb der zweiten Klasse gewonnen. Für eine Arbeit, die ich über die letzte Wandertaube geschrieben hatte; daß es keine mehr gab auf der Welt, nachdem diese eine gestorben war. Die Idee dazu hatte ich aus meinem *Weekly Reader*. Ich war die halbe Nacht aufgeblieben, um sie in großen Blockbuchstaben niederzuschreiben. Ich wollte gewinnen, und nachdem mir das gelungen war, nachdem mein Name verkündet wurde, applaudierten meine Klassenkameraden neidisch. Schnelle Blicke wurden ausgetauscht, als ich nach vorn ging, um die Urkunde entgegenzunehmen: ERSTER PREIS. *Leila Murray* war sorgfältig mit schwarzem Filzstift darunter geschrieben.

Man hätte meinen können, Lachgas sei durch den Zementstein und durch die Fensterritzen eingedrungen. Eine grüne Wolke stieg vom Boden auf.

Aber Miss Lovette bat mich, meinen Aufsatz der Klasse vorzulesen, und meine Finger zitterten, als ich es tat. Die Blätter flatterten wie schlaffe Flügel in meinen Händen. Ich versuchte laut vorzulesen. Ich hörte, wie meine Stimme zur hinteren Wand getragen wurde und als dumpfes Echo widerhallte – während draußen der Schnee immer höher und höher wuchs, und unter dem Klassenzimmerfenster ein gelber Pflug brummte, der Schnee in die Luft des Schulnachmittags schleuderte. In Miss Lovettes Gesicht stand ein gefrorenes Lächeln, als ich mit dem Lesen fertig war. Bei dem Lächeln wußte ich, daß ich nichts gewonnen hatte, außer Miss Lovettes Mitleid. Sie umarmte mich und drückte mich fest an ihre weichen Brüste.

Sie war das hübscheste und intelligenteste Mädchen der zweiten Klasse. Das Mädchen, dessen Namen unter ERSTER PREIS hätte stehen sollen. Tochter des Zahnarztes. Glänzender Pferdeschwanz und fast so weiß wie ein Wasserfall. Sie stand vor mir, Schnee bedeckte unsere Knie, und ich spürte, wie der Schnee in meine Socken drang. Die Riemchen meiner roten Stiefel waren gerissen und hingen beim Gehen lose herunter wie lange rote Katzenzungen. Das Mädchen zischte: »Es hat in der Zeitung gestanden.«

Meine Mutter war seit zwei Monaten tot, und niemand hatte mit mir darüber geredet – nur die Polizisten in ihren dunklen Anzügen. Sie hatten mich eindringlich und voller Anteilnahme angesehen und offensichtlich angenommen, ich sei viel jünger, als ich tatsächlich war, ein Baby noch. Vielleicht hatten sie mich für ein zerbrechliches Glastierchen mit Diamantaugen gehalten, für etwas Teures, das zerspringen könnte, wenn sie zu laut und zu schnell redeten. Sie gaben mir das Gefühl kostbar sein, und es machte mir nichts aus, ihre Fragen zu beantworten. Ich hätte das für den Rest meines Leben tun können.

Diese Polizisten umringten und streichelten mich, als ich weinte, und sie rochen wie Männer. Einer nahm mich auf seinen Schoß, und ich durfte mein Gesicht lange an seine weiße, gestärkte Hemdbrust legen. Sie roch moschusartig und frisch. Vielleicht war es nur sein Schweiß.

Wir setzen uns im hinteren Teil des Lokals an einen Tisch, und Gary fragt: »Was möchtest du?« »Nein«, unterbricht er sich, »laß mich das machen.« Er lächelt, drückt mein Knie unterm Tisch und sagt: »Ich komme gleich wieder.«

Die Musik ist nicht laut, besteht aber hauptsächlich aus Baßtönen, und ich spüre sie leise in meinem Magen, unter meinen Lungen. Es sind nicht viele Leute in der Bar, aber im vorderen Teil befindet sich eine kleine Gruppe von Männern. Ein Vorhang aus Rauch umgibt sie. Die meisten sind jung – zwanzig, dreißig –, und die meisten haben Jeansjacken und alte Jeans an. Durch die Gürtelschlaufen sind vielleicht Ketten gezogen, an denen Schlüssel hängen. Einige von ihnen sehen mich an, während mir Gary den Rücken zuwendet und an der Bar unsere Drinks bestellt.

Die Männer stehen vorn um die kleine Bühne wie Bauerntölpel um einen Altar. Die Bühne besteht aus fünf abgesplitterten Holzsegmenten, über die ein Badezimmerteppich gebreitet ist. Ich nehme an, daß dort eine Frau getanzt hat, vielleicht die Frau, die sich am Eingang gestritten hat. Eine grünlich blaue Glühbirne hängt über der Bühne, unter der jetzt Staub tanzt. Vielleicht Stroboskoplicht.

Ich weiß, was hier los ist. Ich bin schon einmal in einer Nacktbar gewesen. In Suspicious River gibt es eine ganze Straße voll mit solchen Bars. Alle haben verspiegelte Fenster. Wenn man von draußen in diese Bars sieht, sieht man sich selbst. Vielleicht sieht man zerzaust, dick oder verlegen aus. Ich erinnere mich, daß ich im hinteren Teil saß und ein Mann seine breite Hand auf mein Knie gelegt hatte; die Stripperin war zu weit weg, als daß ich hätte sehen können, wie sie sich bückte und herumwirbelte. Der Mann, mit dem ich hingegangen war, war der Exmann einer High-School-Bibliothekarin. Er hatte mich auf dem Parkplatz aufgegabelt, nachdem er vom Schuldirektor aus der Bibliothek geworfen worden war, weil er seine Exfrau angeschrien hatte. Er hatte den Hals gereckt, um die Stripperin zu sehen, und dabei gleichzeitig meinen Schenkel gedrückt. Der Mann tat mir leid, aber der Kellnerin mit den nackten Brüsten schien ich leid zu tun. In der Toilette fragte sie mich, ob alles in Ordnung sei, ob sie jemand anrufen solle, der mich nach Hause bringen würde. »Ist der nicht zu alt für dich?« fragte sie, und ich zog nur die Augenbrauen hoch, als wäre ich überrascht, und schüttelte verneinend den Kopf.

Gary kommt mit zwei Gläsern an unseren Tisch zurück. »Jim Beam mit Eis«, sagte er stolz. »Hast du das schon mal getrunken?«

Ich probiere es. Warm wie Hustensirup rinnt es meine Kehle hinunter. »Ich glaube schon«, antworte ich, und er wirkt enttäuscht.

»Na schön. Warst du schon mal in einem Strip-Lokal?«

»Einmal«, sage ich, und er hört zu lächeln auf.

»Jesus«, sagt er und trinkt langsam. Er ist vielleicht verärgert, aber er läßt seine Hand meinen Schenkel hinaufgleiten. »Du hast alles schon mal gemacht, was?« Jemand dreht die Musik lauter, und Gary muß schreien. »Wer hat dich denn in eine Strip-Show mitgenommen, Süße, dein Ehemann?«

»Nein.« Ich lehne mich an ihn und brülle fast, um mich verständlich zu machen. »Nur einmal. Ich war in der High-School. Ein älterer Typ.«

Gary schüttelt den Kopf, schluckt den Whisky hinunter und sagt: »Als ich dich gesehen habe, wußte ich gleich, daß du ein unartiges Mädchen bist. Ich wußte, daß du alles machen würdest, was ich will, Baby. Das gefällt mir.« Er legt den Arm um mich, schiebt ihn unter meinen Arm nach oben und betastet meine Brüste. Zuerst rücke ich weg, als wollte ich seiner Hand ausweichen – als wollte oder könnte ich das –, aber dann greift er nach oben und legt sie wieder auf meine Brust, und ich lasse ihn gewähren. Ich bin glücklich, weil er lächelt. Weil er mich berührt. Er sagt: »Dich kann nichts so schnell überraschen, oder?« Und ich finde, er klingt erfreut, als er das sagt.

Ich nehme einen Schluck aus meinem Glas und zucke die Achseln.

Die Frau, die nahe bei den Toiletten gestanden hatte, tritt heraus, und in der dröhnenden Musik ist schwacher Applaus zu hören. Ihr schwarzes Haar hängt jetzt über ihre Brüste, und auf dem Weg zur Bühne geht sie in ihren hochhackigen roten Schuhen mit langen, tänzelnden Schritten nahe an den Tischen der Männer vorbei. Ein paar Männer strecken die Hände aus, um ihre Schenkel oder ihre Shorts zu berühren, was sie zuläßt, ohne zu lächeln. Auch die Männer lächeln nicht. Einige beugen sich auf ihren Stühlen nach vorn und sehen sie genau an, als versuchten sie, sich an etwas zu erinnern oder etwas zu lesen, das in kleinen Druckbuchstaben geschrieben ist. Einige lehnen sich unbeeindruckt zurück, während der Mann, mit dem sie gestritten hat, hinten steht und mit langen, tiefen Schlucken aus einer Bierflasche trinkt.

Die Frau tanzt eine Weile auf der Stelle, hebt das lange Haar von einer Brust, um sie den Männern zu zeigen und auf einer Hand darzubieten. Dann hebt sie das Haar von der anderen Brust. Schließlich wirft sie das Haar zurück, steht nahe am Bühnenrand, schüttelt die Brüste, beugt sich vor, doch die Männer applaudieren nicht, sondern trinken einfach weiter und starren sie an. Die Musik hämmert. Die Frau öffnet schnell ihre kurze Hose und streift sie ab. Natürlich trägt sie einen schwarzen Spitzenslip darunter. Sie spielt mit ihren Brustwarzen, während sie tanzt, leckt zuerst die Fingerspitzen und läßt sie dann um die Brustwarzen kreisen. Die Brustwarzen werden einen Moment lang steif, werden aber wieder weich und schlaff, wenn sie sie nicht mehr berührt.

Die Frau zieht den Slip bis zu den Knien herunter, und enthüllt dichtes Schamhaar. Eine Weile tanzt sie mit dem Slip am Knie. Sie taumelt ein bißchen, als sie aus dem Slip steigt, dann hebt sie ihn auf und wirft ihn einem Typen am Tisch vor ihr zu. Sie stemmt die Hände in die Hüften, spreizt die Beine und tanzt weiter, aber nicht gut. Sie ist aus dem Rhythmus gekommen. Vielleicht hört sie nicht mehr auf die Musik. Dann zieht sie mit beiden Händen die Schamlippen auseinander und zeigt den Männern das blasse Muschelrosa. Während sie das tut, drückt Gary meine Brust.

Inzwischen benommen, kann auch ich die Musik kaum mehr hören und bin überrascht, als er mich zu hart anfaßt. Ich bin erstaunt, lebendig zu sein. Flüchtig werde ich an meinen eigenen Körper erinnert, der im Rauch, im blaugrauen Nebel zurückweicht.

Dann ist die Musik zu Ende, die Frau hebt ihre Shorts auf, und der Mann, der ihren Slip aufgefangen hat, gibt ihn ihr höflich zurück. Sie geht nackt durch die Bar, aber niemand versucht sie beim Rausgehen zu berühren. Nachdem sie fort ist und die Toilettentür sich mit einem Luftstrom hinter ihr geschlossen hat, ertönt verhaltener Applaus.

»Ich komme gleich wieder«, sagt Gary. »Ich hole uns noch einen Drink.«

Da es auf der Bühne nichts mehr zu sehen gibt, starre ich in mein Glas. Ölig schmilzt das Eis im Whisky. Vielleicht bin ich bereits betrunken. Ich habe das Gefühl, als wäre ich selbst in einem Glas durchgeschüttelt worden. Gary hat seine Zigaretten auf dem Tisch liegengelassen. Ich zünde mir eine an, und Rauch kräuselt aus meiner Faust in die Höhe, als würden meine Finger brennen. Ich habe mein Glas ausgetrunken und möchte noch einen Drink, aber Gary ist noch nicht zurückgekommen.

Hinter mir ist nur die Wand aus Zementstein. Der Mann, der mit der Stripperin gestritten hat, lehnt mit verschränkten Armen, den Blick nach vorn gerichtet, daran. An seinem Hals bewegt sich ein Muskel. Ich bin jetzt die einzige Frau im Lokal, und ein paar Männer haben sich auf ihren Stühlen umgedreht, um mich anzusehen. Ich erwidere ihre Blicke nicht. Im Fernsehen habe ich einmal eine Katze gesehen, die an einem Zuchtwettbewerb teilnahm. Ihr Fell war rein weiß, und sie trug ein Halsband aus Bergkristallen. Wie diese Katze komme ich mir jetzt vor. Ich dehne mich beiläufig und lasse mich von den Preisrichtern begutachten. Ich halte den Blick auf mein leeres Glas gesenkt, prüfe meine Nägel, um sie selbst zu bewerten. Die Katze leckt ihre Pfoten.

Ich sehe auf, als ein Mann mit langem, rotbraunem Haar lächelnd an meinen Tisch kommt. Die anderen beobachten, wie er auf mich zugeht. Er fragt: »Darf ich Sie zu einem Drink einladen? Oder kommt Gary gleich zurück?«

Ich bin überrascht, daß jeder in der Bar Garys Namen kennt und ihn ganz selbstverständlich anspricht. Ich zucke die Achseln und sage: »Weiß nicht«, dabei lehne ich mich ein wenig zurück.

»Ich wette, er hat nichts dagegen, wenn ich Sie zu einem Drink einlade.« Der Mann zwinkert mit den Augen. »Setzen wir uns an die Bar.«

Ich folge dem Mann an die Bar. Wie ein Pferd zur Tränke, denke ich. Er ist groß, füllig, aber fest gebaut, soweit ich das sehen kann. Er ist so groß und breit, daß ich mir wie ein Kind neben ihm vorkomme. Ich lege meine Tasche auf die Bar und falte die Hände darüber, und beim Blick über die breite

Schulter des Mannes, sehe ich Gary am Eingang stehen. Er lacht. Ein blonder Mann mit gestutztem Bart raucht neben ihm eine Zigarette und lacht ebenfalls. Und bevor mir klar wird, um wen es sich tatsächlich handelt, halte ich die beiden für *alte Freunde*.

Dann sehe ich den Freund deutlicher; ein Viereck aus Rauch rahmt ihn ein, wenn jemand hinter ihm die Tür öffnet. Zuerst bin ich mir nicht sicher, aber schließlich doch: Es ist der Mann aus einunddreißig. Einen Moment lang sehe ich mich wieder zusammengerollt auf dem Teppich liegen und schmecke Blut auf meiner Zunge, aber ich schlucke. Ich sage: »Danke«, als der Barkeeper den Whisky mit dem Eis zu mir herüberschiebt. Ich sehe den Mann an, der den Drink bezahlt hat. »Danke«, sage ich noch einmal, diesmal zu ihm, und empfinde tatsächlich Dankbarkeit. Ich drehe mich nicht um, um Gary und den blonden Mann noch einmal anzusehen. Es gibt für alles eine Erklärung, sage ich mir, während ich trinke. Ich denke an meinen Mann, der seine dünnen Arme verschränkte – *Es ist mein Körper*, sagte er.

Der Mann, der meinen Drink bezahlt hat, legt vorsichtig seine riesige Hand auf meinen Schenkel – zuerst auf den dünnen Stoff des Rocks, dann schiebt er sie unter den Rock.

»Gern geschehen«, sagt er, obwohl ich nicht mehr weiß, warum er das sagt.

Der Barmann ist alt. Seine Zähne sehen weich aus. Er sieht über die Bar auf die Hand des Mannes, die auf meinem Schenkel liegt, und entblößt beim Lächeln dieses alte Hundegebiß. Ich trinke den Whisky, und das Eis schlägt kalt an meine Zähne.

»Ich weiß, daß du das nicht wolltest«, sagte mein Vater. Er legte den Hörer auf, als ich in die Küche kam. »Aber ich habe

Mr. Schmidt angerufen und ihm gesagt, was sein Sohn getan hat.«

Aus dem Garten des Nachbarn drang der Geruch von gemähtem Gras, das in der Sonne trocken und gelb wurde, und von Geißblatt, das ebenfalls alt wurde und in der Maihitze süßlich stank, faulig modrig. Ich sah aus dem Küchenfenster auf die weiße Fliederhecke. Darunter stand ein üppiger Forsythienstrauch; gelb und vornehm hob er sich gegen den weiten blauen Himmel ab. Ich hatte seit einer Woche nicht geblutet.

»Warum?« fragte ich. Aufgrund des Geruches seines T-Shirts wußte ich, daß mein Vater fröstelte und gleichzeitig schwitzte: Baumwolle, Salz, gemähtes Gras.

Sein Mund zitterte, seine Lippen waren geschürzt, als würde etwas halb Lebendiges über seine Zähne huschen. Als versuche er nicht zu weinen. »Dieser Junge hat dich geschwängert, und jetzt kannst du keine Kinder mehr bekommen. Er hat dein *Leben* zerstört, Leila. Du bist noch ein Kind. Du bist erst siebzehn und verstehst das noch nicht, aber dieser Junge hat dein Leben *zerstört*. Das muß man seinem Vater doch sagen. Der Junge schuldet dir was.«

Der Fluß war gerade erst aufgetaut – so lange brauchte der Frühling, bis er in den Norden heraufkam. Und jedes Jahr, wenn es dann schließlich soweit war, brach die Natur geradezu explosionsartig hervor – halb toll vor Wildblumen, Sonne und ekstatischen Gänseblümchen, die süchtig ihre pelzigen gelben Zungen dem Licht entgegenreckten. Ich hatte überhaupt nicht das Gefühl, daß mein Leben zerstört war.

Tatsächlich hatte ich das Gefühl, daß es gerade erst begann.

Aber dann sah ich meinen Vater, dem mein Leben wie ein leeres Zimmer vorkam. Sinnlos, dafür Möbel zu kaufen; sinnlos, etwas zu streichen, das immer leer und grau bleiben würde. In jener Nacht im Krankenhaus hatte ich gedacht *nie ein Baby* und einen Augenblick lang diese vollkommene Leere in meinen Armen gespürt. Aber dann sah ich mich plötzlich in einem Film – es war zwar ich, aber dennoch jemand anderes. Ich war vielleicht dreißig Jahre alt, trug einen beigefarbenen Trenchcoat und winkte einem Taxi. In meinen Armen hielt ich schließlich doch etwas – eine Aktentasche, ein Buch und eine Anwaltsrobe. Der Anblick hatte mich nicht traurig gestimmt.

Als Rick ein paar Stunden später anrief, nahm ich ab. Mein Vater hatte wegen seines Beins eine Schmerztablette genommen – gelegentlich nicht wegen seines Beines, in dem er nichts mehr spürte, sondern wegen des Schmerzes, der sein Bein wie ein Heiligenschein umgab, jenes Schmerzes, der grundlos kam und ging und ein Phantom alter Schmerzen war – und war auf der Couch eingeschlafen. Während ich leise ins Telefon flüsterte, sah ich zu meinem schlafenden Vater hinüber. Ich fragte mich, wo in dem Phantasiebild mit dem Trenchcoat mein Vater gewesen war? Wer würde für ihn sorgen, wenn ich dreißig war und mit einer Aktentasche in der Hand in Chicago oder Kalamazoo nach einem Taxi winkte? Er bewegte sich im Schlaf.

Rick hörte sich an, als hätte er geweint. »Leila, warum hast du mir nichts gesagt?«

Ich zuckte die Achseln, aber das konnte er durch die Telefonleitung nicht sehen, deren Drähte zwischen unseren Häusern gespannt waren, sich über Suspicious River und das ganze Land erstreckten.

Hier und dort ließen sich ein paar Krähen auf diesen Drähten nieder und flogen dann ins Blau hinauf.

Die Fenster standen offen, und die Küchenvorhänge blähten sich.

»Meine Eltern sagen, wir sollen heiraten, auch wenn du kein Kind bekommst.« Rick hörte sich ernst und alt an. Er schluckte. »Und ich finde, sie haben recht.«

Meine Beine waren nackt und wurden im Februarwind schneeweiß – zuerst brannten sie, dann wurden sie gefühllos. Es war ein marmorschwerer Morgen, alter Schnee unter einem tiefhängenden Himmel. Ich trug ein purpurfarbenes Kleid, ein Frühlingskleid mitten im Winter, dazu die kaputten Stiefel. Ich hatte den Reißverschluß meiner Jacke nicht hochgezogen und wartete eine halbe Stunde vor Unterrichtsbeginn vor der Schule. Es war noch niemand da.

»Du bist früh dran«, sagte Miss Lovette. Sie kam von hinten auf mich zu und war in einen riesigen schwarzen Mantel gehüllt, in dem sie wie eine Bärenmutter aussah. Sie sagte: »Es ist kalt. Komm rein.«

Die Lichter in der Schule waren noch nicht an, und ich kam mir komisch und fehl am Platz vor. Ich hatte die Schule noch nie still und halb dunkel erlebt. »Du siehst halb erfroren aus, Leila. Du solltest wärmere Kleider tragen.«

Ich nickte. Ich hängte meinen Mantel an einen der Haken im Gang. Ich hatte nicht vorgehabt, zu früh zu kommen oder hereingebeten zu werden.

Miss Lovette hängte ihren Mantel in den Wandschrank. Sie knipste das Licht an: die langen weißen Röhren knisterten, surrten und schließlich summten sie. In dem grellen Licht glänzten meine bloßen Knie vor Scham, und ich zog meinen Rocksaum darüber. Das taube Gefühl war in der Wärme vergangen, und mich fröstelte es wieder. Aber als Miss Lovette kam, um mich zu umarmen, spürte ich plötzlich, wie etwas von meinem Körper wegkreiselte – eine nackte Marionette, die am Ende einer Schnur zitterte. Obwohl ich es nicht wollte, hatte ich schon zu weinen begonnen. Auch mein Kleid machte ich naß, und unter mir sammelte sich eine Pfütze heißen Urins, der brennend über die kalte Haut meine Schenkel rann.

Mit einem verkniffenen Ausdruck im Gesicht wich Miss Lovette schnell. Sie blinzelte mich an, als wäre ich ein bißchen gefährlich, so wie man vielleicht einen Hund ansieht, dessen Verletzung man erst bemerkt, nachdem man ihn auf den Schoß genommen hat: Erst dann entdeckt man das Blut unter dem verfilzten Pelz.

Man möchte ihm alles erdenkliche Gute tun, aber er weist einen zurück, und man befürchtet, sich erbrechen zu müssen – also bleibt die Hand über dem Hund in der Luft stehen.

Ich hielt mich am Rand meiner Schulbank fest, aber sie wankte. Etwas in mir suchte zitternd den Weg nach draußen.

Obwohl es schon geläutet hatte, ließ Miss Lovette die anderen Zweitkläßler im Gang warten, bis sie mich so gut wie möglich sauber gemacht hatte. Ein paar drückten die Gesichter an die Glasscheibe in der Tür. Sie mußten gesehen haben, wie Miss Lovette mein nasses Kleid aufhob und meinen nackten Hintern mit einem braunen Papiertuch abwischte.

»Hallo«, sagt Gary und gleitet auf den Barhocker neben mich. Er wirft einen kurzen Blick auf die Hand, die auf meinem Schenkel liegt, und dann auf den Mann an meiner Seite, der mich anfaßt und meinen letzten Drink bezahlt hat. Meine Beine fühlen sich kalt und nackt an, aber Gary beachtet die Hand des Mannes nicht und legt den Arm um mich. »Hast du gesehen, wer da ist?« fragt er. »Unser Kumpel.« Er macht eine Kopfbewegung in Richtung des blonden Mannes aus einunddreißig.

»Kennst du ihn?« frage ich und versuche mit fester Stimme zu sprechen. Ich stelle mir vor, meine Stimme ist eine gerade Linie auf einem Bildschirm über meinem Kopf, aber es ist immer noch Leben in mir. Gefühl. Ich betrachte meine Hände.

Gary lacht. »Nur von neulich abend. Hallo, Ralph.«

Der Mann auf meiner anderen Seite schluckt den Rauch seiner Zigarette und sagt: »Wie geht's, Gary?«

»Gut.« Gary nickt und klingt glücklich. »Sind das meine?« Er deutet auf seine Zigarettenschachtel.

»Du hast sie auf dem Tisch liegenlassen«, sage ich.

Seine Schulter, die sich an mich drückt, fühlt sich vertraut an, und meine eigene Schulter fühlt sich an wie ein zahnloses Tier, das sich mit der Schnauze an ihn drängt. Ich kenne seinen Körper, und er kennt meinen. Um den blonden Mann kümmere ich mich nicht.

»Jim Beam«, sagt Gary zu dem Barmann, während er eine Zigarette aus der Packung holt, und der Barmann gießt ein.

Gary sieht an mir vorbei zu dem rothaarigen Mann hinüber, der neben mir sitzt. »Störe ich bei irgendwas?«

»Ich weiß nicht.« Der Mann zuckt mit den Achseln und sieht mich an. »Tut er das?«

Ich schaue in mein Glas. »Ich weiß nicht«, sage ich.

»Na, zum Teufel«, sagt Gary, »dann muß ich wohl stören. Kein Problem, Baby. Ich bin da, wenn du mich brauchst.« Mit einer Hand nimmt er sein Glas und die Zigaretten, mit der anderen wirft er drei Dollar aus seiner Brusttasche auf den Tresen. Der rothaarige Mann läßt seine Hand höher an meinem Schenkel hinaufgleiten.

»Möchtest du ins Hinterzimmer gehen?« fragt er.

Ich weiß nicht genau, was das heißen soll, aber ich weiß, was er meint. Ich sage: »Ganz wie Sie wollen. Ich weiß nicht.«

»Soll ich dich bezahlen oder Gary?« Er sieht in dessen Richtung.

Ich zucke die Achseln. »Ihn wahrscheinlich.«

Und der Mann sagt: »In Ordnung, Baby. Ich bin gleich zurück.«

Ich trinke mein Glas aus, und der Mann ist schon zurück. »In Ordnung«, sagt er und nimmt meine Hand.

Das Hinterzimmer ist neben dem Eingang – eine kleine Tür gegenüber der Damentoilette führt hinein. Ich wäre nicht auf die Idee gekommen, daß auf der anderen Seite dieser Wand Zimmer sein könnten. Als er die Tür öffnet, um mich einzulassen, fällt mir Alice ein, die in einen Spiegel eintauchte, als wäre er aus Wasser.

Aber welches Mädchen würde je einen solchen Trick ausprobieren? Durch Glas gehen?

Ein Teil von Alice wußte bereits, daß es jenseits ihres Spiegelbildes etwas gab.

Jemand hatte es ihr gesagt, oder sie hatte es in einem Traum gesehen. Ich konnte mich an die Geschichte nicht mehr erinnern.

In dem Hinterzimmer steht eine braune Couch. Nicht alt, aber abgenutzt. Davor ein Couchtisch, eine Stehlampe. Es sieht aus wie der Hobbyraum von jemandem, aber es gibt keinen Teppich, nichts, was den Linoleumboden bedeckt. Das Licht ist golden und warm. Ein Aschenbecher. Eine leere Bierflasche. Er verschließt die Tür hinter uns und zieht die Jacke aus.

Jetzt sehe ich, daß seine Arme sogar noch kräftiger sind, als ich gedacht hatte. Er ist aber nicht dick. Er ist gut durchtrainiert. Seine Muskeln sind fest, und oberhalb seines Ellbogens ist ein düsterer olivfarbener Drachen eintätowiert. »Also gut«, sagt er. Das ist alles, was er sagt.

Ich beginne seinen Reißverschluß aufzuziehen, aber er greift nach meiner Hand, schiebt meinen Rock hoch, zieht meine Unterhose herunter und drängt mich dann rückwärts zur Couch. Ich setze mich. Er drückt mich rückwärts auf die Couch, küßt meinen Hals und sagt: »Schon gut, schon gut.« Dann öffnet er seine Hose selbst und dringt in mich ein.

Es dauert lange.

Zweimal versucht jemand die Tür zu öffnen, aber sie ist abgeschlossen.

Schließlich klopft jemand und sagt: »He! Beeilt euch.«

Es ist vielleicht Gary, aber ich bin mir nicht sicher:

Ein erdenschwerer Tanz. Ein Tanz der Schwerkraft. Ich stemme meine Hände gegen die Brust des Mannes, damit sein Gewicht mich nicht erdrückt, aber ich komme mir klein, erschöpft und ausgelaugt unter ihm vor. Er sieht mich nicht an, starrt geradeaus und stöhnt laut, als er kommt. Dann zieht er seinen Reißverschluß hoch, zieht seine Jeansjacke wieder an und geht.

Als ein anderer Mann die Tür aufstößt und hereinkommt, bin ich bereits wieder angezogen. Er sieht mich an, als hätte er sich in der Tür geirrt. Ich erkenne ihn als einen der Männer, die vorn, in der Nähe der Bühne gestanden hatten. Er hatte die Tänzerin am Bein gepackt, als sie vorbeiging, aber während ihres Tanzes hatte er nur gelangweilt auf seinem Stuhl gelümmelt.

»Ich hab Gary schon bezahlt«, sagt er.

Ich nicke.

Es ist, als würde ich den Raum plötzlich deutlicher wahrnehmen, als wäre er jetzt *mein* Zimmer. Die karierte Couch ist voller Flecken, und die Tapeten haben sich an einer Nahtstelle aufgeworfen. In diesem Spalt kommt grauer, krümeliger Gips zum Vorschein wie trockener Mäusestaub. Die Decke scheint sich ein wenig zu senken, sich leise auf mich herabzulassen wie ein dunkler werdender Himmel. Die karierten Sofakissen, die an meinem Schenkel kratzen, haben etwas Tröstliches an sich. Etwas *Erdverbundenes*, denke ich und weiß jetzt, was das bedeutet. Ganz genau sogar. Es bedeutet Schwerkraft; nichts fliegt. Keine Vögel, keine Motten. Kein Schock, kein Verlust, keine Enttäuschung. Vielleicht auch keine Persönlichkeit. Die Konzentration richtet sich aufs physische Detail. Nur das nehme ich jetzt wahr. Das Karomuster, den Spalt.

Ich lehne mich zurück, und er kniet sich vor mir nieder. »Oh, Mann«, sagte er, als er mit zitternden Händen die Bluse über meine Brüste hochschiebt. »Du bist das hübscheste Ding, das ich hier gesehen habe. Oh, Gott.« Mit den Zähnen zieht er heftig an meinen Brustwarzen, dann reibt er sein Gesicht an meiner nackten Brust. Die Bartstoppeln auf seinem Kinn zerkratzen meine Haut, aber ich bin froh, daß ich es nicht für ihn tun muß. Er kommt in seine Hand und hält seinen Penis fest, während er den Mund auf meine Brust preßt, saugt, und dann in mein Fleisch beißt, als wäre es nicht wirklich. Ich atme kaum.

Gary kommt danach herein und sieht besorgt aus – ich habe meine Bluse wieder heruntergezogen und mein Haar ordentlich hinter die Ohren gestrichen. Er sagt: »Er hat ihn nicht reingesteckt, oder?«

In seiner Stimme höre ich Sorge mitschwingen. Eine Art Liebe, denke ich. »Nein«, antworte ich und habe das Gefühl, daß wir jetzt Partner sind. Ich fühle mich erleichtert, weil ich jetzt jemanden habe, mit dem ich die Last meines bislang einsamen Tuns teilen kann. Als würde ich endlich meinem Arzt meinen entzündeten Hals zeigen und den Mund aufmachen, als er mir befiehlt »A« zu sagen – als erlebte ich eine Offenbarung oder vernähme den Seufzer eines Liebhabers.

»Gut«, sagt Gary. »Dafür hat er auch nicht bezahlt.«

Rick und ich knieten bei der Trauung vor dem Altar, vor dem meine Mutter, wie ein schwarzes Blumenarrangement in ihrem Sarg, zehn Jahre zuvor aufgebahrt gewesen war. Mein Vater trug denselben leuchtendblauen Anzug wie bei ihrer Beerdigung – den einzigen Anzug, den er aus seinen Vertretertagen gerettet hatte und der altmodisch und nagelneu zugleich war.

Pfarrer Robins stellte eine Reihe von Fragen, auf die er uns die Antworten bereits beigebracht hatte, und Rick drückte heftig meine Hand, als er »ja« sagte. Seine Schultern zitterten. Ich kam mir nackt vor in meinem weißen Sommerkleid. Die Kirche bestand nur aus Schatten, und der kalte Schweiß des Marmors legte sich auf meine Schultern wie ein Fieber. *Unfruchtbar*, dachte ich, als ich vor meinem Vater und Ricks Eltern den Gang zurückging, durch den wir kurz zuvor hereingekommen waren – eine kalte, weiße, zerstörte Braut, die eine schweigsame Prozession anführt.

Das Wort war mir bis dahin nie in den Sinn gekommen, aber jetzt schien es bedrohlich auf mir zu lasten. Auch andere Wörter: nicht fortpflanzungsfähig, steril. Eine leere Hülse. Ich hatte nie ein Baby haben wollen, aber jetzt war die Welt voller Babys, die ich nie gewollt hatte. Das Hinken meines Vaters war ein leeres Echo hinter mir, als wir an den unbesetzten Bänken vorbei unter einen strahlend grünen Himmel hinaustraten.

Es war Juni, und die ganze Stadt schien in Licht gebadet zu sein. Heute, nachdem ich aus der Kirche in die Stadt hinausgetreten war, in der ich den Rest meines Lebens verbringen würde, sah ich sie mit anderen Augen. Der Himmel war nur ein fadenscheiniger Bühnenvorhang – eine Illusion von Tiefe und Weite. Der Knall zerriß die dünne Himmelsmembran, und mit einem Schlag trat überall Stille ein. Als ich aufsah, entdeckte ich eine sphinxartige Gewitterwolke, die schnell auf die Kirche zuschwamm. Sie schien durch die Luft zu paddeln und mit ihren sehnigen Füßen die Bäume zu berühren.

Wir gingen zum Haus der Schmidts und aßen weißen Kuchen. Weiße Schichten aus Licht auf einfachen Papptellern. Zwei Lagen aus Nichts, aber ein Kuchen, auf dem ein steifes Brautpaar aus Plastik stand, das bis zu den Knien in Zuckerguß steckte. Ricks Mutter goß schwarzen Kaffee in zerbrechliche Tassen, die auf ihren durchsichtigen Untertassen klapperten, wenn wir sie an die Lippen hoben und wieder absetzten. Immer und immer wieder lächelte sie ihren einzigen Sohn über den Tisch hinweg an – ein kleiner Anstoß des Trostes, der Ermutigung.

Rick erwiderte das Lächeln, aber er sah ihr nicht in die Augen. Er aß keinen Kuchen. Er begann bereits, seinen Körper gegen einen dünneren auszutauschen, und während wir schliefen, schlüpfte er leise aus dem muskulösen Jungen in eine Garnitur neuer Körper, die sich langsam herabsenkten. Wie die russischen Puppen, in deren hohlen Leibern sich immer kleinere, identische Puppen verstecken. Rick arbeitete sich bis zur kleinsten Puppe vor.

In dieser Nacht schliefen wir in Ricks Kinderbett. Es war schmal, und wenn wir uns bewegten, quietschten die Federn wie ein kleiner Hund, der geschlagen wird.

Wir mußten still sein, weil seine Eltern im Nebenzimmer schliefen, also drückte ich mein Gesicht in Ricks Kissen, um zu weinen. Ich dachte an meinen Vater, der nun allein in unserem Haus war und allein in dem Bett schlief, in dem meine Mutter verblutet war. Ich wußte nicht, ob Blut auf der Matratze war. Ich hatte nie nachgesehen. Aber der Geruch von Blut war nie verflogen. Wir hatten uns daran gewöhnt. Es war wie der Geschmack von Quellwasser. Ich vermißte den Geruch des Hauses.

Rick streichelte meinen Rücken. »Ist schon gut«, sagte er immer und immer wieder. »Ist gut«, sagte er, »ist gut.«

»O Scheiße«, sagt Gary, als wir wieder auf den Parkplatz des Swan Motels einbiegen.

Ich erkenne ihren Lieferwagen.

Er sagt: »Meine Frau ist da.«

»Ist schon gut«, antworte ich. Ich will ihm keine Scherereien machen. Es war ein langer Tag gewesen. »Ich gehe heim«, sage ich. Ich habe ohnehin Kopfschmerzen von dem Whisky, und es ist nach zwei Uhr morgens. Eigentlich wollte ich die Nacht mit ihm verbringen, aber vielleicht ist es besser so. Ich habe keine Kleider dabei, die ich morgen zur Arbeit anziehen könnte. Und Rick ist schließlich auch noch da. Und unser Apartment mit den weißen Regalen.

»Hör zu«, sagt Gary und legt seinen Arm um mich. »Du warst großartig heute nacht. Ich bin sehr stolz auf dich. Du hast eine Menge Geld für uns verdient, Baby. Morgen teilen wir es auf. So, wie du es für gerecht hältst.« Er beugt sich herüber, um mein Haar zu küssen. »Wir beide werden sehr glücklich sein, wenn wir alles geregelt haben.« Er reibt die Nase an meinem Hals und stöhnt ein bißchen. »Leila, du bist so scharf gewesen. Gott, du weißt gar nicht, wie mich das anmacht – all diese Männer, die dich wollen, und du gehörst ganz mir.«

Er küßt mich lange und intensiv auf den Mund. Er ist warm. Ich halte mich leicht an seinem Hemd fest. Ich frage mich, ob es irgend etwas unter meiner Haut gibt, das nicht genausogut zu ihm gehören könnte wie zu mir: Oder bin ich leer? Ich habe aufgehört zu denken, zu träumen. Nur noch Schnee, nur Rauch. Wenn ich die Augen schließe, bin ich allein.

In der Big City Bar bin ich auf die Damentoilette gegangen und habe *versucht* zu denken. Ich sah auf meine Hände, aber sie sahen nicht wie Hände aus, und die Fliesen waren kalt unter meinen nackten Füßen. Ich hatte mir nicht die Mühe gemacht, meine Schuhe anzuziehen oder meine Bluse zuzuknöpfen, weil es nicht darauf ankam, wer mich sah. Ich war eine weiße Wand.

Ich versuchte zu denken, aber meine Gedanken waren nur Aststücke, die vom Flußwasser mitgerissen wurden, das durch einen engen Tunnel strömte. Also bin ich in den Raum zurückgegangen und habe mich durch eine Menge von Männern hindurchgezwängt, die mich im Vorbeigehen berührten. Ich ließ die Tür hinter mir offen, zog mich wieder aus, legte mich im düsteren Licht des Zimmers nackt auf die Couch und wartete. Ich stellte mir vor, in meinem Magen seien Silbermünzen, die zu Quecksilber schmolzen, zu reinem flüssigen Sterlingsilber, und mir war kalt. Ich spreizte sogar die Beine.

Sie sollten ruhig alles sehen. Sie sollten es haben.

Ich möchte Garys Hemd nicht loslassen, tue es aber trotzdem, als er sagt: »Ich muß mich jetzt darum kümmern, Leila. Wir sehen uns morgen, in Ordnung?«

Während ich von seinem Wagen zu meinem gehe, sehe ich, daß sie allein im Dunkeln in dem Lieferwagen sitzt. Nicht einmal das Lämpchen des Radios brennt.

Mit kleinen entschlossenen Schritten marschierte Miss Lovette in ihren breiten schwarzen Pumps ins Büro des Direktors und stellte sich zwischen seinen Schreibtisch und den Stuhl, auf dem ich saß.

Miss Lovette war groß, und ihre Haut roch süß und teigig. Vielleicht war sie erst dreißig, aber sie hätte auch viel älter sein können – sie hatte vollkommen glatte Haut und wirkte wie eine Erdenmutter, wie ein gemähter Hügel. Ihr Haar war weder blond noch braun. Sie trug es kurz geschnitten. Ihre Ohren waren klein wie die eines Babys und so rosa und glatt wie Muschelschalen. Ein kalter Wind fegte durch eine Fensterritze ins Büro des Direktors, sogar ein bißchen Schnee; ein paar Flocken schwebten durch den Raum, bevor sie sich in der Luft über dem ratternden Heizgerät auflösten. Er saß breitbeinig hinter seinem Schreibtisch, das Kinn auf die Hand gestützt, das Haar ölig und glatt. Neben seinem Ellbogen stand das Foto einer dünnen, blonden Frau und zwei dunkelhaariger Kinder, die an einem sonnigen Tag am Rand eines Schwimmbeckens saßen. Eines der Kinder, der Junge, planschte mit den Füßen im Wasser. Die blonde Frau sah verärgert aus. Ich wußte, daß es die Frau und die Kinder des Direktors waren. Sie alle glichen ihm.

Miss Lovette sagte: »Es ist kein Problem. Leila kann bei mir bleiben, bis alles geregelt ist. Einverstanden, Leila?« Sie lächelte, sah aber immer noch besorgt aus. Sie kniete sich neben mir nieder und drückte mein Handgelenk. Ich betrachtete ihre Hand, sah wie feuchtkalt und dick die Haut über den Knochen war und wie zerbrechlich und verloren diese Knochen in ihrem Fleisch wirkten.

Ruhig sagte sie zu mir: »Du weißt doch, daß alles in Ordnung ist? Aber dein Daddy hat auf dem Heimweg einen Unfall gehabt. Er muß eine Weile im Krankenhaus bleiben, bis es ihm wieder gutgeht. Es wird eine Weile dauern, aber er wird wieder gesund. Heute abend rufen wir ihn an, okay?«

Na schön, dachte ich, und Miss Lovette sagte: »Meinst du nicht, daß wir zusammen Spaß haben werden?«

Ich nickte und versuchte zu lächeln, aber die Luft, die unter dem Fenster des Direktors hereinwehte, war wie rohes Eisen. Sie schmerzte auf meinen Zähnen und Schulterknochen. Die Fensterscheiben schienen sich unter ihr zu biegen, aber der Februar würde diese Fenster ohnehin zerschmettern. In ein paar Wochen würde der Wind einen schweren eisigen Ast gegen das Fenster drücken, und dann wäre es so, als wäre der Himmel auf den Schreibtisch des Direktors gefallen und in eine Million gezackter Scherben aus blaugrauem Licht zersprungen.

Der Direktor würde auf das Foto seiner hübschen, im Schwimmbecken planschenden Kinder sehen, und im nächsten Moment säße er im Himmel.

Schnee in seinem Haar und seinen Augen.

Einen Hauch von Frost auf den dunklen Ärmeln seines Anzugs.

Rick steht auf und kommt ins Badezimmer, während ich mich im Dunkeln ausziehe. Er knipst das Licht an, und im Aufflackern habe ich ein Gefühl, als hätte man mich gefangengenommen. Ich bin geblendet, und er erscheint mir wie eine Röntgenaufnahme. Ein Negativ. In dem grellen Schein sehe ich seine Knochen aufleuchten, sein Skelett in der Tür stehen. Ich stehe nackt vor ihm – mein eigener Körper reflektiert sich, allerdings strahlender, in dem Spiegel hinter mir.

»Leila«, sagt er. Sein Gesicht ist ausdruckslos. Durch den Gewichtsverlust scheinen seine Augen in die Höhlen zurückzuweichen wie Tiere, die sich in ihren Bau verkriechen. »Du hast wieder eine Affäre, nicht wahr?« fragt er.

Ich hebe ein T-Shirt vom Boden auf und streife es über, dann sehe ich ihn an. Ich beiße mir auf die Lippe, schlucke und sage: »Ja.« Ich bin barmherzig, ich halte das für besser als die Wahrheit.

»Ist es wieder Bill?« Er sieht weder verärgert noch ängstlich aus, nur müde. Er sieht aus wie mein Vater, als er zum erstenmal Schmerzen in seinem Bein bekam. Als wolle oder brauche er nichts weiter als einen Drink, eine Pille oder ein paar Stunden Schlaf.

»Nein«, sage ich schnell.

»Ein anderer?«

»Ja«, flüstere ich.

Rick atmet aus, tritt zurück und schüttelt den Kopf, als schüttle er sich etwas Störendes aus dem Haar. Einen kleinen Vogel. Ein Insekt, das ein Netz webt. »Jesus«, sagt er, »Leila.«

Er geht ins Schlafzimmer zurück und setzt sich auf die Bettkante. Ich gehe ihm nach, und er schaut mich an. In dem Licht, das hinter mir aus dem Badezimmer dringt, muß ich verschwommen aussehen. Eine Silhouette. Wie die Umrisse, die Polizisten im Fernsehen um einen auf dem Gehsteig liegenden Körper zeichnen.

»Tut mir leid«, sage ich.

»Dir tut es leid«, sagt er.

Ich halte den Atem an. Seine Stimme hat sich verändert. Sie kommt in diesem Moment aus einem tieferen Teil in ihm, als wäre ihr Echo eine Weile gegen seine Rippen geprallt, bevor sie in seinen Hals hinaufstieg.

Ich falte die Hände vor dem Bauch und sehe auf meine Füße hinunter. Sie schimmern weiß und kühl wie zwei gehäutete Tauben.

Rick sieht ebenfalls meine Füße. »Leila«, sagte er, »ich kann dieses lächerliche Leben nicht mehr weiterführen.«

Ich atme durch die Nase aus. Vielleicht lache ich sogar. Rick wirft mir einen schnellen, zornigen Blick zu.

»Du hältst das wohl für lustig.« Er erhebt die Stimme nicht. »Nun, es ist nicht lustig, Leila. Nicht mehr. Ich habe jahrelang für dich gesorgt, während du dich in der Stadt herumgetrieben und mit jedem gefickt hast, der dir über den Weg gelaufen ist. Alle hier wissen genau, was für eine du bist und was für ein dummes Arschloch dein Mann ist, weil er bei dir bleibt.«

Die Stille ist von einem elektrischen Summen durchdrungen. Einen Moment lang glaube ich, es kommt von Ricks Knochen.

»Hör zu«, sagt er, inzwischen entschuldigend. »Ich will nur dich. Das ist alles, was ich will. Ich bin nicht eifersüchtig. Ich bin nicht wütend. Ich bin einfach nichts. Vielleicht ist es nicht einmal deine Schuld, aber ich habe genug, Leila. Ich hab's satt, dich zu füttern und auf dich zu warten. Ich hab's satt, mir vorschreiben zu lassen, was ich tun soll.«

Mein Vater sei bei dem Wetter zu schnell gefahren, hieß es. Er wollte daheim sein, bevor ich aus der Schule kam. Es war Februar. Die Straßen waren glatt, und ihm ging zuviel im Kopf herum. Der Wagen war über zwei Spuren geschleudert, bevor er gegen die mittlere Leitplanke prallte, und dann hatte der Februar den Ford in seinem riesigen weißen Handschuh zerquetscht wie ein Spielzeug.

Dennoch würde er wieder gesund werden. Nur ein paar Tage Krankenhausaufenthalt. Nur eine einfache Beinoperation, und er wäre wieder zu Hause. Bis dahin könne ich bei Miss Lovette bleiben.

Nach der Schule fuhr sie mich nach Haue, und wir gingen mit einem Schlüssel, der unter einem Betonblock versteckt war, durch die Hintertür hinein. Ich zeigte Miss Lovette, wo dieser Schlüssel lag. Drinnen im Haus zeigte ich ihr, wo meine Kleider waren, und sie steckte Unterwäsche und Socken aus der Kommodenschublade in eine Einkaufstüte.

Das Haus war dunkel ohne meinen Vater. Ohne den laufenden Fernseher. Miss Lovette wirkte nervös. In Eile. Sie schien eine ganz andere Frau zu sein als diejenige, die in der dritten Klasse unterrichtete – fahriger, weniger höflich als in der Schule. Dort lächelte sie und redete mit hoher singender Stimme. Hier wirkte sie härter, fehl am Platz. Ihre Stimme war tief, wenn sie sprach.

Wir hatten unsere Mäntel und Stiefel nicht ausgezogen, und kleine Klumpen grauen Matsches schmolzen auf dem Boden unter uns. Miss Lovette schien in ihrem Bärenmantel zu frösteln. Nachdem sie meine Kleider und meine Zahnbürste in zwei Tüten gesteckt hatte, fragte sie, ob es noch etwas gebe, das ich diese Woche brauchen würde, aber mir fiel überhaupt nichts ein.

Vielleicht roch Miss Lovette dann altes Blut.

Ich stand im Gang, als sie sich umdrehte und mich ansah. Das Haus war still, grau und kalt. Draußen wurde es dunkler, und der waschmittelblaue Himmel war mit dickem Nebel bezogen.

Zuerst zögerte sie. Aber dann schien sie in die Luft zu schnuppern und sagte mit immer noch tiefer und fremder Stimme – als wolle sie, daß niemand es höre, obwohl gar niemand da war: »Zeig mir, wo du deine Mutter gefunden hast.«

Einen Moment lang war es so, als hätte mir der Wind den Atem geraubt. Als hätte jemand abrupt mein Gesicht in die Tiefkühltruhe gesteckt. Ich ging blind durch das Haus, durch einen Schneesturm aus Stille, und öffnete die Tür zum Schlafzimmer meiner Eltern, um Miss Lovette zu zeigen, was sie sehen wollte.

Es war tiefblau dort drinnen. Die Jalousien waren heruntergezogen. Das Bett war nicht gemacht. Miss Lovette trat mit offenem Mund in den Raum.

Noch immer schien sie zu schnuppern.

Ich sah zu ihr hinauf.

Miss Lovettes Lippen waren feucht, und sie sah hungrig aus. Aber ihre Augen waren zusammengekniffen. Wie jemand, der einen Kuß erwartet.

Sie ging zum Bett hinüber und strich über das zerknitterte Laken, dann drehte sie sich mit hochgezogenen Augenbrauen zu mir um und fragte: »Hier?«

Ich nickte, verschränkte die Arme und fühlte mich leer. Ich erinnerte mich an meinen nackten Hintern im Klassenzimmer, als Miss Lovette meine Unterhose heruntergezogen und mich mit einem Papiertuch abgewischt hatte.

Die anderen Kinder hatten das bestimmt gesehen.

Sie hatten die Nasen an die Scheibe gedrückt, um besser sehen zu können.

Ich dachte an mein verheultes, verschwollenes Gesicht in der Zeitung. Auf den unscharfen Fotos wirkte ich jünger, als ich tatsächlich war, und es schien, als würde ich mich ganz schnell in nichts auflösen.

Es war, als wäre mein Inneres nach außen gekehrt. Es gab nichts Privates mehr, nicht einmal in meinen Eingeweiden. War ich nackt, fragte ich mich plötzlich, oder trug ich Kleider? Vielleicht konnte man meine Träume über mir schweben sehen, wenn ich schlief. Vielleicht waren meine Gedanken zu hören. Was für einen Unterschied würde das schon machen? Miss Lovette wirkte aufgeregt, und ich erinnerte mich, daß ich die meisten Leute auf der Beerdigung meiner Mutter noch nie zuvor gesehen hatte. Sie weinten auch nicht. Sie spähten nur vorsichtig über den Rand des Sarges. Neugierig. Und beobachten mich – obwohl sie schnell wegsahen, wenn ich den Blick auf sie richtete.

Nur ein paar Tage zuvor hatte mich ein älterer Junge auf dem Spielplatz in eine Ecke gedrängt und mir so nahe vor meinem Gesicht, daß ich die Waffeln in seinem Atem riechen konnte, zugeflüstert: »Deine Mutter war nackt und hatte hochhackige Schuhe an, als er auf sie eingestochen hat.«

Wieso wußte er das?

Während er es sagte, machte der Junge eine Bewegung als würde er mir in den Bauch stoßen, und trotz meiner Kleider fühlte ich mich entblößt.

»Ist das noch dasselbe Bett?« fragte Miss Lovette und sah darauf hinunter.

»Ja«, antwortete ich.

Sie atmete schwer, berührte es und schnupperte.

»Morgen bin ich hier weg, Leila. Verstehst du?«

»In Ordnung.« Ich schaue ihn an. Ich bin zornig. Ich sage: »Es ist dein Leben. Es ist dein Körper.« Dann ist der Zorn verflogen.

Rick nickt. »Das stimmt«, sagt er, »und das gleiche gilt für dich.«

Irgendwo draußen schreit eine Schleiereule. Oder eine alte Frau lacht. Wir gehen ins Bett wie immer, aber Rick schläft die ganze Nacht auf seiner Seite, zum erstenmal seit Jahren ruhig und reglos. Ich halte die Arme um ihn geschlungen, und mein Körper schmiegt sich an seinen Rücken wie ein Stück gebogenes Holz.

Ich spüre seine Rippen.

Ich spüre sein Rückgrat.

Ich spüre jetzt, wie kalt die Schulterknochen unter der dünnen Haut sind, wie einfach das ist, woraus wir gemacht sind.

Ich spüre, wo die Knochen aneinander festgemacht sind.

Es ist primitiv.

Einfach wie ein Baukasten.

Letzten Endes ist er ein Skelett. Wie wir alle.

Ich setzte mich im Dunkeln auf, um Ricks Gesicht zu betrachten, und sehe einen Totenschädel. Eine Kerze flackert in den Augenhöhlen und verlischt. Ich halte ihn die ganze Nacht in meinen Armen, und er wird im Schlaf immer dünner und dünner. Am Morgen ist er schließlich vollkommen verschwunden. Nur ein bißchen Staub und ein paar Haare liegen noch auf dem Kissen. Nur das T-Shirt und die Boxershorts liegen dort, wo sein Körper gelegen hatte.

Ich schlafe wieder ein, während die Sonne kalt dampfend aufgeht, sich rosa am Rand des Himmels abhebt. Ich wache erst um zwei Uhr nachmittags wieder auf und werde zu spät zur Arbeit kommen. Eilig dusche ich mich so heiß, daß hinterher meine Haut juckt und krebsrot ist. Dann ziehe ich ein blaues Kleid an, ohne Unterwäsche – ein Baumwollkleid mit kleinen Perlknöpfen und weitem Rock. Keine Strumpfhose. Flache schwarze Schuhe. Ich spüre das Kleid auf meinen Brustwarzen. Der Stoff ist glatt und liegt eng an.

Ich öffne die unterste Schublade der Kommode und nehme das Geld aus der Schmuckschatulle. Ich sehe es an, rieche daran – ein Geruch nach alten Büchern – und stopfe es in meine Tasche. Heute, denke ich, kaufe ich das flache weiße Ding:

Das Ding, das seit Monaten in meinen Gedanken aufblitzt und sich zurückzieht wie ein Horizont. Ein Rauchsignal. Eine Flamme. Etwas, das in die Luft projiziert ist. Eine Rakete. Oder ein Wetterballon, der sich langsam über den Himmel bewegt:

Vinyl. Chrom. Ein Stück gebogenes Metall, das Wasser reflektiert, oder Schnee.

Etwas, das aus einer Seife herausgeschnitzt ist, aber vergrößert wurde.

Eine sandgestrahlte Statue.

Ein Stück Marmor.

Eine große Schale, die aus einem ausgehöhlten Knochen besteht.

Ich eile die Treppen hinunter und in einen Nachmittag hinaus, der so strahlend und leer ist wie meine Hoffnung. Hoffnungslos. Hoffnungslosigkeit.

Sogar der Mond hängt wie ein Haken ohne Mantel über mir am Himmel.

Es war der Junge, der gewußt hatte, daß meine Mutter hochhackige Schuhe trug, als sie starb.

Er hatte gewußt, daß es für mich zuerst so ausgesehen hatte, als wäre ein roter Slip über ihre Brüste hochgeschoben worden, aber es war Blut gewesen.

Ich mußte es jemandem gesagt haben. Vielleicht der Polizei. Vielleicht dem Beamten, der mich auf seinen Schoß genommen hatte, als ich weinte – obwohl ich mich nicht erinnern konnte, es jemandem gesagt zu haben.

Ich ging von der Schule nach Hause, als der Junge mich einholte. Es war ein strahlender, kalter Märztag. Ich war damals acht Jahre alt, und der Junge mußte neun oder zehn gewesen sein. Der Schnee hatte zu schmelzen begonnen, und der Junge hatte eine Handvoll von diesem grauen Matsch in der Faust. Er trug Handschuhe, ich nicht. Der Junge packte mich hinten am Mantel, riß mich herum und stopfte mir den Schnee in den Mund.

Zuerst versuchte ich, ihn auszuspucken, aber ich bekam keine Luft, also ließ ich es zu, daß er mir den Schnee ins Gesicht drückte. Ich öffnete den Mund und ließ ihn den Schnee hineinschieben. Ich schmeckte den schmutzigen Matsch auf meinen Zähnen.

Später, im April, bat mich dieser Junge in einer leeren Garage, meine Bluse hochzuziehen, und auch das machte ich. Passiv, nur den Geschmack von altem Schnee auf der Zunge. Was machte das schon? Kein Teil an mir war privat, das wußte ich. Ich hatte gehört, wie im Fernsehen jemand »heilige Kuh« sagte, und ich stellte mir Kühe auf Thronen vor. Kühe mit goldenen Schals über den schweren Flanken, und alles von ihrem Atem und dem dumpfen Geruch wiedergekäuten Grases erfüllt.

Aber die Kühe auf den Weiden um Suspicious River waren nicht heilig, sondern standen steif wie ausrangierte Kochherde und Kühlschränke auf dem Müllplatz unter einer schlicht weißen Sonne.

Die Garage, in der ich für den Jungen meine Bluse auszog, roch nach Abfall. Ein Tier war hineingekrochen und hatte in einem Mülleimer gewühlt. Dünne Hühnerknochen lagen in der Mitte einer angetrockeneten Ölpfütze, und ich stand lange Zeit da, die Bluse über meine kleinen rosafarbenen Brustwarzen hochgeschoben – obwohl ich noch gar keine Brüste hatte, nicht einmal annahm, je welche zu bekommen.

Der Mund des Jungen stand offen. »Zieh dich ganz aus«, sagte er.

Hinter ihm entdeckte ich zwei andere Jungen, die uns durch das Garagenfenster beobachteten. Ich zog alle meine Kleider aus und ließ sie wie Hühnerfedern um mich auf den schmierigen Garagenboden fallen.

Als ich nach Hause kam, sagte mein Vater, der auf der Couch lag: »Hallo, Leila-Schatz.« Nach seinem Unfall war er benommen vor Schmerz aus dem Krankenhaus gekommen. Er war jetzt immer zu Hause. Sein Blick war stumpf und matt. Kein Handelsvertreter mehr. Hundert Prozent behindert, hieß es in den Akten.

»Du kommst eine Stunde zu spät«, sagt Millie. »Ich habe versucht, bei dir zu Hause anzurufen, aber niemand hat abgenommen. Ich wollte gerade Mrs. Briggs benachrichtigen.«

»Es tut mir wirklich leid«, lüge ich. »Ich hatte Schwierigkeiten mit dem Auto. Das Benzin ist mir ausgegangen.«

»Na schön«, sagte Millie. »Kannst du dafür morgen eine Stunde früher kommen?«

»Natürlich«, sage ich. »Sicher. Natürlich.« Aber ich weiß ganz genau, daß morgen eine große Leere ist – eine breite Kinoleinwand auf einem verlassenen Feld, die nicht mehr benutzt wird: Irgendein verlassener Ort, den man vom Highway aus kurz beim Vorbeifahren sieht. Morgen werde ich nicht mehr hier sein.

»Dann gehe ich jetzt heim«, sagt Millie und klingt immer noch ärgerlich. »Hübsches Kleid.« Sie macht eine Kopfbewegung in Richtung meines Kleids, und ich stelle fest, daß Millies Haar heute sorgfältig gekämmt und glatt ist. Sie sieht hübscher und jünger aus als seit langem – als würde ihr Herz ein bißchen mehr Blut durch die Adern pumpen. Oder wie jemand, der gerade aus einem feuchten Keller kommt, in dem er ein oder zwei Wochen verbracht hat. »Aber wird es dir nicht kalt werden?« fragt sie und sieht dabei aus wie eine Mutter. Wie meine Mutter, denke ich, obwohl Millie jünger ist als ich: Auch meine Mutter wäre das, stelle ich dann überrascht fest, und einen Moment lang bin ich gebannt von Millies strahlender Haut. Sie schürzt die Lippen und sagt: »Es ist nicht mehr Sommer, weißt du. Hast du wenigstens eine Jacke mitgenommen?«

»Das ist mir egal.« Ich zucke die Achseln und möchte aufrichtig sein.

Sie bleibt vor mir stehen und sieht mich eindringlich an. »Geht's dir gut, Leila? Ich möchte mich nicht in deine Privatangelegenheiten mischen, aber die Leute reden über dich, weißt du. Es ist nur eine Frage der Zeit, bis Mrs. Briggs davon erfährt.«

Ich sehe Millie in die Augen, um herauszufinden, ob sie die Wahrheit oder die Lüge hören will. Ich würde gern die Wahrheit sagen, aber ihre Augen zucken vor mir zurück, also erzähle ich die Lüge. »Ich weiß nicht, was du meinst«, sage ich, und sie sieht erleichtert aus. Sie richtet sich auf, bis sie mich überragt. Ich verschränke die Arme vor meinen Brüsten, als wären sie nackt – aber ich spüre sie lose und kühl unter dem Baumwollkleid. Ich muß sie beschützen.

»Aber sicher«, sagt Millie, kühner jetzt, nachdem sie weiß, daß ich nichts sagen werde, was sie nicht hören will. Sie zieht ihre Jeansjacke über den karierten Rock, und ich weiß, sie ist froh, daß ich gelogen habe. Damit ist sie allein im Besitz der Wahrheit, die ein weißer Spitzenschleier ist. Ihr Schleier, aber ich kann hindurchsehen. Ihre Stimme ist hoch und gespannt wie ein Elektrodraht, obwohl sie nicht mehr ärgerlich ist. Sie sagt: »Du verdienst dir hier nebenbei etwas Geld mit einer Menge verschiedener Männer, und es ist jedem vollkommen klar, warum du hier nur halb bekleidet ankommst, selten das Telefon abnimmst und dein Wagen an deinem freien Tag hier auf dem Parkplatz steht. Aber mich geht das nichts an, Leila, und ich schere mich einen Dreck um Mrs. Briggs und das Swan Motel. Ich hoffe nur, daß dir nichts passiert. Ich hoffe, daß dich niemand verletzt.«

Ich zucke die Achseln und sehe auf die Uhr. Sie nimmt meinen Arm, aber ich sehe sie scharf an: Ich möchte es nicht hören, und das werde ich auch nicht. Ich weiß, daß sie etwas über meine Mutter sagen will. Etwas in der Art wie *Möchtest du so enden wie deine Mutter*? Millie war zwar damals auch noch ein kleines Mädchen gewesen, aber so etwas vergißt niemand.

Aber Millie kann es nicht sagen.

Erneut schreckt sie vor der Wahrheit zurück.

Ein Windstoß über dem Suspicious River weht eine Handvoll Kiesel und Treibholz ans Ufer des Swan Motels. Ich stelle mir vor, Millies Zähne sind eine Handvoll dieser kleinen Steinchen. Mit diesen Zähnen kann sie nicht sprechen.

Sie drückt meinen Arm. Leise, als wäre es ein Geheimnis, sagt sie: »Ich hoffe, du wirst nicht umgebracht.« Und dann geht sie.

Nachdem ich meine Tasche unter die Theke gelegt habe, wähle ich 42.

»Ja?« antwortet Gary.

»Hier ist Leila.«

»Hallo, Schatz. Wie geht's meinem Baby?«

Mein Puls in meinem linken Handgelenk beginnt zu schlagen wie ein winziges Vogelherz. »Mir geht's gut«, sage ich. »Ich bin hier unten im Büro.«

»Großartig«, sagt Gary. »Hier ist jemand, der dich kennenlernen möchte. Warum schwingst du deinen hübschen kleinen Hintern nicht hier rauf?«

»Damit warte ich lieber«, sage ich und öffne das Gästejournal. Aber es sind nur zwei Reservierungen eingetragen. »Ach«, sage ich, »ist schon in Ordnung. Ich komme gleich.«

»So ist's brav«, sagt er und hängt ein.

Es war nach der Schule. Die Knospen an den Bäumen waren aufgeplatzt wie eine Dose voller grüner Konfetti; mitten am Tag erhob sich ein Halbmond über dem Horizont wie ein gefährlicher Drache.

Ich war siebzehn, immer müde und eine mittelmäßige Schülerin in einer Kleinstadt-High-School, die keinerlei Ziele hatte. Ich kleidete mich einfach, trug Pastellfarben und kindlich weiße Söckchen und wirkte jünger, als ich war. Ich war ein Mädchen, das man nicht wahrgenommen hätte, hätte man nicht gewußt, daß meine Mutter nackt und in hochhackigen Schuhen eines Donnerstagnachts von ihrem Liebhaber erstochen worden war.

Aber wir lebten in einer Kleinstadt, und man hätte es gewußt, ob es einen interessierte oder nicht. Wahrscheinlich hätte man sogar erfahren, daß sie in dieser Nacht ans Bett gefesselt war, daß sie das mochte, und daß noch andere Männer dabei waren, als es passierte.

Vielleicht der Sheriff.

Vielleicht ein Spieler aus einem anderen Staat, der um hohe Einsätze spielte.

Falls man selbst nicht auf der Beerdigung war, hätte man von jemandem erfahren, der dort war, daß Leila nicht geweint hatte – nicht einmal, als man ihre Mutter in die Grube hinabließ.

Schaurig. Wirklich schaurig sei das gewesen. Als wäre das Mädchen in Trance gewesen.

Wenn Sie damals ein Teenager gewesen wären, hätten Sie gehört und es vielleicht sogar geglaubt, daß jede Nacht ein grünes Licht über dem Friedhof schweben würde. Daß ein Mann aus Chicago den hiesigen Blumenladen beauftragt hatte, jeden Tag ein Dutzend roter Rosen auf ihr Grab zu legen.

Vielleicht hätte Ihnen jemand erzählt, daß Bonnie Murray einst auf einem aufklappbaren Foto im Playboy abgebildet war.

Oder daß sie in einem Bordell in New Orleans geboren worden war.

Sie hätten vielleicht gehört, daß Leila dabei war, als sie erstochen wurde. Daß man sie gezwungen habe, das Blut ihrer eigenen Mutter von dem Messer abzulecken.

Manchmal, wenn Sie das Mädchen sahen, das in seinen Secondhandpullovern klein und unbeholfen und völlig durchschnittlich wirkte, konnten sie all die Geschichten über seine Mutter kaum glauben. Aber nachdem Sie schon so lange in Suspicious River lebten, hätten Sie auch etwas anderes gewußt:

Daß es gerade in den bieder aussehenden Häusern nicht unbedingt bieder zugeht.

Schließlich sind es immer die guten Hunde, die plötzlich verrückt werden und ein Kind zerfleischen.

Dagegen helfen nur Zäune. Und für sich bleiben.

Man sagt, Jack Murray habe seiner Frau das schwarze Haar abgeschnitten, bevor er sie beerdigte. Er bewahre es in einer Plastiktüte mit Reißverschluß auf und schlafe jede Nacht auf diesen Haaren.

An diesem Tag ging ich von der Schule nach Hause, als ein Wagen neben mir hielt.

»Hallo.«

Es war Greg Adams. Seinen Eltern gehörte ein Waschsalon, und er mußte am Wochenende dort arbeiten. Er mußte Wechselgeld ausgeben oder mit der Handkante gegen den Münzeinwurf schlagen, wenn sich dort etwas verklemmt hatte. Manchmal, wenn ich am Freitagabend unsere Handtücher und Laken, die Socken und Hemden meines Vaters und meine pastellfarbenen Pullover dort wusch, sah ich ihn. Aber Greg Adams hatte nie mit mir gesprochen – mich nur zuweilen beobachtet, während ich die Wäschestücke zusammenfaltete, sortierte oder eine Zeitschrift las. »Hallo, Leila«, sagte er an diesem Tag, »möchtest du mitfahren?«

»Gut«, sagte ich und stieg in den blauen Ford, der Greg Adams' Vater gehörte. Im Auto roch es nach Zigarren, und durch die getönte Windschutzscheibe sah ich dicke Wolken, die mit dem herannahenden Sommer weißer und dicker wurden.

Greg fuhr langsam und beobachtete mich gelegentlich aus dem Augenwinkel. Er fuhr durch kleine Straßen, dort, wo purpurfarbenes Unkraut in den sumpfigen Gräben wuchs und Schilfgras sich unter dem blauen Himmel duckte.

Er kurbelte das Fenster herunter, und ich roch den Juni wie ein frisches weißes Bett – ein Geruch nach Seife und frischer Stärke. Eine dünne Schicht aus Fusseln, Asche und Sternenstaub lag über allem, was zu sehen war, und auf halbem Weg zu meinem Haus hielt er am Straßenrand unter ein paar Bäumen an und schluckte.

Greg Adams war untersetzt, und seine blassen Bartstoppeln waren abrasiert. Er sah dumm aus, und seine Lehrer fanden, daß er das auch war. In der Schule hatte er eine Menge Schwierigkeiten, weil er nichts tat. Er schien die Lehrer nur ärgern zu wollen, wenn er mit offenem Mund an die Wandtafel starrte, sich keine Notizen machte und mit dem kurzen Bleistift in seiner Hand spielte. Seine Stirn war breit und immer ein bißchen feucht von Schweiß.

»Hör zu«, sagte er, »ich…« Er räusperte sich. »Ein paar Typen in der Schule haben gesagt, du würdest es tun.« Er sah mich ängstlich an und rückte ein bißchen zurück, als fürchte er, ich würde ihn schlagen. Das machte mich traurig.

Ich beugte mich hinüber und küßte Greg Adams mit offenen Augen. Sein Mund war klein und schmeckte sauer, aber er erwiderte meinen Kuß. Er wirkte eingeschüchtert, als ich begann, meine Kleider auszuziehen, daher lehnte ich mich einfach zurück und schloß die Augen, als wäre ich gar nicht da, damit er seine Scheu überwinden konnte. Über uns hörte man etwas um die Bäume schweben. Das Geräusch von

Scheren, die Stoff zerschnitten. Vielleicht die Rotorblätter eines Hubschraubers.

Er machte, was er wollte, und es dauerte nicht lange.

»Das ist Leila«, sagte Gary zu einem Mann, der auf der Bettkante sitzt und aus einem Pappbecher Whisky trinkt.

Gary trägt das gleiche blaue Hemd, die gleichen Jeans. Die üblichen hellen Stiefel. Aber sein Bart ist inzwischen voller. Sein Gesicht wirkt dadurch rund und weniger hart.

»Hallo, Leila«, sagt der Mann und steht auf.

Gary küßt mich schnell und trocken auf den Hals und sagt: »Ich geh ins Büro rüber und paß auf, daß nichts passiert, in Ordnung?« Dann sieht er den Mann an, der mit den Fingern durch sein graues, drahtiges Haar fährt. »Laß dir Zeit, aber nicht zu lange. Klar?«

»Klar«, sagt der Mann und zwinkert Gary zu.

Gary schließt die Tür hinter sich, durch die ein kurzer, kühler Windhauch weht.

Der Mann schielt auf dem linken Auge ein bißchen, wenn er mich ansieht, finde ich, aber ich bin mir nicht sicher. Er muß etwa sechzig sein. Er ist mager und sieht bedrückt aus. Er könnte ein Schuhverkäufer oder ein Pfarrer gewesen sein, der früh in Pension ging. Er sagt nichts, fummelt aber an meinem Kleid rum, als würde er etwas darin suchen. Selbst als er mich aufs Bett drängt, mein Kleid hochreißt und in mich eindringt, wirkt er verzweifelt. Schließlich beißt er in meine Lippe wie jemand, der noch nie geküßt hat, und ich denke an Gary unten im Büro, der sich um meine Angelegenheiten kümmert wie eine Mutter.

In diesem Frühling bin ich oft zum Fluß gegangen. Ich war elf, verträumt und fror immer – meine dünnen Finger waren ständig blau angelaufen. Mit zusammengebissenen Zähnen summte ich eine improvisierte Melodie, als bliese ich auf einem Plastikkamm. Die Melodie klang ein bißchen wie »London Bridge«, aber langsamer und abfallend.

Wenn man mich so den Gehsteig entlanggehen sah, wie ich mit ungeschnürten Tennisschuhen und langem, zerzaustem Haar durch den Schmutz schlurfte und in den Himmel schaute, hätte man mich für eine Blinde halten können. Die etwas suchte. Aber Sie hätten mich gekannt, hätten gewußt, daß ich nicht blind bin. Sie hätten sich erinnert, daß meine Mutter im Kirchenchor gesungen hat, und daß sie aus dem Haus getragen worden war wie ein Festmahl, das mit einem langen weißen Laken bedeckt, auf einem Tisch angerichtet worden war. Monatelang bin ich zweimal am Tag an Ihrem Haus vorbeigegangen, sogar samstags und sonntags – als hätte mir niemand gesagt, daß keine Schule war. Ich hatte Muße. War ziellos. Nichts in den Händen – keine Bücher, keine Handschuhe. Vielleicht drehte ich eine Runde um einen halb abgestorbenen Birnbaum, den Sie vor Jahren eingepflanzt hatten, der aber jeden Sommer dünner und kränker wurde – der im Moment nichts weiter war als eine Handvoll Blüten im Vorgarten und pro Jahr nur eine verkümmerte Birne lieferte. Ich lehnte mich zurück, hielt mich an den dünnen Stämmchen fest und schwang mich darum herum wie um einen Maibaum. Sie hätten genau gewußt, wer ich war und was mit mir nicht stimmte. »Das ist Bonnie Murrays Tochter«, hätten Sie gesagt, wenn Sie Anfang März an einem frischen, silbrigen Samstagmorgen in skalpellscharfer Luft an mir vorbeigefahren wären. »Armes kleines verrücktes Ding, ohne Mantel bei so einem Wetter.«

Manchmal bin ich an der Shell-Tankstelle vorbeigegangen, und ein Mann in einem orangefarbenen Overall kam aus dem verglasten Büro und sagte: »Hallo, Leila.« Einmal gab er mir einen Vierteldollar und zwinkerte, als ich das Geldstück immer und immer wieder umdrehte. Die Münze war von der lauen nördlichen Frühlingssonne erwärmt wie der flache Flügel eines Düsenflugzeugs.

»Gehst du zum Fluß?« fragte er.

»Ja«, sagte ich.

»Unten bei der Brücke?«

Ich nickte.

»Da unten ist es schön«, sagte er. »Dort wird es dir gefallen. Kauf dir was Süßes von dem Geld. Ich kenne deinen Daddy. Ich sag ihm, daß ich dich gesehen habe, wenn er vorbeikommt.«

Der orangefarbene Overall des Mannes war sauber und steif. Er sah wie ein Astronaut darin aus, und wenn er lächelte, strahlte sein Goldzahn auf mich herab wie ein kleiner Planet.

Ende April schossen Tulpen aus dem Morast und erschreckten das vertrocknete Gras und die immer noch kahlen Äste mit ihren scharlachfarbenen Lippen, die künstlich aussahen oder zu schreien schienen, aber schön und neu waren. Die Stadt wirkte leer, und die Sonne schwebte über den verschiedenen Vierteln wie ein hohler, blasser Feuerball. Ich ging weiter.

Die Häuser in der Gegend sahen alle gleich aus. Bei jedem

hätte ich gewußt, wo die Toilette war. Wo sich die Besenkammer befand. Hier und dort war ein altes Fahrrad den Winter über draußen geblieben und lehnte an einem Schuppen, als wäre es vom Himmel gefallen. Gelegentlich sah ich ein rostiges Wasserfaß. Eine Radkappe. Einen schimmernden, weißen Lieferwagen. Einen dürren, an einen Baum gebundenen Hund, der mißtrauisch knurrte, wenn ich vorbeiging.

Ich folgte dem schlammigen Pfad zum Fluß hinunter, der hoch stand und dessen Fluten im April vom Schmelzwasser dunkel waren; ich schlitterte ein bißchen und bewegte mich vorsichtig auf den Rand zu. Ein Schwarm grauer Vögel flog über mich hinweg. Aus der Ferne hörte ich Zugbremsen. Stahl rieb sich auf Stahl. Eine Ratte paddelte vorbei. Ich stand da und beobachtete den Fluß, der wie ein schwarzer Streifen auf einer riesigen Flagge dahinströmte. Eine Handvoll brauner Blätter trieb dahin. Eine Plastiktüte. Ein Ölstreifen.

Zuerst dachte ich, es sei ein Ast, der in der Strömung auf und ab hüpfte, sich hob und senkte, anfangs grau erschien, untertauchte, scharf weiß umrissen wieder nach oben kam. Einen Moment lang tauchte das Gesicht über der Wasseroberfläche auf, als würde es in die Luft schnuppern, dann drehte es sich langsam und geschmeidig wieder weg. Dann ein Huf. Ein angewinkeltes Bein. Das blonde Rückenfell. Ein Geweih. Erneut das seltsame Gesicht, das schwarze Maul, das die Oberfläche antippte, bis sie brach. Mit seinen toten Augen sah das Tier aus dem Wasser. Lange trug der Fluß es vorbei und von mir fort, und dann wollte ich nach Hause gehen.

»Das Telefon hat geklingelt«, sagte Gary, als ich wieder ins Büro komme.

»Oh«, sage ich und lächle. Er sitzt auf der Vinylcouch und raucht. Seine Zähne blitzen mich in dem weißen Licht kalt und weiß an.

Es ist warm im Büro, und draußen fällt die Sonne hart und trocken auf die roten Blätter, die gemächlich kreisend zu Boden sinken. Ein bißchen verträumt oder hoffnungslos. Gary hat ein Bein übers andere geschlagen, ein Fußgelenk liegt auf dem Knie, und er wippt mit seinem hellen Stiefel. Ich setze mich neben ihn, schlinge die Arme um seinen Hals und küsse sein Ohr. Es ist dunkel und sauber in dem engen Tunnel. Er hält die Zigarette über meinen Kopf und schnuppert an meinem Haar.

»Schau mich an, Baby.« Er schiebt mich zurück, so daß ich sein Gesicht sehen kann. »Hör zu, du weißt, daß du diesen Job nicht brauchst. Dieser Job behindert uns nur.«

Ich lasse den Blick durchs Büro schweifen, ohne es richtig wahrzunehmen. Aber ich rieche die rosafarbene Seife in der Toilette – medizinisch und süß – und unter meinem Kleid, dort, wo dieser Mann schwitzend wie ein nebliger Körper in mich eingedrungen war. Auf dem Fluß schreit ein Schwan. Aber der Fluß schwappt nur schäumend auf und wird kälter. Die Uhr an der Wand summt und zuckt mit ihrem silbernen Minutenzeiger, und ich denke: Er hat recht. Er hat recht. Ich habe auf die Gehaltsschecks, die mir Mrs. Briggs in den letzten sechs Wochen ausgestellt hat, kaum einen Blick geworfen. Zusammengerechnet ergeben sie praktisch nichts, wenn ich sie zur Bank bringe, die mir nur gelbe, mit Zahlen beschriebene Zettel dafür gibt. Meiner Meinung nach gibt es in dieser Bank einen Keller, verschlossen, obwohl nichts darin ist – nur die Vorstellung von Geld, von Zukunft, unsichtbarem Essen und Ferienwochenenden in einer Geisterstadt.

Aber die Schmuckschatulle in der untersten Schublade

meiner Kommode – diese Schatulle war eine greifbare Tatsache.

»Ich kann hier ohnehin nicht mehr viel länger bleiben«, sagt Gary. »Ich kann es mir nicht leisten, bis an mein Lebensende sechzig Dollar pro Nacht zu bezahlen.«

Daran hatte ich nicht gedacht. »Gary«, sage ich, glücklich, ihm etwas schenken zu können, »du mußt hier nicht zahlen. Ich zerreiße einfach den Beleg mit deiner Kreditkartennummer. Niemand außer mir, wird das erfahren.« Ich lächle. Ich küsse den obersten Knopf seines Hemdes, und er schmeckt nach Plastik, Rauch und Salz.

Gary schiebt mich wieder von sich weg, damit er mir ins Gesicht sehen kann, oder ich in seines. »Das würdest du für mich tun, Baby?« fragt er mit hochgezogenen Brauen, und seine Augen sind weit aufgerissen wie die eines Kindes.

Ich lache. »Natürlich.« Ich küsse seine lächelnden Lippen, meine Hände in seinem Haar vergraben. Ich schiebe meine Zunge zwischen seine Zähne, um ihn intensiver zu schmecken, und aus meinem Hals kommt ein kleiner Tierlaut, der mich überrascht – wie von einer Taube oder von einer Katze, die ihre Jungen säugt. Mir ist, als hätte diesen Laut ein anderer von sich gegeben, aber mein Herz flattert jetzt wie diese Taube unter meinem Kleid. Ist das Liebe? Ich möchte mein Kleid ausziehen und meinen nackten Körper an ihn schmiegen. Ich ertrage es kaum, meinen Mund von dem seinen zu lösen; so sehr bin ich in ihn verliebt.

»Das würdest du tun?« fragt er erneut.

Und wieder sage ich: »Natürlich.« Ich lache, stehe auf und gehe hinter die Theke. Ich öffne die Kassenschublade mit dem Schlüssel, den Mrs. Briggs naiverweise an einem Magneten unter der Schublade befestigt hat. Ich gehe die Quittungen und Kreditkartenbelege durch, bis ich den von Gary finde: Gary W. Jensen. Ich hebe ihn hoch, damit er ihn sehen kann, und zerreiße ihn dann in kleine Stücke; er sieht lächelnd zu.

Danach verschließe ich die Kasse und verstecke den Schlüssel wieder. Gary steht auf und kommt zur Theke herüber. Er drückt seine Zigarette im Aschenbecher aus und greift nach meinen Händen. Er drückt sie fest, und ich lehne mich, so weit ich kann, über die Theke, deren scharfe Kante in meine Hüften schneidet. Er ergreift meine Arme, und ich wiege seine Ellbogen in meinen Handflächen. Gary küßt mich und schiebt eine Hand in meinen Ausschnitt, reibt mit den Fingerrücken über meine Brüste, und ich atme schneller, presse meine Zunge tiefer in seinen Mund, und meine Brustwarzen richten sich auf, bis sie so klein und hart sind wie die Perlenknöpfe auf meinem Kleid.

Ohne die Hand von meiner zu nehmen, lehnt er sich wieder zurück und sagt: »Ich liebe dich, Leila.«

In mir flattern Hunderte von Tauben. Weiße Flügel, die sich wie eine Fahne über einem weißen Dach erheben. Ich sage: »Mein Gott, ich liebe dich auch.«

Er drückt meine Brustwarzen zwischen den Fingern und sagt: »Du brauchst diesen Job nicht mehr, Baby.« Mein Körper schnellt ihm mit einem Ruck entgegen, als wären meine Hüften mit Spinnweben an ihn gefesselt. Bald wird Schnee fallen, denke ich. Ich öffne den Mund, und nur ein kleines Stöhnen kommt heraus.

Er sagt: »Ich gehöre dir.«

»Kann ich denn so einfach gehen?« frage ich mit so weit aufgerissenen Augen, daß mir in dem grellen Licht die Tränen kommen. »Was ist mit Mrs. Briggs?«

»Was geht uns Mrs. Briggs an? Wird sie dich rausschmeißen, wenn du gehst?«

Ich lache. Er ist klüger als ich und älter. Ein Vater. Ein Liebesgott. Er zieht mich an sich, und ich küsse seinen neuen, dunklen Bart. Dann wird er wieder ernst. »Aber wir brauchen Bargeld, Leila. Ich bin fast abgebrannt.«

Ich schüttle den Kopf und sage: »Nein. Ich habe zweieinhalbtausend Dollar in meiner Tasche, Gary.« Ich deute auf die Tasche. Ein roter Farbfleck unter der Theke.

Gary richtet sich auf und lächelt überrascht. »Wahnsinn, Leila. Du bist eine reiche Frau. Warum zum Teufel hängen wir hier noch rum, Baby?« Wir lachen beide.

Er schaut sich um. Niemand ist da. Er spricht trotzdem leise. »Was ist mit dem da drinnen?« fragt er und macht mit dem Kopf eine Bewegung in Richtung der Kassenschublade. »Wieviel ist da drin?« flüstert er.

»Ich weiß nicht«, sage ich und greife unter der Schublade nach dem Schlüssel.

Als sie offen ist, sagt Gary: »Sieht nach einer ganzen Menge aus.«

»Mindestens ein paar hundert«, sage ich und berühre die Scheine. Sie sind weich. Dann werfe ich einen Blick auf meine Fingerspitzen, als wäre die grüne Farbe abgegangen.

»Wir nehmen es mit, Leila«, sagt er. »Wir fangen ein neues Leben an. Wir brauchen es. Ich pack meine Sachen und treff dich in zehn Minuten auf dem Parkplatz.«

Ich hole Luft und nicke. »Was machen wir mit meinem Wagen?«

»Laß ihn stehen«, sagt Gary. »Du brauchst ihn nicht.«

Ohne es zu zählen, nehme ich das Geld und reiche es Gary. Gary knöpft sein Hemd auf und schiebt es hinein, an sein Herz. Er zwinkert mir zu, geht dann rückwärts hinaus.

Als er fort ist, öffne ich das Gästejournal noch einmal. Das letzte Mal, denke ich.

Ich starre auf das Datum.

17. Oktober. Der Beginn meines neuen Lebens.

Wie ein Teppich aus Sternen. Reine Zeit.

Montag.

Verblüfft bleibt mein Blick auf dem Gästejournal haften, wie eine weiße Motte auf einer weißen Blume. Meine Lungen sind kühl und leer und fünfzig Millionen Lichtjahre weit. Eine Galaxie. Ein Laken. Der Geruch von Waschmittel in kühler Brise.

Als ich draußen die hochhackigen Absätze über den Beton klappern höre, sehe ich auf. Aber es hat nur zu regnen begonnen – harte, dicke Tropfen fallen auf den Gehsteig, auf die Windschutzscheiben und den kahlen Gartenfelsen.

Was machst du hier, Leila?

Auf dem Weg lag altes Laub verstreut. Er stand vor mir.

Ich sah auf den Fluß. Ich sagte, ich habe ein totes Reh gesehen. Gerade ist ein totes Reh vorbeigeschwommen. Haben Sie es gesehen? Es sah aus, als ob es tanzte.

Ich deutete auf das Wasser, aber es war weg. Nur wieder ein Ast. Ein Kräuseln. Nichts.

Er lachte. Sein orangefarbener Overall strahlte in der Sonne noch leuchtender.

Wo ist dein Daddy, Leila?

Er wartet auf mich. Zu Hause. Ich bin schon zu lange fort.

Weiß er, wo du bist?

Nein. Er weiß es nicht. Ich muß mich beeilen.

Nicht so schnell. Er weiß nicht, wo du bist?

Nein, er macht sich bestimmt Sorgen. Mein Vater wartet auf mich.

Warte.

Der Fluß hat nichts bemerkt.

Das Zittern eines Schößlings.

Die Weiden wogten wie ruhelose Männer.

Ich rannte auf sie zu. Mit ausgebreiteten Armen. Ich rannte und rannte in die falsche Richtung, und Schlamm saugte an meinen Schuhen. Ein Kind, das zu fliegen versucht – ein dummer, flügelloser Vogel. Schlamm auf meinen Händen, ölig wie Blut. Ein erdiger Kuß von Mulch in meinem Kupferhaar. Ich fiel hin.

Randy McCarthy knöpfte sich auf dem Rücksitz des Wagens seiner Mutter das Hemd zu.

»Ich verstehe Rick nicht«, sagt er und schüttelte in der Dunkelheit den Kopf. Sein Haar war weißblond, sehr kurz geschnitten und leuchtete wie ein schmutziger Heiligenschein. »Er hat keine Ahnung, und niemand sagt ihm Bescheid. Es ist mitleiderregend. Und er hat dich *geheiratet.* Mann. Er hält dich für die Jungfrau Maria oder so was, nicht wahr?«

Ich zog mir den Pullover über den Kopf. »Nein, das tut er nicht«, sage ich schnell, aber ausdruckslos. »Rick kennt mich.«

Randy McCarthy lachte. »Eine verdammt nymphomanische Jungfrau Maria, das käme der Sache näher.«

Als er das sagte, schluckte ich. Jemand hatte das vor zwei Jahren mit Filzstift, der sich nicht abwaschen ließ, auf die Mädchentoilette geschrieben – und an meinem letzten Schultag stand es immer noch dort, zwischen dem Spiegel und der schmutzigen Handtuchrolle.

Leila Murray ist eine Nymphomanin.

Zwei Jahre lang drängten sich dort die Mädchen, mit denen ich zur Schule ging, hantierten mit ihren Haarbürsten und Lippenstiften, rückten die Schalen ihrer BHs zurecht und zogen die beigen Strumpfhosen über den Beinen glatt wie eine zweite Haut. Wenn ich hereinkam, um mir unter der schwarzen Inschrift die Hände zu waschen, wurde es still.

Randy McCarthy war hinterher immer verärgert. Auf dem Rücksitz schien er nur aus Händen zu bestehen. Er erinnerte an einen Waschbären, der geschickt mit kleinen, menschenähnlichen Klauen Abfall durchwühlt und sich dann geduckt fortschleicht.

Die meisten Jungen in der High-School waren so. Der

Winter dauerte lang in Suspicious River – riesige Eisbrocken trieben an den Ufern entlang, schlugen gegen Anlegeplätze und Aluminium-Ruderboote, die dort rostend und unbenutzt festgemacht waren. Die meisten Mädchen hatten Angst vor ihren Vätern, die in den Wäldern Rotwild schossen und es in den Hinterhöfen aufhingen, bevor der erste Schnee fiel; oder sie hatten Angst, schwanger zu werden, oder sie wollten jemanden heiraten, der einen Laden hatte. Nie kamen sie zur Ruhe – ewig beklagten sie sich, fummelten an ihren Kleidern herum, strichen die Röcke über den Schenkeln glatt und zerrten die BH-Träger wieder über die Schultern hinauf.

Ich jedoch war still und schwebte immer drei Meter über meinem Körper. Mit mir zusammenzusein war vielleicht nicht anders, als allein zu sein. Hinterher konnte man sich so benehmen, wie man wollte. Vielleicht war das der Reiz an mir. Vielleicht machte genau das sie so wütend?

Randy setzte mich ein paar Straßen vor meinem Haus ab und sagte nichts, als ich ausstieg. Es war Mitte Juni, und über mir standen pulsierende Sterne. Ich sah zu ihnen hinauf und dachte, ich hätte eine Sternschnuppe gesehen. Aber ich konnte mich auch getäuscht haben.

Das Licht im Haus der Schmidts war gelb, als ich zur Hintertür kam, und Mrs. Schmidt klebte am Küchentisch etwas zusammen. Eine Keramikballerina. »Sieh nur.« Sie hielt die Figur hoch, um sie mir zu zeigen, als ich eintrat. »Sieh nur, was die Katze gemacht hat.«

Der zarte Kopf, auf dem das Haar mit einem rosa Band zusammengehalten wurde, war abgebrochen, und durch die rissige Bruchstelle am Hals konnte ich in den Körper der Ballerina hineinsehen. Sie war hohl und schneeweiß. Mrs. Schmidt lachte und legte die Klebstofftube wieder auf den

Tisch. »Es ist hoffnungslos«, sagte sie. »Na schön. Wen kümmert's schon. Hast du gegessen, Schatz?«

»Ja«, sagte ich, »ich habe gegessen.«

»Rick und sein Dad essen jetzt gerade bei McDonald's. Sie haben einen Anhänger gemietet und sind nach Ottawa City gefahren, um einen alten Flipper auf dem Müll abzuladen. Ich glaube nicht, daß sie vor Mitternacht zurückkommen, deshalb habe ich mir einen Salat gemacht.«

Mittags wie abends pickte Ricks Mutter an einem Salat herum, auch wenn sie für ihren Mann und ihren Sohn Steaks gebraten hatte. Wenn sie mit ihrem Salat fertig war, sah es aus, als hätte ein wählerisches Kaninchen die grünen Blätter nur neu arrangiert. Aber nachts, wenn alles still und dunkel war und wir im Bett lagen, hörte ich sie in der Küche rumoren, wobei ihr nur das Lämpchen im Kühlschrank Licht spendete. Während ich in Ricks Zimmer lag und so tat, als würde ich schlafen, stellte ich mir vor, daß Mrs. Schmidt in einem langen weißen Nachthemd, die ergrauende Bienenkorbfrisur von Frostfäden durchzogen, Vanilleeis aus einem Pappbecher löffelte. Dann würde sie wieder neben Mr. Schmidt ins Bett kriechen, der wie ein Toter neben ihr schlief. Kalt wie Schnee läge sie zwischen den weißen Laken, und am Morgen säße sie dann wieder unschuldig am Küchentisch und würde ihren schwarzen Tee trinken, während Rick und sein Vater den fetten Speck und die Eier aßen, die sie für sie gebraten hatte.

Dieser Trick entsprach jenem anderen Kunstgriff, jener schweigenden Geste, mit der sie den beiden Männern zu verstehen gab, was sie zu tun hatten. So verschwand Rick etwa sofort, wenn seine Mutter ihn auf eine bestimmte Weise ansah. Mit frischem Hemd kam er aus dem Schlafzimmer zurück, knöpfte es zu und fragte: »Ist das jetzt in Ordnung?«

»Du bist also nicht hungrig?« fragte sie mich.

»Nein«, sagte ich. »Wirklich nicht. Vielen Dank.«

Es war warm im Haus. Die Fenster waren geschlossen, und der Regen, der im Anzug war, würde nicht durch die Fensterritzen fegen wie im Haus meines Vaters. Die Fenster waren sicher, wie durch ein physikalisches Gesetz versiegelt, das mein Vater nicht gekannt hatte. Mr. Schmidt machte sich offensichtlich jedes Wochenende an den Türen und Fensterläden zu schaffen. Besserte die Fliegengitter aus. Achtete darauf, daß nichts quietschte.

»Fühlst du dich wirklich wohl? Du siehst müde aus, Leila.«

»Nein«, sagte ich. »Mir geht's gut.«

»Setz dich einen Moment zu mir, meine Liebe. Ich möchte dir etwas sagen.«

Ich mochte Mrs. Schmidt, aber ich saß nicht gern in dieser kleinen, sauberen, quadratischen Küche. Meine Beine schmerzten. Um meine Schultern spürte ich noch immer Randy, als lägen schmerzende Fesseln um meine Oberarme. Ich nahm seinen Geruch wahr – einen leichten Alkoholdunst, der an die Abgase seines Autos erinnerte. Eine Whisky-Fahne – Old Milwaukee. Dennoch setzte ich mich. Mrs. Schmidts Augen waren so dunkel wie die ihres Sohnes, aber ihre Wimpern waren hell. Sie hatte sich das Lächeln einer Abschlußballkönigin bewahrt. Trotz ihres ergrauenden Haars konnte man sich vorstellen, wie sie ein rosafarbenes Satinkleid trug. Oder einen Tambourstab schwang. Daß sie das hübscheste und freundlichste Mädchen der Schule war. Jemand, der nicht fluchte und nicht rauchte, aber jemand, der einen nicht offen verurteilt hätte, wenn man es selbst tat.

Die Keramikballerina lag zerbrochen auf dem Küchentisch vor uns und wirkte jetzt vollkommen unterwürfig. Ihr hübsches Gesicht war nicht zerstört, aber es war nutzlos geworden. Ebenso die Augen, die so klein wie Stecknadelköpfe waren, und der geschürzte Rosenknospenmund. Der Kopf war durch ein paar Zentimeter Luft von ihrem Körper getrennt. Zu unseren Füßen schnurrte die weiße Katze, die das verbrochen hatte, und rieb sich an unseren Beinen.

Mrs. Schmidt griff über den Tisch und drückte meine Hand. Sie holte Luft und sagte: »Ich weiß, wie schwer es für dich sein muß, verheiratet zu sein, obwohl du noch so jung bist. Aber es wird alles besser.« Sie riß die Augen weit auf, als wolle sie damit ihre Aussage betonen. »Und Rick liebt dich *so sehr.* Er ist ein guter Junge, ganz wie sein Vater, und er wird immer für dich sorgen. Genauso wie ich.« Dann setzte Mrs. Schmidt ihr High-School-Lächeln auf, das mich an die Titelblätter von *Ladies' Home Journal* erinnerte, an die Gesichter der Models auf den Zeitschriften im Supermarkt – Models, die wegen ihrer durchschnittlichen Schönheit genommen wurden, womit ausgedrückt werden sollte, *du könntest an meiner Stelle sein.* Darunter stand in kühnen Lettern: WIE SIE HERAUSFINDEN, OB IHR MANN SIE LIEBT und *Einhundert neue Plätzchenrezepte!* Mrs. Schmidts Zähne sahen wie weiße Reißzwecken aus, stumpf und abgerundet und sorgfältig ins Zahnfleisch gesteckt. Sie lächelte breiter. »Du bist jetzt meine Tochter.«

»Danke«, sagte ich, aber ich atmete zu schwer. »Danke, Mrs. Schmidt. Ich bin sehr glücklich.« Ich faßte mir ans Herz, als ich das sagte, als müßte ich etwas beschwören. In meinen Ohren brauste es, aber das einzige reale Geräusch in der Küche war das Summen des Kühlschranks – eine schlechte Imitation eines geschäftigen Bienenschwarms. »Ich muß ins Bett«, sagte ich mit piepsender Stimme und stand auf. Meine Hände waren kalt geworden, und ich spürte sie nicht mehr, als wären sie von meinem Körper abgebrochen.

Mrs. Schmidt hörte auf zu lächeln, und die Ballerina rollte auf den Rücken, ohne daß sie berührt worden wäre. Sie sagte: »Mein Schatz, bist du sicher, daß dir nichts fehlt?«

»Mir geht's gut«, sagte ich. »Ich bin nur furchtbar müde.«

»Nun, Leila, ich wollte sagen, daß es mir eine Ehre wäre, wenn du mich Mom nennen würdest.« Wieder ergriff sie meine Hand, und es war mir peinlich, daß sie eiskalt war. Ich nickte. Ich versuchte zu lächeln, und Mrs. Schmidt ließ mich los.

Als ich in Ricks Zimmer war, schloß ich die Jalousien, zog alle Kleider auf einmal aus und warf sie aufs Bett. Ich hatte meine Periode bekommen: Dunkle rote Klumpen wie verfaultes Obst. Ich ging ins Badezimmer, ließ lange kaltes Wasser ins Becken laufen, wusch mich, wusch meine Strumpfhose und ging dann ins Bett. In der Stille wartete ich auf den Schlaf oder auf Rick, genauso wie seine Mutter auf der anderen Seite der Wand auf ihren Mann, ihren Sohn, ihre Träume oder ihr heimliches Mahl in der Küche wartete, zu dem sie sich begab, wenn sie glaubte, wir seien eingeschlafen.

Aber ich konnte mein Blut im Dunkeln riechen. Altes Blut, das einmal im Monat zu mir zurückkam. Ich sah die langen weißen Beine meiner Mutter. Einen Becher voll Blut. Eine Kommunion. Ich konnte den roten Seidenslip zwischen meinen Beinen riechen, und ich wußte, ich würde die ganze Nacht kein Auge zutun.

Während wir vom Parkplatz des Swan Motels in einen blauen schwülen Regen hineinfahren, schaue ich auf mein rostiges Auto zurück, den weißen Duster, der Ricks Vater gehört hatte. Leise verabschiede ich mich, und Gary drückt meine Schenkel. Er sagt: »Es gefällt mir, daß du keine Unterwäsche anhast, Leila.«

Ich lächle mit geschlossenen Lippen, weil sich meine Zähne kalt anfühlen. Vielleicht bin ich auch verschüchtert und starre geradeaus vor mich hin.

Er schmunzelt und sagt: »Du bist eine ganz Wilde – obwohl du so ein stilles kleines Ding bist.« Er berührt mich zwischen den Beinen, und ich rühre mich nicht. Nichts ist dort zu spüren. Er sieht auf seine Hand und sagt: »Jesus. Wir werden einen Mordsspaß haben, Schätzchen.«

Ich schließe die Augen und spüre seine Hand auf mir. Ich spüre die Straße unter uns strömen wie einen Fluß, und über uns strömt der regnerische Himmel, und zwischen diesen beiden Strömen treiben Gary und ich. Ich treibe meinem neuen Leben entgegen, das wie eine Mutter am Ende eines langen weißen Tunnels aus Licht auf mich wartet.

Leila, weiß dein Vater, wo du bist?«

Der größere verdeckte die Sonne und ragte hoch in den Himmel hinein, bevor er mich zu Boden schlug, und die beiden baumlangen Kerle sich schwer atmend über mich hermachten.

Der jüngere war vielleicht erst sechzehn. Vielleicht hatte er Angst.

Außerdem kannte er meinen Vater.

Er reparierte unser Auto.

Er trug einen steifen schwarzen Cowboyhut, der ihn blaß erscheinen ließ. Er nahm ihn nicht ab. Auf seiner Oberlippe standen blonde Stoppeln; in der Mitte war eine kleine Narbe, dünn und weiß wie ein Wurm.

Der ältere wußte, was er tat, vielleicht sogar, warum. Aber der jüngere schien sich für seinen Penis zu schämen und bedeckte ihn mit den Händen, nachdem er die Hose heruntergelassen hatte. Er fummelte lange herum. Ich schrie wieder nach meinem Vater, aber keiner von beiden sah mir ins Gesicht. Der ältere sah über den Fluß hinweg wie ein Mann, der sorgfältig etwas inspizierte, worauf er eigentlich Anspruch hatte, und verärgert war, weil es ihm nicht gehörte.

Diese Männer wissen Bescheid.

Diese Männer können die Mädchen gleichsam erschnuppern, wenn sie mit ihren rosafarbenen Fingernägeln und kurzen Söckchen, die Bücher an die Brust gepreßt, an ihnen vorbeigehen. Diese Männer stecken die Nase in den Wind und sie wissen, welche Mädchen immer in die falsche Richtung rennen. Welche nie einer Seele etwas verraten würden, weil die Scham zu tief sitzt; diese Mädchen sind nur überrascht, daß man sie am Leben gelassen hat. Sie sind keineswegs dankbar oder willig, aber mit den Sitten, die in diesem schlimmen Teil des Landes herrschen, vertraut. Sie kennen die Gebräuche: den dumpfen Schlag einer Faust, das dumpfe Pochen von Geschlechtsteilen, einen Mund voller Schlamm.

Der ältere lehrte es den jüngeren. Wie man es macht. Das nächste Mal wäre er in der Lage, es allein zu tun.

Ein Fasan mit Schrotkugeln im Bauch, aber noch lebendig.

Ein Nest voller Kaninchen.

Ein Mädchen, das beobachtete, wie der Fluß vorbeiströmt.

Das nächste Mal würde er es auch können.

»Leila. Schläfst du?«

Ich öffne die Augen.

»Wir sind da, Baby.« Gary sitzt neben mir im Thunderbird und raucht eine Zigarette. Der Wagen erscheint mir wie ein Sarg aus Silber und Glas. Wie reines Licht. Er sagt: »Hier wohne ich.«

Es ist ein kleines Haus, das seitlich mit Aluminium verkleidet ist. Ein langer gelber Wagen steht in der Einfahrt. Den Vorgarten säumt eine Baumreihe: Rote Blätter rascheln wie fliegende Röcke im unnachgiebigen Wind. Der Regen hat aufgehört, die Sonne bricht hervor, und die Wolken bilden zwischen der Erde und dem tiefhängenden, purpurnen Himmel einen Tunnel. Das Haus steht am Ende dieses Tunnels, am Ende der Schotterstraße, ganz allein, von einem verwilderten Gemüsegarten umgeben, in dem alles verdorrt ist, nur noch gelbe Stengel und eine umgeknickte Sonnenblume vor einem sanft ansteigenden Hügel. Auf dem Hügel stehen ein paar Kiefern, und jenseits der Bäume muß der Fluß sein, der durch den Schlamm und die Büsche gleitet wie ein nasses Messer.

Im Haus zieht jemand den Vorhang zur Seite und schaut heraus, aber das Fenster ist zu dunkel, um das Gesicht zu erkennen. An einer weißen Birke, deren Rinde sich ablöst wie ein Verband, zerrt ein magerer, schwarzer Hund an seiner Kette und bellt uns tonlos an. Die Birke zittert jedesmal ein bißchen, wenn der Hund einen Satz nach vorn macht; gelbe Blätter wehen auf die Windschutzscheibe und ein paar kleben auf dem glatten Rücken des Hundes.

Gary sagt: »Laß uns reingehen.«

Meine Beine fühlen sich beim Aussteigen kalt und schwach an, und ich bemerke, daß ich nichts anhabe, außer einem Sommerkleid mit Perlknöpfen, obwohl der Winter schon im Anzug ist. Der Telefondraht hängt lose und schlaff vom Haus herunter. Eine Krähe schwingt sich davon auf und schlägt mit den großen Flügeln heftig gegen die Luft, die von nun an rauh und eisenrot sein wird – bis der Winter schließlich alles mit Schnee bedeckt.

Der Hund schnuppert in unsere Richtung. Während wir durch den Garten gehen, halte ich schützend die Arme vor der Brust verschränkt, aber der Wind fegt durch mein Kleid und berührt, was er will. Noch bevor wir die Tür erreichen, bin ich taub und wie von Eisbrand versengt.

Im Haus jedoch ist es warm und dunkel. Der Mann, der aus dem Fenster gesehen hat, trägt eine Daunenjacke, Jeans und Stiefel wie Gary, aber seine sind neuer. Sein Haar muß einst schwarz gewesen sein, aber jetzt ist es schütter. Ein Goldzahn blitzt, wenn er lächelt.

»Hallo, Rob. Das ist Leila.« Gary legt den Arm um mich und drückt mich an sich. »Sie ist meine Liebste.«

Meine Liebste, denke ich. Der Ausdruck gefällt mir. Ich mag ihn lieber als Frau, Tochter, Mutter.

»Freut mich, dich kennenzulernen, Leila«, sagt Rob und streckt mir die Hand entgegen. Seine Hand ist trocken und kalt, und er streicht damit langsam über die meine.

Das Wohnzimmer riecht wie alte Wolle, oder nach einem Hund. Eine karierte Couch steht darin. Ein Fernseher mit einem großem Bildschirm. Ein Fernsehsessel mit einer gefalteten Zeitung darauf. Jemand hat mit Bleistift das Kreuzworträtsel zur Hälfte gelöst. Ein Couchtisch mit einer Kaffeetasse, einem Glasaschenbecher und einem Stapel Fernsehillustrierten darauf. In dem Gang, der zum Schlafzimmer führen muß, sehe ich das rot funkelnde Dreirad eines Kindes. Es glänzt, und an der Lenkstange hängen weiße Wimpel. Der Hund im Vorgarten beginnt zu heulen, und ich sehe aus dem Fenster.

»Kümmer dich nicht um ihn«, sagt Rob. »Er wittert etwas. Wahrscheinlich ein Kaninchen oder eine Katze.«

Aber der Hund macht einen langen Satz und schnappt nach der Kette, die ihn zurückreißt. Heulend und rasend windet er sich unter der Kette, versucht sie abzuschütteln, schnappt in die Luft, springt wieder nach vorn und gibt erstickte Würgelaute von sich.

Der Wind tobt an diesem Tag und trieb einen Schneesturm vom See herüber, der die Luft über dem Suspicious River zerschnitt und in kleine weiße Fetzen riß. Nur ein paar Skifahrer wohnten im Swan Motel, die in ihren bunten Jacken wettergegerbt aussahen und gesund und reich wirkten. Mir gefiel der Job. Ich hatte gerade erst angefangen und war ernst und sorgfältig bei der Arbeit. Ich zählte die Kreditkartenbeträge zweimal auf Schmierpapier zusammen, bevor ich sie auf die Zettel mit den Durchschlägen übertrug. Wenn Gäste die Glastür öffneten und ins Büro traten, folgte ihnen ein Schwall Dezemberluft wie gefrorener Rauch. Ich sagte: »Willkommen im Swan Motel.«

Die Luft war einschläfernd und warm. Irgendwo tief im Innern der Windungen des elektrischen Heizgeräts schien ein altes Bett vor sich hinzuschwelen, dessen faserige Überreste sich auf meine Lungen legten.

Dann öffnete sich die Tür, die Glöckchen klingelten. Rick und seine Mutter traten ein – ein wenig scheu, wie es schien – und lächelten mich zaghaft an. Mrs. Schmidt hatte ein weißes Wolltuch auf dem Kopf und trug einen alten Mantel, der vor der Glasfront farblos wirkte. Ihre Lippen waren blaßrosa wie Badezimmerfliesen, und Rick, der in der Jägerjacke seines Vaters neben ihr stand, tauchte sie in eine Woge aus elektrisierendem Orange. Hier im Swan Motel stellte ich fest, wie durchschnittlich und unathletisch die beiden im Vergleich zu den Gästen wirkten, die gewöhnlich vor diesem Schreibtisch standen – mein blutjunger Ehemann und seine Mutter.

»Hallo«, sagte ich.

»Hallo, Leila«, sagte Rick und hob die Hand. Sie wirkte riesig in dem schwarzen Handschuh. Die Augen seiner Mutter waren aufgerissen, als müsse sie die Tränen zurückhalten, aber sie lächelte. Gemeinsam gingen sie auf die Theke zu, ihre Gesichter waren verstörend ähnlich und vertraut, und ich sah sie so, wie sie waren. Bescheidene, nützliche Leute, die mir zwar fremd waren, aber zu mir gehörten. Ich liebte sie nicht, ich kannte sie nicht einmal, aber irgendwie gehörten wir jetzt alle zusammen. Doch plötzlich festzustellen, daß sie den Mittelpunkt meines Lebens ausmachten, war so, als fände man eine Schachtel mit Fotos auf dem Dachboden, die man nicht kennt. Du kennst keinen dieser Menschen, die so vertraulich in die Kamera lächeln, keines dieser fröhlichen Ferienbilder mit den molligen Kindern sagt dir etwas. Aber wenn du sie nicht behältst, hast du noch weniger als vorher. Doch etwas wird immer fehlen. Etwas, das dich so vollständig in Anspruch nimmt, daß es wirklich wichtig für dich werden könnte. In diesem Moment wurde mir bewußt: Genau das bedeutet Familie.

»Leila«, sagte Mrs. Schmidt, die mir nur bis zu den Schultern reichte. »Wir müssen Mrs. Briggs anrufen und ihr sagen, daß du weg mußt.«

»Warum?« Ich hörte, wie draußen der Schnee weggepflügt und schwer und naß wie ein menschlicher Körper an den Straßenrand geworfen wurde.

»Es ist ein Notfall«, sagte sie.

Dann ergriff Rick meine Hand, und als ich sie zurückziehen wollte, fiel sein leerer Handschuh auf die Theke. Er öffnete und schloß seine kleine feste Faust wie etwas Ungehöriges, das entblößt worden war.

»Was?« Ich legte die Hand unter die Brüste, an die Stelle,

wo meine Rippen in einer knöchernen Naht aufeinander trafen. »Was?« Ich spürte sanft und blutig mein Herz darunter schlagen.

Aber dann klingelten die Blechglöckchen über der Tür und zwei Skifahrer traten ein – eine Frau mit langem, blondem Haar und bräunlichem Teint, und ein Mann mit einem roten Hut, der viel älter aussah. Ihr Vater, dachte ich, obwohl seine Hand auf ihrem Hüftknochen kleine Kreise vollführte, als sie sich an ihn lehnte und betrunken, erstaunt oder bedröhnt aussah. Vielleicht war sie verliebt. Der Schnee schmolz schnell auf ihren Schultern, und das quietschende Geräusch ihrer nassen Jacken wurde lauter, als sie auf die Theke zukamen. Sie lachten, während draußen der Schnee den Himmel begrub.

Gary öffnet eine Tür im Gang, und ich folge ihm in ein gelbes Schlafzimmer. Das Doppelbett ist nicht gemacht, aber die Laken sind glatt. Sie sehen aus, als hätte nur einmal jemand darauf geschlafen, jemand, der sehr müde war. Die Vorhänge sind offen, und durch das Fenster sehe ich eine kleine Wolke nasser goldener Blätter, die in violettfarbenem Wind wirbeln. Er schaltet das Licht an, der Raum beginnt zu pulsieren, und die Fenster werden dunkel.

»Hier«, sagt er. »Ruh dich hier einfach aus. Ich muß in die Stadt fahren, und wenn ich zurückkomme, können wir zu Abend essen.« Er legt die Finger auf mein Kinn und küßt mich flüchtig. Im Badezimmer nebenan höre ich jemanden pfeifen – Rob? Dazu das nachdrückliche Pochen von heißem Wasser in alten Leitungen.

Beim Weggehen hallen Garys Stiefel dumpf auf dem Fußboden. Ich sehe auf seinen Rücken. Auf das dunkle Haar über dem blauen Kragen. Auf seine schmalen Schultern. Von hinten gesehen, könnte er in diesen Jeans und dem Hemd irgendein Mann aus Texas sein, finde ich, obwohl ich nie in Texas war und immer noch nicht weiß, wo er herkommt. Er hat Nummernschilder aus Florida, fällt mir ein. Aber der Akzent. Unter seinen Stiefeln klingt der Boden fest und tot. Kein Keller, denke ich. Die Tür fällt hart ins Schloß, und mein Mund wird trocken. Ich drücke die Augen fest zu, wohl wissend, daß ich in diesem gelben Schlafzimmer die ganze Nacht oder für immer auf eine weitere Kostprobe seiner Liebe warten würde.

Vor lauter Liebe schnürt sich mir die Kehle zu, wenn er geht, und ich schalte das Licht aus, krieche ins Bett, ziehe die Laken und eine kratzige weiße Decke über die Ohren und rolle mich auf die Seite. So kann ich aus dem Fenster sehen. Ich kann sehen, wie er wegen des Windes mit gesenktem Kopf in seinen silbernen Thunderbird steigt; der Wind hört sich wie ein vorbeirauschender Zug an. Ich beobachte seine Scheinwerfer, dann die Rücklichter, die sich wie ein flimmernder Schweif entfernen – und Nacht umhüllt seinen Wagen wie eine seidige Grotte. Ich stelle mir ein rotes Band vor, das sich von meinem Herzen abrollt und an seinem Herzen festgesteckt ist, und dann ist er fort.

Ich schaue mich in diesem Raum nicht um. Ich schließe die Augen. Aber zufällig habe ich bereits ein Foto von einer Frau und einem Kind auf dem Nachttisch entdeckt, beide sind blond und lächeln. Das Foto ist schwarz gerahmt. Auf der Frisierkommode liegt eine säuberlich ausgebreitete Kette aus grünen Plastikperlen, und um die Ränder des Lampenschirms verläuft ein Band aus handgemalten Rosenknospen. Zwischen den Laken nehme ich den Geruch einer Frau wahr. Die weißen Federn in den Kissen duften nach Parfum und Salbei, nach einem gerupften weiblichen Vogel.

Ich öffne die Augen, schließe sie wieder, und dann träume ich. Durch eine Schneesäule gehe ich auf das Haus meiner Kindheit zu. Ein Hund heult. Ich höre Atemgeräusche in einem Tunnel. Am Ende des Wegs, in der Nähe unseres Hauses wurde etwas hingeworfen oder ist dort hingefallen. Ein weißer Ärmel flattert auf wie eine Lichtzunge.

Ich beuge mich hinunter, um es anzusehen, aber ich sehe nur mein Gesicht, da sich in einer Eispfütze spiegelt und jünger aussieht als ich bin, und plötzlich stelle ich fest, daß ich jemandes Kind sein muß. Wiederum heult ein Hund, und als ich aufwache, ist das Licht eingeschaltet, und Rob, dessen Goldzahn aufblitzt, steht freundlich lächelnd am Fußende des Bettes.

»Tut mir leid, daß ich dich geweckt habe. Ist es dir recht?« fragt er und berührt entschuldigend den obersten Knopf seines Hemdes. »Gary hat gesagt, es wäre in Ordnung. Wenn nicht, mach dir keine Sorgen, ich werde dich nicht belästigen.«

»Ist schon gut«, sage ich und mache die Augen wieder zu.

»Leila«, sagte Mrs. Schmidt und drückte mir die Hand, als wir schließlich aus dem Swan Motel heraus waren, in den Wagen stiegen und losfuhren, während die Heizung summte und die Nacht sich vor uns teilte, als wir tiefer in sie hineinfuhren. »Dein Vater hatte einen Herzanfall. Beim Schneeschaufeln.«

»Oh«, sagte ich.

Ich saß zwischen ihnen auf dem Vordersitz in Mr. Schmidts langem Ford. Rick legte den Arm um meine Schulter. Ich beugte mich vor und preßte meine Fäustlinge gegen die Augenlider: Sterne und Blut. Vor diesem funkensprühenden, roten Samtvorhang konnte ich meinen Vater sehen – es schneite heftig, der Schnee türmte sich um ihn herum auf, und er bewegte sich mit seinem kaputten Bein zu langsam, um zu entkommen. Sein Mund stand offen, in der Kälte erstarrt, und eine dünne Eisschicht lag darüber wie über einem kleinen See. In seinen blauen Augen stand Schneegestöber.

Ich schmecke Minze auf Robs Goldzahn. Obwohl die Haut auf seinen Arm schlaff ist wie bei einem alten Mann, ist seine Brust so unbehaart wie die eines Jungen. Er scheint zu frieren oder sich zu schämen. Jedenfalls zieht er sich schnell aus und steigt rasch ins Bett. Er möchte, daß ich auf ihn steige, was ich tue; ich schlinge die Arme um seinen Hals und drücke neben seinem Kopf den Mund ins Kissen. Er zieht die Decke über uns, und zusammen mit ihm ist es warm darunter. Während er mit einer Hand meinen Rücken hinauf- und hinunterstreicht, befühlt er mit der anderen vorsichtig meine Brüste. Ich küsse seinen Hals und stelle mir vor, es sei Garys Hals, aber seiner ist rasiert und glatt wie Kerzenwachs oder Plastik.

»So ist es gut«, sagt er und drückt meine Hüfte gegen sich. Ich spüre, wie mein Herz schneller schlägt. »Ach, bist du süß«, sagt er und hält mich fest.

Rob wimmert, als er kommt, und ich lasse ihn nicht los, bis ich auch gekommen bin. Ruhig bleibt er unter mir liegen, seine Hände streicheln langsam über meinen Körper, und ich presse meinen Hüftknochen auf den seinen: Zwei Skelette. Ich erinnere mich, wie Gary, vollkommen bekleidet, am Flußufer in mich eingedrungen war. Wie ich unter ihm gefangen war und brannte, als wären wir unter einer Lawine begraben. Meine Augen voller Weiß.

Hinterher schmiege ich mich an Robs knochige Brust und schlafe wieder ein, doch diesmal traumlos. In der seltsamen

Dunkelheit des 24. Oktobers spielen Wind und Wolken um das Bett. Um jenes Bett, von dem sich meine Mutter nie mehr erhoben hat, das feucht und samtig war vom Tod.

Mitten im Dezember trug der Bestattungsunternehmer karierte Hosen und ein grünes Golfhemd, und in dem Keller, wo die Särge ausgestellt waren, wirkte er geradezu sprühend vor Lebendigkeit. Wie ein Papagei in einem kahlen Raum.

»Das ist unser billigster«, sagte er und deutete mit seiner weichen Hand auf einen grauen Sarg mit eingebautem blauem Kissen. Er sah bequem aus. Etwas, worin man eine lange Nacht und für den Rest seines Lebens schlafen konnte.

Aber ich sagte: »Nein«, und deutete auf einen strahlend weißen Sarg, ganz ähnlich demjenigen, in dem meine Mutter begraben worden war. Er war mit weißem Satin ausgeschlagen und hatte silberne Scharniere. Mein Vater läge darin unter der Erde wie in einer Schatztruhe. Neben ihm meine Mutter, die Schneekönigin, mit ihren Perlen.

Im Winter würden sie zu durchsichtigen Statuen gefrieren. Im Sommer würden schwarze Äste mit weißen Blütenblättern auf ihrem Grab wachsen.

»Das ist ein typischer Sarg für eine Frau«, sagte der Bestattungsunternehmer. »Er kostet zweitausenddreihundert Dollar mehr als unser Standardmodell«, aber er schrieb eine Zahl auf einen Zettel. Er sah auf und lächelte. »Obwohl ich vollkommen verstehe, warum Ihnen gerade dieser Sarg für Ihren Vater besser gefällt. Er ist wirklich hübsch.«

»Gut«, sagte ich.

»Können Sie am späteren Abend den Anzug Ihres Vaters vorbeibringen?«

»Ich denke schon«, sagte ich. »Ich weiß nur nicht, wo er ist.«

Der Bestattungsunternehmer machte ein besorgtes Gesicht. Er sagte: »Wenn er gereinigt werden muß, kostet das etwas, fürchte ich«, und er machte mit dem gelben Stift eine weitere Notiz auf seinem Zettel. Die fluoreszierenden Lichtröhren summten und brannten heiß über uns.

Es war kühl und trocken dort unten. Nicht wie in einem gewöhnlichen Keller. Nicht so, als wäre man unter der Erde. Die Särge rochen wie Plastik oder nagelneue Autos. Es gab zehn in verschiedenen Farben, Größen und Stilrichtungen. Einer war nicht größer als ein Kind und ebenfalls weiß. Oben wartete Rick mit seinen Eltern; ich hörte sie über unseren Köpfen auf und ab gehen. Das Geräusch wurde durch die Deckenfliesen und ein Heizungsrohr gedämpft, das wie eine Mumie mit grauen Asbestbandagen umwickelt war.

»An wen geht die Rechnung?« fragte der Bestattungsunternehmer.

»An Leila Murray«, sagte ich. »Leila Schmidt, meine ich.« Und mein früherer Name schwebte an ihm vorbei, bevor er sich wie Kalkstaub auf den glänzenden neuen Sarg meines Vaters legte.

Ich wache in Robs Armen auf, und Gary sagt: »Nun sieh dir die beiden Turteltäubchen an.«

Auch Rob wacht auf und setzt sich auf. Garys Augenbrauen wirken im Dunkel des Türrahmens blaß. Ein kalter Luftstrom bläst über seine Schultern, weht an uns vorbei und erhebt sich zu der gelben Decke über dem Bett – wie ein unsichtbarer Ballon, gefüllt mit Winter.

Wir hatten den Anzug meines Vaters. Das Haus war dunkel und kalt, anders als das der Schmidts, in dem ich seit Juni lebte. Dort hatte ich mich daran gewöhnt, daß es Tag und Nacht bedrückend nach Gekochtem roch. Nach Dingen, die weich gesotten wurden. Ich hatte mich auch an das goldene Licht gewöhnt, das in den Winternächten von einer schwachen Lampe im Wohnzimmer gespendet wird.

In unserem Haus ist es nie so gewesen, nicht einmal, bevor meine Mutter starb. Ich erinnerte mich, daß mein Onkel in einem ärmellosen T-Shirt und Unterhose in der Tür des Schlafzimmers meiner Eltern stand und zitterte. »Verdammt«, sagte er, »hier ist es immer eiskalt.«

Es war mein Onkel, den ich dort eingefroren stehen sah, als Rick und ich den Anzug holten, in dem mein Vater beerdigt werden sollte. »Bonnie«, sagte er. »Dreh die gottverdammte Heizung an.«

Ich sah, wie sie nackt, mit ausgebreiteten Armen und harten, rosafarbenen Brustwarzen auf ihn zuging. »Hier ist sie, Andy. Hier ist sie.« Sie meinte die Wärme.

Der Anzug meines Vaters sah altmodisch aus, wie nie getragen.

»Das ist er«, sagte ich und zeigte ihn Rick.

Er betrat das Schlafzimmer nicht. Vielleicht spürte auch er die beiden dort drin. Meine Mutter unter den Laken, die ein schwarzes Höschen und einen schwarzen BH trug. Die Finger meines Onkels, der sich eilig an den Ösen zu schaffen machte. Ein Fluß aus Blut, der unter ihnen anschwoll wie ein indianischer Grabhügel und dann austrocknete. Doch jetzt war es nur noch ein Bett aus rotem Lehm von der Farbe eines Viehstalls. Und nun war schließlich auch mein Vater für immer gegangen.

Im Sarg sah er zum erstenmal, seit ich denken konnte, ärgerlich aus. Es lag daran, daß sich seine Augenbrauen im Tod entspannt hatten und nach unten gesunken waren. Als er noch lebte, waren sie immer mit einem Ausdruck unterwürfiger Verwirrung nach oben gezogen, als wollte er sagen: »Tut mir leid«, sogar dann, als er seine Frau beobachtete, die mit seinem jüngeren Bruder davonsegelte und dabei ihr Bikini-Oberteil in der Luft schwenkte – wie eine Fata Morgana, die verschwand, wieder auftauchte, kleiner wurde und schimmerte, bis sie nur noch als ein Glitzerfaden auf dem funkelnden Wasser erkennbar war. Die ganze Zeit über waren seine Augenbrauen entschuldigend hochgezogen gewesen.

Aber als mein Vater in seinem blauen Anzug im Sarg lag, die wächsernen Hände gefaltet, die Augen geschlossen, mit diesem veränderten Gesichtsausdruck, sah er nicht mehr so aus, als würde er uns allen vergeben. Er sah aus wie ein Mann, vor dem man sich vielleicht sogar ein bißchen fürchten würde, wenn er am Leben wäre. Jemand, der beim Schneeschaufeln gestorben war, nachdem er sein ganzes Leben lang Schnee geschaufelt hatte, und der letztendlich darüber verbittert war. Nachdem Pfarrer Roberts gesagt hatte, was er über Staub zu Staub sagen mußte, drückte Ricks Mutter meine Schulter. »Er hat dich geliebt«, sagte sie.

Die Kirche war für Weihnachten mit Stechpalmen und roten Bändern geschmückt und roch nach Kiefernnadeln und geschmolzenem Wachs. Nur zwei Bänke in der vorderen

Reihe waren besetzt; dort saßen Ricks Onkel, Tanten und Cousins und die Cousins zweiten Grades und seine Großmutter, die selbst ein Skelett war. Sie war über einen silbernen Stock gebeugt und glich einer mumifizierten Fledermaus – starr, die schwarzen Flügel um sich gefaltet. Sie lächelte jedesmal ganz begeistert, wenn sie meinen Blick auffing und wedelte mit ihren knochigen Fingern durch die Luft, als wolle sie damit das Fallen des Schnees nachahmen.

Keiner von ihnen hatte meinen Vater gekannt, aber während der Predigt von Pfarrer Roberts schauten sie nicht auf die Uhr. Höflich sahen sie nach vorn in den schwachen Lichtschein, der von seinem blendend weißen Sarg ausging. Sie waren wegen Rick gekommen, der zu ihnen gehörte.

Hinterher lud Mrs. Schmidt alle zu Schinkensandwiches mit Mayonnaise ein, und alle drückten mir die Hand und sagten: »Tut mir leid.«

Die Frauen in Ricks Familie hatten glänzendes, mit Haarspray fixiertes Haar und trugen marineblaue Kleider mit Häkelkragen oder Fabrikspitze und weiße Strumpfhosen. Ihre Ehemänner wirkten erschöpft, die Krawatten schienen ihnen lästig zu sein, und jeder sah zumindest ein bißchen wie Rick aus. Dichtes schwarzes Haar. Braune Augen. Neben ihnen wirkte Rick groß, wie jemand, der sich zu sehr bemüht, in einer Menge nicht aufzufallen. Übertrieben höflich schüttelte er ihre Hände, wenn sie ihm kondolierten und ihn gleichzeitig beglückwünschten. Es tat ihnen leid, daß sein Schwiegervater gestorben war. Die Glückwünsche galten seiner kürzlich geschlossenen Ehe. Jedesmal, wenn jemand das sagte, sah Rick überrascht aus, als hätte er als letzter von diesen Veränderungen in seinem Leben erfahren. Als wäre alles arrangiert worden, während er nicht in der Stadt war.

Und Rick war der einzige, der seine Großmutter nicht auf die fleckigen Lippen küßte und so tat, als sei sie nicht verrückt. Er konnte sie nicht einmal ansehen. Aber seine Cousinen sagten: »Ja, Grandma«, wenn sie fragte, ob Rupert, ihr seit Jahrzehnten verstorbener Mann, schon den Truthahn tranchiert habe. »Aber gewiß doch«, wenn sie fragte, ob sie die Kreditverträge verbrannt hätten, und »nein, nein«, wenn sie alarmiert aussah. Aber wenn die alte Frau ihre Augen auf Rick richtete, wenn sie »Rick« sagte und mit ihrer blassen Hand in seine Richtung deutete, gab er vor, nichts zu hören – obwohl ein Schweißfilm auf seiner Oberlippe lag wie ein Nebelstreifen.

Gary läßt das Licht an, schließt aber beim Hinausgehen die Schlafzimmertür hinter sich. Ich höre seine Absätze über den Gang knallen. Rob setzt sich auf und zieht seine schwarzen Socken an.

Während wir geschlafen haben, ist es dunkler geworden – Zinnblau inzwischen –, und es riecht nach nahendem Winter. Ein Geruch nach nassen Federn, Lumpen und gärenden Äpfeln, die sich in weiche, braune Klumpen verwandeln, wenn es kälter wird. Das Licht läßt die gelben Schlafzimmerwände erglänzen wie Zitronenschalen, und aus dem Wohnzimmer dringt eine Stimme herüber. Zuerst denke ich, es sei der Fernseher, aber dann höre ich Gary eine Frage stellen, und jemand antwortet. Eine Frau. Dann höre ich sie schreien: »Warum zum Teufel bringst du Huren in mein Haus?«

Rob beugt sich über mich, beide Ellbogen neben meinem Gesicht aufgestützt, und küßt mich mit trockenen Lippen. »Mach dir ihretwegen keine Sorgen«, sagt er und richtet sich wieder auf. Aber er erklärt mir nichts. Er zieht sich weiter an, stopft die weißen Hemdzipfel in die Jeans, schlüpft in die

Stiefel und zieht die Hosenbeine darüber. Dann wirft er mir eine Kußhand zu und schließt die Schlafzimmertür hinter sich. Im Nebenraum höre ich immer noch die lauter und leiser werdende Stimme der Frau. Wie ein Blasinstrument. Als übe jemand auf einer Klarinette. Es klingt sehr erregt, aber ich kann kein Wort verstehen.

Ein paar Tage nach der Beerdigung meines Vaters sagte Mrs. Schmidt nach dem Frühstück, nachdem Rick und sein Vater gegangen waren: »Du mußt dir überlegen, was du mit dem Haus deines Vaters machen willst, Leila. Du solltest es vielleicht verkaufen. Oder vermieten. Es sollte nicht allzulange leerstehen.«

Überraschend war an diesem Morgen eine silberne Sonne in einen klaren Himmel aufgestiegen, die uns alle blendete. Ich hatte an meinen Vater gedacht, der in einem Schubfach des Leichenhauses lag: Es sei zu spät oder zu früh im Winter, um ihn zu begraben, wurde gesagt. Ich stellte mir vor, wie er in seinem blauen Anzug auf einem Steinblock im Dunkeln lag. Vielleicht würde er vor Schreck wieder zum Leben erwachen, wenn sie ihn im grellen Schein dieser Lampen herauszögen. Ein magerer Bär im Winterschlaf, ohne Pelz. Sein weißer Sarg, der auf ihn wartete, wäre unerträglich strahlend.

»Vielleicht sollten wir heute zusammen rübergehen, Leila, und zumindest die Post holen. Hättest du Lust dazu, mein Schatz?«

Ich nickte. »Das werde ich tun«, sagte ich.

»Ich komme mit«, bot Mrs. Schmidt an, während sie Toastkrümel in die Hand wischte. Sie hielt ihre Küche sauber und schmückte sie mit Blumen und Schwänen. Dicke, rosafarbene Kordeln hielten die Vorhänge zusammen wie Zöpfe oder Arme, die an die Fensterrahmen geheftet waren. Mrs.

Schmidt war nie im Haus meines Vaters gewesen, und ich konnte mir ihren Gesichtsausdruck vorstellen, wenn sie die kahle Küche betrat.

»Nein«, sagte ich, »ich gehe lieber allein.«

Mrs. Schmidt fragte mich immer wieder, ob ich mir sicher sei, und ich war es.

Gary kommt wieder ins Schlafzimmer zurück. Ich habe inzwischen mein blaues Kleid angezogen und sitze mit angezogenen Knien, gegen das Kissen gelehnt und die Füße unter der Decke, auf dem Bett. Er hat eine Flasche Bier für sich und eine für mich, genauso wie beim erstenmal, als er den Witz über meinen Job machte, daß ich im Dienst nicht trinken, aber mit Fremden ins Bett gehen dürfe – damals, als er mich zweimal ins Gesicht geschlagen hat und ich etwas mit silbernen Flügeln über das Swan Motel fliegen hörte.

»Danke«, sage ich, als er sie mir reicht. Die Flasche ist glatt und grün.

Gary sitzt neben mir auf der Bettkante, befühlt mein Knie, schiebt das Kleid hinauf, um die nackte Haut zu berühren.

»Hör zu«, sagt er, »ich habe dir was zu sagen.« Er starrt auf die gelbe Wand gegenüber, während er spricht, und ich betrachte sein Profil. Unter dem dichteren Bart kann ich die Kinnlinie nicht mehr erkennen. Keine Spur mehr von der Narbe, die wie ein Wurm wieder in der Erde verschwunden ist. Er holt Luft. »Hör zu«, sagt er, »meine Frau ist hier, und sie will, daß ich heute nacht mit zu ihr gehe. Um unseren Jungen zu besuchen. Verstehst du?«

Er sieht mir in die Augen, und ich nicke.

»Ich komme so schnell wie möglich zurück.« Er lächelt. Er sagt: »Ich liebe dich«, und schließt die Augen, als er mich küßt.

Meine Augen sind offen. Seine Armbanduhr leuchtet strahlend auf. 8 Uhr 12.

Er löscht das Licht beim Hinausgehen, und ich setze mich in der gelben Dunkelheit im Bett auf.

Mein neues Leben, denke ich. In diesem Moment sollte ich hinter der Rezeption im Swan Motel stehen. Statt dessen bin ich hier – Scheinwerfer streichen über das Schlafzimmerfenster einer Fremden und den tintennassen Himmel, unsicher schwankend und strahlend wie UFOs oder Heilige. Noch einmal höre ich die Stimme der Frau im Vorgarten, nur zwei Silben. Sie sagt: »Warte.« Dann höre ich das Geräusch von Stiefeln, die durch Blätter gehen. Der Hund läuft frei herum und schleift die Kette über den Boden. Er hechelt mit feuchtem Atem. Dann nichts mehr. Auch Rob muß gegangen sein.

Ich trinke das Bier aus, bis zum letzten Tropfen. Es liegt etwas Tröstliches im letzten Schluck eines bitteren Getränks. Meine eigene Wohnung scheint weit weg zu sein. Ebenso der Wagen, der verrostete Duster. Das Swan Motel. Es ist, als wäre ich noch einmal geboren worden. Der letzte Schluck Bier schmeckt am süßesten. Wie Zucker und Bernstein, der vor vielen Jahren geschmolzen ist. Der Geschmack erinnert mich an die Erntezeit. An eine goldfarbene Jahreszeit. An einen lächelnden Farmer mit einer Heugabel neben seiner mürrischen Frau.

Ich warte noch ein bißchen, bevor ich aufstehe, die Tür öffne, den dunklen, leeren Gang hinunter sehe und hinaustrete.

In der Einfahrt, in der mein Vater zusammengebrochen war, waren Tierspuren – und ich stellte mir vor, daß sich sein Herz mit dem Geräusch einer rostigen Kellertür zusammenkrampfte.

Es waren Katzenspuren. Hunderte und Aberhunderte von Katzenspuren im Schnee. Das grelle Licht der Sonne ließ diese Pfotenabdrücke schimmern wie neue Münzen – wie Münzen und Diamantensplitter, die an der Stelle über den Schnee verstreut waren, wo er starb. Jemand hatte seine Schaufel gegen die Kühlerhaube seines Autos gelehnt.

Im Haus kniete ich mich hin und berührte einen der alten karierten Hausschuhe meines Vaters. Er lag unter dem Küchentisch. Immer noch warm, dachte ich, bevor ich mir klarmachte, daß das nicht sein konnte. Ich roch daran, aber er roch nur nach der Gummisohle. Ich hatte vergessen, warum ich im Haus meines Vaters war. Es war albern, den Hausschuh ans Herz zu drücken, daher stellte ich ihn wieder auf den Boden. Dann fiel mir die Post ein.

Der Briefkasten war vollgestopft, aber es war nur Mist darin. Mr. Jack Murray, SIE SIND VIELLEICHT SCHON MILLIONÄR. Mr. Jack Murray, abonnieren Sie den *TV Guide* jetzt, und Sie erhalten sieben Exemplare KOSTENLOS!

Aber zwischen den Pizzacoupons und Glanzpapier war ein Umschlag, der sich klein und gewöhnlich anfühlte. Ich drehte ihn um. Er war an Miss Leila Murray adressiert.

»Hallo«, sagt er, als ich ins Wohnzimmer trete, und ich bin vollkommen verblüfft. Es war so still, und ich hatte niemanden die Einfahrt hereinfahren hören. Er sitzt in dem Fernsehsessel und hat die Beine hochgelegt.

»Hallo. Ich bin Leila«, sage ich und hebe grüßend die Hand.

»Ich bin Garys Freund, Andy.«

Er wirkt verlegen, aber ich setze mich mit zusammengepreßten Beinen auf die Couch gegenüber und streiche mein dünnes Kleid über die Knie hinunter. Er ist vielleicht dreißig, sieht aber jünger aus. Er hat braunes Haar mit struppigen Koteletten. Ein Gewichtheber. Er trägt ein hellblaues T-Shirt, auf dem in weißen Buchstaben TAWAS BAY steht und ein Segelboot zu sehen ist. Die großen Arme und die mächtige Brust beulen das T-Shirt aus und lassen es wie eine zweite Haut wirken. Draußen raschelt die Nacht ums Haus wie etwas, das heimlich näher kriecht.

Meine Tasche liegt noch immer auf der Couch, wo ich sie hingeworfen hatte, als ich Gary ins Schlafzimmer folgte, und sie wirkt hier seltsam vertraut, wie etwas, das mir in einem anderen, längeren Leben gehört hat. Oder etwas, das ich vor Jahren weggeworfen habe, und das mysteriöserweise wiederaufgetaucht ist. Ich hebe sie auf und lege sie in meinen Schoß wie ein Haustier, ein rotes Plastikhaustier, während Garys Freund auf seine Armbanduhr sieht. Ich kann die Uhr ticken hören, schnell wie ein winziges Maschinengewehr. Oder eine kleine weiße Ratte, die rhythmisch an einer leeren Dose kratzt. Oder wie Regen. Ich ziehe den Reißverschluß an meiner Tasche auf und bin nicht überrascht, daß das Geld weg ist. Das ganze grüne Bündel ist verschwunden.

Ich denke an die Ballerina, die für immer in meiner Schmuckschatulle erstarrt ist.

Den blechernen Walzer, der erstickt wurde.

Die Leere in der Tasche gibt einen eigenen Ton von sich. Ein kühles Gähnen. Ein Besen, der Babypuder vom Boden kehrt. Weiße Flügel und Luft.

Zweitausenddreihundert Dollar.

Auch die Wagenschlüssel sind weg.

Jetzt riecht es im Bauch dieser Tasche nur nach altem Zigarettentabak, aber es sind auch keine Zigaretten drin. Keine Streichhölzer. Keine Asche.

Plötzlich füllen sich die diamantförmigen Fenster in der Eingangstür mit strahlendem Licht. Scheinwerfer. Motoren sind zu hören, die abgestellt werden, und zuschlagende Türen. Als ich jedoch auf den glitzernden Diamanten in der Vordertür zugehe, wird er schwarz, und ich denke, ich habe vielleicht endlich das gekauft, wofür ich das Geld gespart habe.

Als ich siebzehn wurde, ging ich in die Bibliothek von Ottawa City, um nach meiner Mutter zu suchen. Auf diesen Gedanken war ich zuvor nie gekommen. Aber plötzlich stand er klar und deutlich vor mir: Es war genau das, wovor ich mich immer gefürchtet und wonach ich mich immer gesehnt hatte.

Der Bibliothekar war ein Mann mit roten Lippen und weichem, weißem Haar, das bis auf die Schultern reichte. Sogar wenn er lächelte, sah er wie ein trauriger Clown aus. Er war zart, mit langen Fingern und weicher Haut. Mit diesen weichen Fingerspitzen berührte er meinen Ellbogen, als er mir zeigte, wo die Mikrofilme aufbewahrt wurden. Ich nannte ihm den Jahrgang, den ich anschauen wollte, und er klopfte mit seinen langen rosafarben Fingernägeln gegen eine der Metallschubladen. »Hier«, sagte er.

»Was soll das heißen?« frage ich. Er umklammert den Türknopf fester und sieht mich nicht an. Dann stellt er sich mit seinen breiten Gewichtheberarmen vor die Tür. »Warum hindern Sie mich, rauszugehen?«

Er zuckt die Achseln, als wäre es ihm peinlich, und sagt: »Das ist Garys Angelegenheit. Ich mache nur, was er mir aufgetragen hat.«

Die Stimmen draußen kommen näher, und inzwischen sind noch mehr Scheinwerfer in der Einfahrt zu sehen. Ich höre das Kreischen von Bremsen. Ein Mann lacht. Ein anderer ruft: »Ja!« Jemand dreht den Türknopf von außen und drängt sich herein. Ich rieche kalte Luft und Whisky, und ein eisiger Windhauch zieht an Garys Freund vorbei ins Haus herein.

Der Mann, der zuerst das Wohnzimmer betritt, hat rotes Haar, eine Bierdose in der Hand und eine Zigarette im Mund. Ich kenne ihn aus der Big City Bar. Bei meinem Anblick lächelt er nicht. Die Tür ist halb geöffnet, draußen herrscht tiefe Dunkelheit, und als die Tür ganz aufgeht, dreht mir Garys Freund den Rücken zu und streckt die Arme nach beiden Seiten aus wie ein Verkehrspolizist – um mich am Weglaufen zu hindern, nehme ich an, obwohl ich daran überhaupt nicht gedacht hatte; warum hätte ich weglaufen sollen, wohin hätte ich laufen können, ohne Auto, ohne Geld, in einem dünnen Sommerkleid in einer kalten Nacht, verloren und auffällig wie eine weiße Ratte unter donnernden Wolken und dem schwarzen Nest einer Eule.

Ich saß auf einem harten Stuhl vor dem summenden, hellen Mikrofilmprojektor, der mein Gesicht wärmte, und ich drückte den Knopf, der die Seiten schnell über den Bildschirm flattern ließ. Ganze Jahre huschen vorbei. Dünne, fragile Seiten, die zu schnell und zu leicht sind, um sie festzuhalten.

Meine Mutter dort zu finden war leichter, als ich gedacht hatte. Da war sie, ein vertrautes Foto – ihr Porträt aus dem Jahrbuch der High-School. Sie trägt ihr schwarzes Kleid, im Ausschnitt eine blasse Perlenkette. Sie lächelt. Und auf einem anderen, späteren Schnappschuß weiter hinten in der Zeitung, steht sie mit den Rücken zu einer Menschenmenge. Die Gesichter hinter ihr sind grau und verwackelt. War es eine Parade? War das ein Festwagen hinter ihr, der mit Papierrosen geschmückt war? Winkte eine unscheinbare Schulballkönigin über die Schulter meiner Mutter, oder war es ein Gipschristus an einem Kreuz, der in die körnige Luft gehoben wurde?

Was auch immer hinter ihr war, meine Mutter lächelte breit, obwohl sie gegen die Sonne nichts sehen konnte. Ihre Arme waren lang und nackt, und ihr ärmelloses Oberteil war tief ausgeschnitten und entblößte weiße Haut. Nur auf ihren Schultern zeigten sich die Schatten dessen, was vor ihr stand, und das wirkte sexy. Man konnte sich vorstellen, warum dieses Foto in allen Zeitungen immer und immer wieder abgedruckt wurde – in Grand Rapids, Detroit, Kalamazoo. Eine ihrer Schultern war leicht gehoben, eine Pose, als sagte sie scherzend *Nimm mich, ich bin dein* – wenn dies kein Foto wäre. Wenn sie nicht tot wäre. Kein Glamourgespenst wäre.

Und sie hatten recht, man kaufte diese Zeitung. Wenn Sie ein Mann wären, würden Sie vielleicht mit einem Glas Wein oder Bier in einem Sessel sitzen, während jemand in der Küche Hähnchen für sie zubereitete, und Sie würden ihr Bild lange ansehen.Wenn Sie eine Frau wären, würden Sie das Foto eingehend betrachten und sich fragen, warum sie schön war, und ob Sie selbst schön sind oder nicht. Sie würden am

Abend nach dem Bad Ihr Haar lose am Hinterkopf aufstecken, genauso, wie die Ermordete es getragen hatte, und wüßten nicht genau, warum Sie das taten. Aber gleichzeitig würden Sie denken, *genau das passiert Frauen wie Bonnie Murray*. Gleichgültig, wer Sie auch waren, Sie wüßten ihren Namen inzwischen. Ihr Name gehörte dem ganzen Land, genauso wie die öffentlich zugängliche Bibliothek oder der Name einer belebten Kreuzung.

Ich betrachtete lange die Fotos, las aber außer den Bildunterschriften und den Schlagzeilen, die nicht zu übersehen waren, nichts. FRAU AUS SUSPICIOUS RIVER VON LIEBHABER/SCHWAGER ERSTOCHEN. *Bonnie Murray, 24, ermordet.* VERBRECHEN AUS LEIDENSCHAFT? *Mordopfer war hochbezahlte Prostituierte, Polizei ermittelt. Sang jeden Sonntag im Kirchenchor.*

Nach den Neuigkeiten des Oktobers kamen die Neuigkeiten des Novembers. Ein Erdbeben irgendwo. Gräben voller Leichen in einem anderen Land – lauter Jungen in Bluejeans, weißen Tennisschuhen und T-Shirts, auf denen in weißen Blockbuchstaben die Namen amerikanischer Baseballteams standen. *Militante Kräfte, behaupten Regierunsquellen.* Ein Flugzeugabsturz irgendwo. 47 Leichen geborgen. 87 vermißt. Über 44 Hektar abgeerntete Felder verstreut.

Auf einer anderen Seite entdeckte ich dann meinen Onkel, der, vom Blitzlicht geblendet, unbeholfen und mit zusammengeketteten Füßen vom Rücksitz eines schwarzen Wagens kletterte.

Mörder erhält pro Tag hundert Liebesbriefe von Frauen des ganzen Landes, berichten Gefängnisbeamte Reportern.

Ich starrte auf das Foto meines Onkels, der selbst in der grauen Gefängnisuniform und in Handschellen hübsch aussah. Ich verstand, warum sie ihm schrieben. Sein Haar war lang, obwohl er selbst im Gefängnis versucht haben mußte, es mit Brillantine zurückzukämmen. Dennoch fiel es feucht über seine Augen. Ich konnte mir vorstellen, wie Sekretärinnen, rosa Wolljäckchen lose um die Schultern gelegt, die Zeitung in einer Kantine herumreichten – sie reckten sich, lachten, während vor ihnen auf einem Teller ein blasses Salatblatt und die nasse Kruste eines Toastbrotes lagen. Vielleicht lasen sie sich den Artikel abwechselnd vor, schauten sich über die Schultern, um sein Bild zu betrachten und wurden von einem Mann in einem blauen Polyesterblazer unterbrochen, der sagte: »Zeit, wieder an die Arbeit zu gehen, Mädels.«

Auf einem Foto sahen die Augenbrauen meines Onkels dunkler und zusammengekniffener aus, als sie in Wirklichkeit waren. Er wirkte schrecklich müde, krank vor Verlangen, wie ein Mann, der einen erstechen würde, wenn man ihn nicht genügend liebte. Ein Mann, der dir das Handgelenk an die Wand drücken und die Bluse zerreißen würde. Ein Mann, der dich von deinem durchschnittlichen Ehemann fortlocken könnte – von deinem Ehemann, der nie genug Geld verdiente, um mit dir irgendwohin in die Ferien zu fahren.

»Du gehst besser wieder ins Schlafzimmer«, sagt Garys Freund und sieht dabei auf meine nackten Füße. Auf den Hausstufen warten noch ein paar Männer, um hereingelassen zu werden. Sie sind still, aber ich kann ihre Stiefel auf den Holzplanken hören. Ich kann sie atmen hören.

Im Schlafzimmer schalte ich das Licht aus, lege mich ins Bett, rolle mich auf den Bauch und drücke das Gesicht ins Kissen. Ich schließe die Augen und öffne sie nicht, wenn jemand die Tür aufmacht.

Ich öffne sie nicht, wenn er sich auf die Bettkante setzt.

Ich höre, wie er die Schuhe auszieht. »Zieh dein Kleid

aus«, sagt er, und ich rolle auf den Rücken, knöpfe es auf und lege es zusammengefaltet neben dem Bett auf den Boden, damit es nicht zerknittert. Ich habe die ganze Zeit die Augen fest verschlossen. Ich schwebe über meinem Körper, bereit, geboren zu werden.

Der moderne Frauenliebling. Da war er. *Bekennt sich des Totschlags schuldig.*

Ihr Tod war ein Unfall, behauptet er.

Hohe Backenknochen. Jungenhaft kaltblütiger Blick: Er ist der Hübschere, der Jüngere, der Verdorbene und Attraktive mit einem schnellen roten Flitzer, den es nicht kümmert, daß dein Mann sein Bruder ist. Er will dich. Er ist ein Mann, den du nie kennenlernen wirst, ein Mann, an den du denken kannst, wenn du an der Schreibmaschine sitzt oder das Abendessen kochst oder an einem Novembermorgen, wenn es noch dunkel ist, die Kinder zur Schule fährst.

Ich wußte, warum ihm diese Frauen Briefe ins Gefängnis schrieben, warum sie ihm Hafermehlplätzchen schickten. Selbst ich konnte das verstehen, obwohl ich diejenige war, die ihn mit trübem Blick und offendem Mund am Fußende eines Bettes mit dem Blut meiner Mutter auf der Brust gesehen hatte.

Ich starrte auf den Mikrofilm und sah gleichzeitig Dutzende von Frauen, die sich mit Kugelschreibern an ihre Tische setzten, während ihre kleinen Töchter schliefen und ihre Ehemänner in Hobbyräumen feuchte Zeitungen lasen. *Sie kennen mich nicht*, würden sie vielleicht beginnen, *aber ich habe in der Kalamazoo-Gazette über Sie gelesen.*

Diese Frauen glaubten, sie wollten einen Mann wie ihn, aber eigentlich wollten sie sterben.

Der Brief war beidseitig beschriftet; es war ein Blatt Papier, das aus einem Notizblock herausgerissen war. Die Schrift war klein und starr, schwarze Blockbuchstaben.

Liebe Leila. Du wirst dich wahrscheinlich nicht mehr an mich erinnern, da Du noch ein kleines Mädchen warst, als ich fortging. Aber ich bin der Bruder deines Vaters. Ich habe gerade erfahren, daß mein Bruder Jack letzte Woche gestorben ist, und ich wollte Dir diesen Brief schreiben, um Dir zu sagen, daß es mir leid tut. Er war ein guter Mensch, und ich bin sicher, daß Du ihn vermißt. Du weißt vermutlich, daß ich achteinhalb Jahre im Gefängnis war. Wegen Totschlags. Aber jetzt habe ich in Indianapolis ein neues Leben begonnen. Ich teile Dir auch meine Telefonnummer mit; ich hoffe, daß Du mich anrufst, falls Du irgend etwas brauchst. Trotz allem, was passiert ist, bin ich immer noch dein Onkel. Ich denke an Dich in dieser schweren Zeit. Liebe Grüße, Andy Murray.

Ich faltete den Brief wieder zusammen und steckte ihn in den Umschlag zurück, dann schob ich ihn in meine Manteltasche. Ich hörte den geschmolzenen Schnee vom Dach der Hausverkleidung heruntertropfen. Die Sonne schien, auf den Fenstern glitzerte altes Eis, und von den Traufen hingen dolchförmige Zapfen.

Ich ging zum Schlafzimmer meiner Eltern und öffnete die Tür.

Im Dunkeln, mit den heruntergezogenen Jalousien, hinter

denen soviel Licht war, sahen die Laken auf dem Bett verblichen und blau aus.

Nichts hatte sich verändert.

Ich schloß die Augen.

Der Schatten meiner Mutter schwebte noch immer über dem Bett – der seidene, blutgetränkte Slip war inzwischen schwarz und auch kein Slip mehr. Ihre Augen waren offen, und sie lächelte. Ihre Beine waren lang und weiß. Wie unter Wasser hörte ich mein Herz in meiner Brust schlagen, und mein Atem klang wie das zischende Klagen des Windes, der durch die Mauerspalten fegte. Als ich die Augen öffnete und mich umdrehte, stand er hinter mir.

Älter inzwischen.

Sein Haar war im Gefängnis grau geworden.

Aber dieselbe Hose. Dazu ein hübsches weißes Hemd mit umgeknöpften Kragen. Ich konnte ihn riechen. Puder und Alkohol, vermischt mit Rasierwasser. Er sah überrascht aus, als er mich sah, und ich schrie.

»Mach die Augen auf«, sagt er, und sein Atem ist heiß von Wodka und etwas anderem, das wie weißes Feuer über mein Gesicht streicht, aber ich kann meine Augen nicht öffnen. Es ist zu hell. »Was zum Teufel ist los mit dir? Bist du eine Irre oder so was?«

Er rollt von mir runter, liegt auf der Seite und streicht meinen Körper hinauf und hinunter wie ein Mann, der eine Theke poliert. »Jesus Christus«, sagt er. Er schlägt mich ein paarmal leicht auf die Wange, aber ich kann mich nicht rühren.

»Na schön«, sagt er und zieht das Laken weg. Das sagt er zu jemand anderem, der die ganze Zeit mit im Zimmer gewesen sein muß. »Sie gehört dir, Bud. Eine verdammte Irre.«

Die Schlafzimmertür öffnet und schließt sich, während ein nackter schwerer Körper auf mir niedersinkt und meine Beine spreizt. Draußen weht der Wind. Blätter werden von den Bäumen geschüttelt, bis sie wieder Skelette sind. Jemand sagt: »Mach den Mund auf«, und lacht, als ich es tue. »Aber ihren Mund kann sie aufmachen.« Mehr Gelächter. Mehr Wind draußen.

Das Licht, das durchs Küchenfenster fiel, schimmerte aschgrau, als ich schnell und schwer atmend zur Hintertür lief – an meinem Onkel und meinem eigenen Schlafzimmer vorbei, ins Freie hinaus. Die Fliegentür schlug hinter mir zu.

Draußen war die Luft scharf und eisig, frisch und blendend, so daß ich beim Gehen den Kopf nicht heben konnte. Meine Augen tränten, verwandelten die Welt in einen seltsamen, verhangenen Spiegel, aber beim Blick auf den weißen Boden sah ich, daß meine Fußabdrücke an der Stelle, wo mein Vater gestorben war, die schmelzenden Katzenspuren zerstörten; ich ging die Straße hinunter. Ich öffnete meinen schwarzen Mantel und stopfte meine Fäustlinge in die Taschen, während ich ging. Ich ging zu dem einzigen Haus in unserer Nachbarschaft, das ich je betreten hatte – der einzige Nachbar in unserer Straße, den ich je kennengelernt hatte. Ich läutete und wartete, die Hände tief in den Taschen meines Mantels vergraben.

Als er schließlich zur Tür kam, trug Pfarrer Roberts einen Bademantel, aber er öffnete die Fliegentür, sah besorgt aus und schielte hinter mir auf die Straße hinaus, als ich eintrat.

»Leila«, sagte er, »du solltest hier nicht einfach vorbeikommen, weißt du. Es ist niemand zu Hause, aber wenn meine Frau …« Er hob die Hände zur Decke, als wäre der Rest zu klar, um gesagt zu werden, als stünde alles auf der beigefarbenen Decke über uns. Er wirkte verärgert, als er mich ansah. »Was ist los mit dir?« fragte er ungeduldig, und dann, nachdem es ihm wieder einfiel: »Tut mir leid.« Er berührte meine Schulter und murmelte noch einmal: »Tut mir leid. Die Sache mit deinem Vater.«

Ich konnte seinen Atem riechen. Abgestanden und gelb. Seine Füßen unter dem ausgebeulten Bademantel waren nackt, sein Haus war warm, überall gebrochen weiße Tapeten und tiefbrauner Teppichboden, der sauber und weich aussah – und jeder Zentimeter Wand war mit Fotos bedeckt, die in Sprühgoldrahmen steckten, oder mit kleinen Ölgemälden, auf denen der Ozean, eine Kuh, ein junges Mädchen in einem weißen Sommerkleid auf einer Schaukel, ein Kreuz oder ein sepiafarbener Jesus zu sehen war.

Ich schaute ihn an, und diesmal wirkte er ängstlich, als er mir ins Gesicht sah. Er zuckte mit den Achseln, bevor ich ihn etwas fragte, und sagte: »Leila, ich glaube nicht, daß ich dir helfen kann. Was wir gemacht haben, war wirklich ein schrecklicher Fehler. Ich könnte meine Gemeinde verlieren, verstehst du? Du kannst hier nicht vorbeikommen. Ich dachte, du hättest das verstanden. Wenn das jemand herausfindet, wäre mein Leben ruiniert.«

Ich sah zu Boden und entdeckte, daß der Schnee von meinen Stiefeln auf Mrs. Roberts hübschem Teppich schmolz, und ich begann zu weinen.

Pfarrer Roberts wurde steif, als ich die Arme um seinen Hals schlang und mich schluchzend an ihn preßte. Er versuchte mich wegzustoßen, aber ich klammerte mich stärker an ihn und küßte seinen Hals und seine Wange. Schließlich sagte er: »Hör zu, Leila. Ich werde mich anziehen, und wir gehen hier raus. Du gehst ins Haus deines Vaters zurück und wartest dort auf mich, in Ordnung? Da ist doch niemand, oder?«

Ich schüttelte den Kopf, wischte mir mit dem Mantelärmel über die Augen und holte zitternd Luft. »In Ordnung«, sagte ich.

Als ich die Straße hinunterging, war mir wieder kalt. Die Sonne hatte sich hinter einer Wolke versteckt. Ich konnte nicht allein ins Haus meines Vaters zurückgehen, daher stand ich im Hinterhof und sah in den Himmel hinauf. Als ich die Augen schloß, sah ich schwarze Kreise vor einem gelben Hintergrund, wie Gesichter auf einem Schnappschuß, der an einem zu hellen Tag aufgenommen worden war – sie waren verwischt und ausgelöscht, weil die Kamera direkt ins blendende Licht gehalten worden war.

»Sie macht einfach nicht die Augen auf.«

»Der werd ich die verdammten Augen schon aufmachen. Mach, daß du hier rauskommst.«

Ich weiß, daß er es ist, ohne die Augen aufmachen zu müssen. Ich erkenne seine Stimme. Es ist der Blonde. Von einunddreißig. Der Mann, der mich geschlagen hat, bis ich blutete. Ich kann ihn riechen. Weiches Leder und Jeansstoff. Ich höre, wie er seine Stiefel auszieht und seine Gürtelschnalle aufmacht, was sich anhört wie der kalte Klang einer alten Glocke.

Das Licht im Schlafzimmer ist wieder an und dringt gelb durch meine Augenlider. Die Tür hinter ihm steht offen, und ich höre Stimmen am Ende des Ganges. Gelächter und blecherne Musik aus einem Radio. Wasser läuft ins Waschbecken des Badezimmers. Und dahinter schlängelt sich der Fluß vorbei.

Er setzt sich mit gespreizten Knien auf meine Brust. Das Fleisch seiner Schenkel drückt gegen meine nackten Brüste, und er schlägt mit der Faust auf mich ein, immer und immer wieder. Ich höre, wie seine Fingerknöchel auf meine Knochen im Gesicht krachen. Das dumpfe Trommeln von etwas Hartem auf etwas Hartes, bis ich die Augen öffne. Als ich das tue, lächelt er.

Ich sehe meine Wangenknochen anschwellen.

»Leila«, sagte Pfarrer Roberts. Er war aus seinem langen blauen Auto gestiegen, dessen Motor noch lief. Ich sah immer noch in den Himmel hinauf, drehte mich aber zu ihm um, als er meinen Namen rief. Er wirkte verärgert und schien in Eile zu sein.

»Leila, wir können nicht hierbleiben.« Er sah zur Hintertür des Hauses. »Sperr ab, und wir gehen irgendwohin zum Essen. Danach müssen wir sofort zur Kirche fahren.« Er stieg wieder ein.

Ich zog die Haustür zu, schloß ab und steckte den Schlüssel in die Tasche.

Als ich mich neben ihn ins Auto setzte, sah mich Pfarrer Roberts nicht an, aber es war warm dort drinnen, und das Radio lief. Die Musik kam von hinten, lauter Violinen und Flöten. Ich sah Pfarrer Roberts an. Ein kleiner Mann mit rundem Gesicht, runden Händen, runden Schenkeln. Er trug einen hübschen schwarzen Anzug und eine rote Krawatte. Sein Haar war so dünn und weiß wie das eines Babys. Er sah mich nicht an.

»Es ist sehr wichtig, daß du mich in der Öffentlichkeit nicht anfaßt, Leila, verstehst du. Nachdem du jetzt so einfach in mein Haus gekommen bist, und alle Nachbarn dich hätten sehen können, ist es wichtig, daß wir uns gemeinsam in der Öffentlichkeit zeigen. Als hätten wir nichts zu verbergen. Wir gehen in den Goldenen Drachen zum Mittagessen; danach müssen wir uns unbedingt zusammen in der Kirche zeigen – eine sozusagen pastorale Beziehung zwischen uns herstellen –, damit es aussieht, als würde ich dir in der Zeit der Not beistehen wie jedem anderen Gemeindemitglied auch. Verstehst du das?«

Ich nickte eingeschüchtert. Er seufzte und schüttelte den Kopf, als hätte ich etwas Kindisches gesagt. Aber ich hatte überhaupt nichts gesagt.

Wir fuhren die Straße hinunter, er bog nach Westen in Richtung des Flusses ab. Es waren keine anderen Autos unterwegs. Der Schnee auf der Straße war so festgefahren, daß ich kaum wußte, ob unter den Rädern die Straße oder das Feld war. Nur an ein paar Stellen war er weggeräumt, und der feuchte rote Sand des Feldwegs kam zum Vorschein. Pfarrer Roberts drehte sich nach hinten um, aber wonach er Ausschau halten mochte, es war nichts zu sehen. Er fuhr die gewundene Straße zum Riverside Park hinunter, die im Winter unter der Woche leer sein würde. Das wußte ich.

»Zieh deinen Mantel aus, wir müssen uns beeilen«, sagte er und parkte den Wagen. Der Fluß vor uns glitzerte wie Juwelen, als hätten die ersten Sonnenstrahlen etwas Kostbares aus ihm gemacht.

Im Goldenen Drachen winkte Pfarrer Roberts zwei alten Damen zu, die er kannte und die neben uns in einer roten Plastiknische saßen. Die Frauen lächelten breit und nickten mir mit ihren weißen Köpfen zu – argwöhnisch, fand ich.

»Hallo, Herr Pfarrer«, sagte die Bedienung, als sie uns die Speisekarten reichte. Sie war blond, fast einsachtzig groß, die einzige weibliche Bedienung im einzigen chinesischen Restaurant im Umkreis von achtzig Meilen. Sie hatte einen Südstaatenakzent, und die Leute in Suspicious River sagten scherzend, der Golden Drachen sei nach ihr benannt worden.

»Oh, ich weiß schon, was ich nehme«, sagte Pfarrer Roberts und gab ihr die Speisekarte zurück. »Wir sind heute etwas in Eile, Amanda. Ich nehme nur eine Schale scharfe saure Suppe. Und du, Leila? Ich lade dich ein.« Das sagte er laut genug, damit es die beiden Frauen hinter uns hören konnten.

»Ich nehme das gleiche«, sagte ich und gab ihr ebenfalls die Karte zurück. Sie war aus rotem Plastik, genauso wie die Nische, in der wir saßen, und die Vorderseite zierte ein roter Drache. Der Drache sah aus wie ein böser Hund mit langem, stacheligem Schwanz.

»Also, Leila«, sagte er besorgt und gedämpft, aber immer noch laut genug, daß die beiden Frauen in der Nische nebenan es hören konnten. »Wie geht es dir, seit dein Vater gestorben ist?«

Ich berührte meine Gabel. Sie war kalt. Dann legte ich die

Hände in den Schoß, drehte die Handflächen nach oben und schüttelte den Kopf. »Mir geht's gut«, sagte ich, »Nur das Haus macht mir Sorgen.«

»O natürlich, das muß sehr schmerzlich sein, außerdem eine Menge Verantwortung für dich und deinen Mann. Hast du vor, das Haus zu verkaufen?«

Die Frauen hinter uns verließen die Nische und zogen ihre Mäntel an. Ich hörte sie ein paar Münzen in den Rechnungsteller legen. Eine sah mich an, als sie in den Mantel schlüpfte. Ihre Augen waren fast rosafarben, so klar und sauber waren sie, und ihr ganzes Gesicht war mit Puder bestäubt, der wie eine dicke Mehlschicht auf der Haut lag. Sogar auf ihren Lippen lag Puder. Ich fand, daß sie durstig und ausgetrocknet aussah. Ihr Gesicht blendete, genauso wie der Schnee an diesem Tag.

»Auf Wiedersehen, Herr Pfarrer«, sagte die Frau.

»Ja, auf Wiedersehen, meine Damen.« Er lächelte und winkte ihnen zu.

Die andere sah uns nicht an, aber sie sagte »auf Wiedersehen«, in Richtung der dunklen Blätter eines künstlichen Gummibaums, der in der Nähe der Tür stand.

Als ich sagte: »Ich weiß nicht«, schien er sich nicht zu erinnern, worüber wir gesprochen hatten.

»Was weißt du nicht?« Er sah mich verständnislos an.

»Ich weiß nicht, was wir mit dem Haus machen werden. Irgend etwas stimmt damit nicht...« Ich berührte mit den Fingerspitzen die Lippen, bevor ich es sagte. »Ich glaube... ich meine... ich habe das Gefühl, daß meine Mutter drin ist. Tot. Und ich habe das Gefühl, meinen Onkel zu sehen.« Ich spürte, wie rot ich wurde – ein Topf lauwarmes Blut ergoß sich über mein Gesicht und meinen Hals. Aber ich dachte, wenn ich mit ihm nicht darüber sprechen kann, einem Mann, der von Berufs wegen über Geister und Auferstehung redet, mit wem dann?

»Das ist lächerlich«, sagte Pfarrer Roberts. Dann kam die Bedienung und brachte die Suppe. Er sah zu ihr auf und sagte: »Danke, meine Liebe.«

Ich sah in die Suppe. Dampfschwaden kräuselten sich in die Höhe. Als wäre sie mit wechselhaftem Wetter gefüllt, das sich beruhigte und in neblige Bänder teilte, als ich darauf blies.

Pfarrer Roberts blies ebenfalls auf seine Suppe und rührte mit dem Löffel darin herum, dann blickte er mich an und sagte: »Leila, du brauchst professionelle Hilfe. Der Ansicht bin ich schon lange. Schon seit du ein kleines Mädchen warst. Irgend etwas ist vollkommen schiefgelaufen, und ich kann dir sicherlich nicht helfen. Ich gebe dir den Namen von einem Berater, wenn wir in der Kirche sind, einverstanden?«

Die Lippen kaum geöffnet, schlürfte er die Suppe von seinem Löffel, sah aber hinterher ärgerlich aus, als wäre sie zu heiß gewesen.

Ich nickte. Ich blies auf meinen eigenen Löffel. Die Suppe war dick, grüne Zwiebeln schwammen darauf und direkt unter der Oberfläche Pilze und dünne Streifen aus grauem Fleisch. Ich stellte plötzlich fest, wie hungrig ich war, aber als ich die Suppe probierte, konnte ich sie nicht schlucken. Ich mußte sie schnell wieder auf den Löffel spucken.

Pfarrer Roberts sah mich verblüfft an. »Was zum Teufel ist los mit dir?« fragte er.

Ich legte die Hand auf den Mund. Ich konnte nicht atmen.

»Leila, was ist denn los mit dir?« Dabei hielt er seinen Löffel über der Suppenschale.

Ich begann zu weinen und schob die Suppe von mir weg. Schluchzend sagte ich: »Da ist Blut drin«, und drückte die

Hand fest auf den Mund. »Ich habe Blut darin geschmeckt.« Ich hatte eigentlich nicht weinen wollen.

Er legte seinen Löffel weg und sah mich ängstlich an, sagte aber streng: »Es ist kein Blut in der Suppe, Leila.«

Ich trank einen Schluck Wasser, das rostig schmeckte. Ich hatte Angst, mich zu erbrechen. Ich schmeckte das Salz auf meiner Zunge.

Die Bedienung kam langsam herüber und sah besorgt aus. »Ist alles in Ordnung?« fragte sie.

Pfarrer Roberts sah sie an und sagte: »Amanda, das klingt vielleicht lächerlich, aber es ist doch kein Blut in der Suppe?« Geduldig nickte er mit dem Kopf in meine Richtung und klärte sie mit vielsagender Miene über mich auf.

Die Bedienung legte die Hand auf die Brust und sagte dann ruhig, den Blick auf mich gerichtet: »Nun, ja. Ich fürchte schon. Der Koch macht die Suppe mit Entenblut. Ich bringe Ihnen gern etwas anderes.«

Also gut«, sagte er, ich komme mit dir hinein, wenn das so wichtig für dich ist, aber danach müssen wir zur Kirche rüber, damit es so aussieht, als hättest du dich nur mit deinem Seelsorger getroffen. Diese alten Damen im Goldenen Drachen könnten inzwischen der ganzen verdammten Stadt Gott weiß was erzählt haben. Leila, es ist äußerst wichtig, daß wir einen absolut ungezwungenen Eindruck machen, wenn man uns zusammen sieht.« Er wischte sich mit zwei Fingern über die feuchten Mundwinkel. Wir fuhren wieder den Feldweg am Fluß entlang.

Die Sonne schien noch immer auf den Schnee, unzählige Spiegelscherben lagen am Ufer verstreut, aber inmitten des blauen Himmels hing eine purpurne, dicke Wolke. Prachtvoll. Ein Magnet. Andere Wolken rasten von den Rändern herbei, um sie in der Mitte zu treffen; sie planten einen Schneesturm.

Als wir vor dem Haus hielten, sah ich, daß die Schaufel, die am Kühler des Wagens gelehnt hatte, wieder auf die Einfahrt gefallen war. Sie glitzerte, als wir einparkten. Eine Schaufel voller purpurner Wolken. Wir stiegen aus, und ich folgte Pfarrer Roberts zur Hintertür.

Von außen sah das Haus dunkel und leer aus, aber ich sah, daß sich hinter der Scheibe des Schlafzimmerfensters etwas bewegte, als wir vorbeigingen. »Sehen Sie«, sagte ich und berührte Pfarrer Roberts' Arm. Er fühlte sich erstaunlich knochig an unter dem dicken Mantel.

Ich deutete auf das Schlafzimmerfenster, aber er sah mich

an. Meine Haut spannte sich in der Kälte straff und trocken über die Wangenknochen wie gefrorene Wäsche auf einer Leine. In meinen Augen brannten Tränen, und meine Nase tropfte. Schließlich sah er zum Schlafzimmerfenster hinauf und sagte: »Putz dir um Himmels willen die Nase. Es ist nur unser Spiegelbild«, und eilte vor mir auf die Hintertür zu.

»Das Haus macht einen ganz normalen Eindruck«, sagte er, nachdem er eingetreten war und einen Blick in die Küche geworfen hatte, über der ein Schleier aus blauem Winterdunst lag. Die Luft roch silbrig.

Das Spülbecken aus rostfreiem Stahl, auf dem nur eine Kaffeetasse stand, darin ein weißer Plastiklöffel, der wie eine starre Zunge aussah. Nachdem ich ausgezogen war, hatte mein Vater nur von Papptellern gegessen.

»Ich weiß«, sagte ich entschuldigend und schneuzte mich in eine Papierserviette. Ich drückte sie auf die Augen und sagte: »Hier«, und ging zum Schlafzimmer meiner Eltern voraus.

Die Tür war offen. Ich sagte: »Hier habe ich sie gesehen«, und zeigte auf das Bett. Pfarrer Roberts sah über meine Schulter, während ich an der Tür lehnte und aufs Bett starrte. Wieder schmeckte ich Vogelblut auf meiner Zunge. Und nachdem sich meine Augen an die Dunkelheit gewöhnt hatten, sah ich meine Mutter.

Kleine wäßrige Blutbläschen standen auf ihren Lippen, und ich hörte das Geräusch von Luft, die aus einem zerschlitzten Reifen entweicht.

»Jesus«, sagte Pfarrer Roberts und ging rückwärts von der Schlafzimmertür weg. Seine Zähne waren fest zusammengepreßt, und er schnaufte schwer. »Da ist nichts, Leila.«

Mit ausgebreiteten Armen folgte ich ihm durch den Gang ins Wohnzimmer. »Ich weiß«, sagte ich, »ich weiß«, aber ich hatte das Gefühl, mein Körper würde in einem wirren Gestöber aus Federn durch einen weißen Schlot aus Knochen und Haar davonfliegen. *Hysterisch*, dachte ich, ich werde hysterisch. Ich schluckte und schluckte, bedeckte die Augen mit meinen Händen, dann meinen Mund, um die Federn in mir zu behalten.

»Werd nicht hysterisch«, sagte Pfarrer Roberts, packte meinen Arm und grub seine Finger in meinen Körper, drängte meinen Körper in sich selbst zurück, als sollte ich alles, mein ganzes Selbst, bei mir behalten, und zwar in einem einzigen festen Stück.

»Dort drüben hab ich sie gefunden«, sagte ich. Keuchend lehnte ich mich an ihn. »Ich habe sie dort gefunden.« Ich sah Pfarrer Roberts an und würgte alles wieder in meine trockne Kehle hinunter – Flaum, Federbüschel und abgestoßenes Haar. Meine Lungen waren nackt und flatterten wie zwei ungefiederte Täubchen in meiner Brust. »Mein Onkel hat mir einen Brief aus Indianapolis geschrieben«, sagte ich und zog ihn aus meiner Manteltasche.

Aber Pfarrer Roberts sagte: »Was soll das, Leila? Da ist niemand drin, und du führst dich auf wie eine Verrückte. Dein Mann muß dir helfen, nicht ich. Wir müssen gehen.« Er schüttelte mich und löste sich aus meiner Umarmung, aber ich klammerte mich weiter an ihm fest. Ich wollte den Kopf an seine Brust legen. Der alte Schweiß unter seiner schwarzen Anzugjacke roch wie das verlassene Nest eines Tieres. Ich erinnerte mich an den Geschmack seines Spermas. Es schmeckte chemisch und süß wie kandiertes Aspirin.

»Ich muß gehen, Leila. Man darf meinen Wagen nicht länger als zehn Minuten in deiner Einfahrt stehen sehen. Das habe ich dir gesagt.« Aber während er sprach, glitten meine Arme in seinen offenen Mantel, und ich stellte mich auf die

Zehenspitzen, um seinen Hals zu küssen. Ich war verzweifelt, und der Kuß klang wie ein Keuchen.

»Jesus Christus«, sagte er und schob mich zu der Couch hinüber, wo noch immer die Fernsehzeitung meines Vaters lag, aufgeschlagen, mit der Titelseite nach oben, wie ein Vogel mit glänzenden Papierflügeln.

Pfarrer Roberts war ärgerlich, als er an meiner Hose herumfummelte. Er bekam sie nicht schnell genug herunter, daher zog ich sie aus. Er knirschte mit den Zähnen, warf seinen Mantel auf den Boden und schob mir den Pullover bis zum Hals hoch.

Aber die Couch war zu schmal. Er zog mich auf den Boden hinunter und versuchte in mich einzudringen, was ihm aber nicht gelang. »Du bist trocken«, sagte er angewidert, leckte seine Finger ab, rieb die Spucke zwischen meine Beine, drückte sich wieder an mich, bis er in mir war und zu arbeiten begann. Dabei hatte er die Hände auf beiden Seiten meines Gesichtes aufgestützt und hielt sich damit hoch. Er sah mich nicht an, sondern hielt den Kopf hoch und das Gesicht mit ernstem und erschöpftem Ausdruck nach vorn gerichtet, begann zu schwitzen und schwer zu atmen. Wie ein Mann, der Angst vor Brücken hatte, aber gerade auf einem alten Fahrrad eine überquerte.

Ich konnte mir nicht helfen, ich hörte die beiden. *Bonnie.* Meine Mutter lachte. Dann unterdrückte Geräusche. Sie erstickten etwas im Schlafzimmer.

Du bringst mich um. Du bringst mich um, Leila?

Pfarrer Roberts hielt inne und zog sich zurück; zwischen meinen Beinen rutschte er auf die Knie und begann hektisch seine Hose hochzuziehen.

Leila?

Er zog den Pullover wieder über meine Brüste, aber mein

übriger Körper lag nackt und ausgebreitet auf dem alten beigen Teppich unter ihm wie ein Festmahl, und als ich die Augen öffnete, sah ich Ricks Mutter in dem fahlen Licht, das aus der Küche drang, im Gang stehen. Sie sah wieder jung aus.

Ihr Haar war zu einem Pferdeschwanz zusammengebunden und um den Hals hatte sie einen weißen Schal.

In diesem Licht, das über uns schwebte, sah Mrs. Schmidt schön und kraftvoll aus. Wie eine Fliegerin der fünfziger Jahre. Eine Ballerina, die ihren Höhepunkt noch nicht überschritten hatte und bereit war, in einer Windjacke und in Stiefeln inmitten eines dunkelblauen Schneesturms Schwanensee zu tanzen.

Leila?

Und dann sah sie uns.

Ich schloß die Augen und hörte wie die Gummisohlen ihrer Stiefel über das Linoleum quietschten, und dann fiel die Fliegentür leise hinter ihr zu.

Als ich die Augen wieder öffnete, sah ich, daß Pfarrer Roberts den Blick durchs Wohnzimmer meines Vaters streifen ließ – er war außer sich, eine gefangene Katze. Im Hinterhof der Nachbarn hatte ich einmal eine Katze in einem Käfig gesehen. Sie war versehentlich anstelle des Murmeltiers hineingeraten, das das Fundament ihres Hauses angenagt hatte. Die Katze mußte lange in der Falle gesessen haben. Ihre Augen waren gelb, und von ihrem Maul hingen Schaumfäden, die ihren Hals zu umschlingen schienen.

Ich hatte die Katze durchs Fenster in der Küche gesehen, wo ich gerade abspülte. Ich zog den Regenmantel meines Vaters an und rannte hinaus, um sie zu retten.

Als ich die Metalltür öffnete, um sie frei zu lassen, dachte ich, sie würde schreien. Ich dachte, sie würde mich blutig kratzen und mit ihren langen Zähnen beißen. Aber die Katze verschwand einfach. Weder sah noch hörte ich sie fortlaufen. Der Käfig war einfach leer, als ich wieder hinausschaute, und genauso war es mit Pfarrer Roberts. Ich hörte nicht einmal, wie er den Wagen anließ.

Als ich mit Rick und seinen Eltern zusammenlebte, wurde jeden Abend gelacht. Im Sommer stieg das Gelächter aus dieser buntleuchtenden Kiste wie ein Glühwürmchenschwarm auf und rieselte durch die Fliegengitter auf die Straße hinaus – wie ein elektrisches Brummen, während die Vorhänge im Dämmerlicht einen lockeren, verführerischen Schattentanz aufführten. Ricks Mutter legte die Füße, die in wuscheligen roten Hausschuhen steckten, auf die Couch, und ich sah auf diese Hausschuhe und war mir nicht sicher, ob sie mir gefielen oder ob ich sie gräßlich fand. Meine Mutter hatte nie Hausschuhe getragen.

Ricks Vater lachte jedesmal, wenn im Fernsehen gelacht wurde, und Mrs. Schmidt sah ihn mit verdrehten Augen an, als wäre er ein Idiot oder ein Narr und lachte dann ebenfalls.

Ich konnte beim Fernsehen nie so lachen. Alles kam mir so weit weg und klein vor. Aber in diesen Monaten saß ich mit ihnen im Wohnzimmer, das Haus um mich erstrahlte blau und warm, und die seltsamen Lichtwellen aus dem Fernseher strichen über unsere Gesichter, während die Nacht draußen blauer, dunkler und wie Flußwasser wurde. Den ganzen Sommer über sah ich durch die Fliegengitter in die Nacht hinaus, während drinnen der Fernseher plapperte. Draußen flogen ein paar Fledermäuse vorbei. Die Klinge eines Halbmondes zerschnitt den Himmel in Bänder oder Wimpel aus schwarzem Kreppapier. Aber drinnen strahlte der Fernseher: Ein Boot aus Bergkristallen. Der Hope-Diamant. Eine ganze

Welt im gemütlichen Wohnzimmer der Schmidts, die nur durch einen Fingerbreit Glas von uns getrennt war.

Doch eines Abends im Juli kam sie zu uns herein.

Ricks Mutter erhob sich von der Couch, um die weiße Katze hereinzulassen, die an der Fliegentür kratzte und dann wie ein Blitz an Mrs. Schmidts Beinen vorbei ins Haus schoß, laut schnurrte, naß war und etwas Purpurfarbenes, halb Lebendiges fallen ließ; ein Stück der Nacht.

»Oh, mein Gott«, sagte Mrs. Schmidt, schrie aber nicht.

Mr. Schmidt sprang auf und schob es auf seine Hand. Es war nicht größer als der verletzte Daumen eines Kindes. Er öffnete die Fliegentür und schleuderte es schnell und heftig ins Dunkel hinaus.

»Was war das?« fragte Mrs. Schmidt schweratmend. Die Katze leckte ihre Pfote, immer noch schnurrend, als wäre sie in Ekstase oder läufig.

»Mein Gott«, sagte Mr. Schmidt, »ich weiß nicht, aber die Katze hat nicht viel davon übriggelassen, was es auch gewesen sein mag.« Er beugte sich hinunter, um die heißen, rosafarbenen Ohren des Tiers zu streicheln. »Stimmt's, Miezi?«

Mrs. Schmidt lachte und sagte mit hoher Kinderstimme zu der Katze: »Du hast deiner Mama ein Geschenk gebracht, nicht wahr, Miezilein?«

Sie lachten.

Dann setzte sich die Katze auf Mrs. Schmidts Schoß, die ihre Füße wieder auf die Couch gelegt hatte, und die Sendung lief weiter.

Während der Werbung sah ich an Rick vorbei, der schon lange in einem Sessel eingeschlafen und nicht mehr aufgewacht war. Ich sah durch die Fliegentür in die Dunkelheit hinaus und stellte mir vor, wie dieses blutige Ding durch die

Luft flog und sich schwer verletzt in die Schatten auf der anderen Straßenseite schleppte, um dort zu sterben.

Mrs. Schmidt wich vor mir zurück, als ich ins Haus trat. Ich hatte bereits durch die hintere Verandatür gesehen, wie sie in ihrer Küche hin und her gehuscht war. Diese Tür machte ich langsam auf, blieb auf der Schwelle stehen und hielt die Luft an. Bereit, geschlagen zu werden. Oder erstochen.

Aber Mrs. Schmidt wich nur zurück und schüttelte den Kopf. »Ich möchte, daß du dieses Haus verläßt«, sagte sie. Ihre Wangen waren gerötet, ihre Lippen jedoch blaß und trocken. Es sah aus, als hätte sie unablässig darauf herumgenagt. »Ich möchte, daß du heute noch das Haus verläßt.«

Dann setzte sich Mrs. Schmidt erschöpft auf einen Stuhl am Küchentisch. Die Küche sah zu sauber, zu fröhlich aus – ein Foto von mir und Rick war mit einem schwarzen Magneten am Kühlschrank befestigt. Es stammte von unserem Hochzeitstag. Mrs. Schmidt selbst hatte es im Hinterhof aufgenommen. Wir lächelten, wirkten jung und steif, und ein Magnet heftete uns jetzt an den Kühlschrank. Hinter uns war eine kunstvolle Kaskade aus Flieder. Wir beugten uns ein bißchen vor, als würde uns jemand etwas sagen, das wir nicht richtig hören konnten.

Dann sah Mrs. Schmidt zu mir auf und deutete auf Ricks Schlafzimmer. »Hol deine Sachen«, sagte sie zitternd, »hol deine Sachen und verschwinde von hier.«

Ich befolgte ihre Anweisung, als sie auf Ricks Schlafzimmer zeigte, obwohl dort nichts war, was ich mitnehmen wollte. Dennoch nahm ich die kleine Reisetasche aus dem Wandschrank und stopfte Unterwäsche und Socken hinein und faltete ein paar Pullover, ein paar Röcke und ein dunkles Kleid zusammen. Mrs. Schmidt stand mit verschränkten Armen in der Tür und sah mir zu, bevor sie sagte: »Du kannst davon ausgehen, daß ich meinen Sohn informiere. Das ist dir doch hoffentlich klar, Leila?«

Ich drehte mich um. »Ja«, sagte ich ruhig, »natürlich.«

Daraufhin sah Mrs. Schmidt noch wütender aus. Sie ballte ihre kleinen Hände zu Fäusten und schlug sich damit auf die Hüften. Sie war noch immer das Cheerleader-Girl. »Was ist *los* mit dir, Leila? Bist du *wahnsinnig* geworden?«

Da ich nichts sagte und mich nicht rührte, fuhr Mrs. Schmidt fort. »Ich glaube, daß du das bist, Leila. Es tut mir leid, das sagen zu müssen, aber ich glaube, daß du wahnsinnig bist. Ich wünschte, ich hätte das schon früher gewußt.« Dann begann sie zu weinen und legte die Hand auf den Mund, als sie sagte: »Es ist alles meine Schuld. Ich habe Rick gesagt, daß er dich heiraten müsse, um mit Gott und seinem Gewissen ins reine zu kommen. Ich habe geglaubt, daß alles gut wird. Daß ihr eines Tages Kinder adoptieren und glücklich werden könntet. Ich hatte solches Mitleid mit dir wegen der Sache, die deiner Mutter passiert ist.« Mrs. Schmidt strich sich über die Brüste, als sie das sagte: »Mir hat es immer furchtbar leid getan, noch bevor ich dich kennengelernt hatte. Diese schreckliche Geschichte ging mir früher gar nicht aus dem Kopf. Ein kleines Mädchen, das seine Mutter so finden mußte. Was das in ihm wohl angerichtet haben mochte. Wir alle haben darüber gesprochen – alle Mütter. Und nie habe ich hingehört, wenn jemand schlecht über dich gesprochen hat. Ich dachte, das wären alles nur Gerüchte. Wegen Bonnie, und was sie gemacht haben soll. Ich dachte, sie wollten alle nur glauben, du wärst wie deine Mutter.« Wiederum ballte sie die Faust. »Aber das bist du. Gott vergib mir, aber das bist du.« Sie schüttelte die Faust gegen mich. »Verflucht. *Verflucht.* Das bist du. Ich habe dir vertraut.

Mich um dich *gesorgt.* Ich bin heute zu deinem Haus rübergegangen, weil ich mir Sorgen um dich gemacht habe. Und da bist du gewesen. Du *Hure*. Verschwinde!«

Ich machte die Reisetasche zu und trug sie wie ein großes Kind in meinen Armen zur Tür hinaus und Straße um Straße durch den Schnee, zurück zum Haus meines Vaters.

Der Himmel war dunkel geworden.

Die kalte Luft brannte auf meinem Nasenrücken und trocknete meine Augen aus, bis ich sie nicht mehr schließen konnte.

Als ich im Haus meines Vaters war, stellte ich die Tasche auf das Bett in meinem alten Zimmer, in dem sich nichts verändert hatte. Der Bettüberwurf war mit einem Kleemuster bedruckt, und die Vorhänge waren schwer und vergilbt. Ein geflochtener Teppich lag auf dem Boden, und alles war mit einer dicken Staubschicht bedeckt – die Frisierkommode, die Tennisschuhe, die ich am Fußende des Bettes zurückgelassen hatte. Ich setzte mich neben die Tasche und lauschte. Jetzt war es still auf der anderen Seite der Wand. Alles, was ich hören konnte, war Schnee, der draußen auf Schnee fiel.

So saß ich lange Zeit da. Ich behielt den Mantel an und die Augen geschlossen.

Leila? *Leila*?« Jemand schlug mit einem Knüppel oder mit der Faust gegen die Hintertür, und ich stand vom Bett auf und lief der Stimme entgegen, die meinen Namen rief.

»Leila!«

Ich ging durch den Gang zur Küche und sah in die Nacht hinaus, die vollkommen dunkel gewesen wäre, wenn nicht ein riesiger Mond tief am Himmel gehangen hätte. Er hing direkt über Ricks Kopf, und sein Gesicht glühte.

Ich öffnete die Tür. Ein Schwall Winterluft drang hinter ihm herein, als er eintrat und sagte: »Hör zu, Leila. Meine Mutter hat mir gesagt, was passiert ist.«

»Es ist nicht wahr«, antwortete ich. Die Lüge war so flach wie ein Blechmesser.

»Im Moment ist mir alles egal, Leila. Wenn du glaubst, daß ich mich auch nur im mindesten darum scheren würde, hast du dich getäuscht. Ich bin bloß hier, weil ich mir von meiner Mutter nicht mehr sagen lasse, was ich tun soll. Im Moment hat das nichts mit dir zu tun. Es geht nur sie und mich etwas an. Ich habe dich geheiratet, weil sie es mir befohlen hat. Ich werde mich nicht einfach scheiden lassen, weil sie mir das ebenfalls befiehlt. Es geht meine Mutter nichts mehr an.«

Ich spürte, wie meine Knochen unter den Kleidern zitterten, während er redete. Wie eine Stimmgabel. Es klang wie ein reiner, ehrlicher Ton, und weiter hinten hörte ich den Fluß, Reifen, die mit dem schweren Gewicht eines Lasters harten Schnee niederwalzten.

In dieser Nacht schliefen wir zusammen in meinem Bett,

obwohl ich nicht schlief. In dieser Nacht begann Rick, sich im Bett herumzuwerfen und im Schlaf zu murmeln. In dem schmalen Bett konnte ich mich nicht wegrollen. Der Morgen nahte schnell und breitete sich schneeweiß wie eine flache Leinwand aus Licht über den Himmel. Rick öffnete langsam die Augen und sah mich eine Weile wie blind an, als müßte er in seinem Kopf zuerst eine Akte ordnen, bevor er wußte, wer ich war, was geschehen war und wo wir uns befanden.

»Was sollen wir machen?« fragte ich und fügte flüsternd hinzu: »Ich kann hier nicht leben.«

»Oh.« Er räusperte sich. »Alles wird gut. Wir bleiben hier, bis wir es verkauft haben, und dann mieten wir ein Apartment.«

Er hatte darüber nachgedacht.

Er mußte im Schlaf darüber nachgedacht haben – daher das Herumwälzen, das Gemurmel. Er sah zur Decke hinauf, und ich stützte mich auf die Ellbogen und sah ihm in die Augen. Seine Pupillen waren vollkommen schwarz, aber ich sah mich selbst darin. Mein Gesicht war verzerrt, als würde es sich in einem Löffel spiegeln, und mein Haar war zerzaust. Einen Moment lang glaubte ich, ich würde in Ricks Augen meine Mutter erkennen. Ich dachte, daß ich genauso aussah wie meine Mutter – und einen Augenblick lang begeisterte mich der Gedanke. Dann zogen sich die Pupillen zu Stecknadelköpfen zusammen, und ich verschwand darin. Danach konnte ich mir sehr gut vorstellen, meine Zähne in seinen Hals zu graben. Ihm das Blut auszusaugen.

Aber Rick schloß die Augen, und ich wußte, sein Blut wäre bereits gefroren, wenn ich es versuchte.

Gefriergetrocknet.

Sein Blut würde wie Puder schmecken, oder wie altes Eis. Es wäre vielleicht vergiftet, oder Asche, oder weiß.

»Mein Gott. Was machst du da, Mann?«

»Das geht dich einen Dreck an. Mach das Licht aus.«

Dann tritt Stille ein. Ich starre zu der Lampe hinauf, bis ich den schwarzen Glühfaden der Birne sehen kann. Ein dunkles Fädchen. Eine flügellose Libelle. Er sagt: »Du hast doch gehört. Mach das verdammte Licht aus.«

Die Schlafzimmertür schließt sich wieder.

Es wird dunkel. Von meinen geschwollenen Augen glüht noch immer ein explodierter Stern. Der Mann rollt von mir herunter, und ich wische mir mit dem Bettüberwurf Gesicht und Mund ab, aber die Maske aus Knochen, die mein Schädel ist, fühlt sich fremd an. Eine frische, muschelartige Knorpelschicht ist über den Schädel gewachsen, den ich gekannt habe.

»Hör zu«, sagt die Stimme aus der Dunkelheit drüben an der Tür, »es gibt keinen Grund, sie zu schlagen. Laß das, ja?«, und die Tür wird wieder geschlossen.

Dann berührt er mein Bein, als würde er einen Gegenstand berühren. Sein Atem ist nahe bei mir, er klingt fest, und ich denke, wenn das Licht an wäre, könnte ich ihn sehen wie Rauch, der aus seinem Mund strömt. Aber das Licht ist nicht an. Ich rieche meinen eigenen Körper. Wie Salzwasser. Wie Suppe, in der ein Knochen schwimmt – ein alter Knochen. Wie etwas, das einem der Metzger kostenlos dazugibt, damit das weiche Gemüse und die wäßrige Brühe ein bißchen Geschmack bekommen, aber nicht zuviel.

»Du weißt doch, daß Gary mich damals im Motel gebeten hat, dich ordentlich zu verprügeln, oder? So macht er das. So kriegt er kleine Miststücke wie dich dazu, für ihn anschaffen zu gehen.« Er berührt meinen Hals, während er redet, und draußen höre ich wieder den Hund, der nicht heult, sondern nur im Dunkeln die Kette durch die feuchten Blätter schleift. »Hörst du mich?«

Wieder legt er seine Hand auf mein Gesicht, und ich zucke zurück. Ich sage: »Ja«, und schütze mein Gesicht mit dem Unterarm. Reiner Instinkt. Wie eine Fledermaus, die auf einem Dachboden die Flügel zusammenfaltet.

Er lacht über diese Geste.

»Hast du das gewußt?« fragt er.

»Ja«, sage ich. Ich wußte es.

»Du dumme Fotze«, sagt er.

Dann schimmert Asche in der Dunkelheit und pulsiert scharlachfarben wie eine Leber. Ich erinnere mich, daß sich meine Mutter einmal in der Küche umgedreht und etwas in dieser Farbe in der Hand gehalten hat. Es war bläulich. Sie lachte, als ich nach Luft schnappte. »Tut mir leid«, sagte sie und zuckte die Achseln. »Es ist das Abendessen.«

Ich öffne die Augen.

Ich schließe sie: Meine Mutter hält etwas Totes über den Herd. Etwas Fremdes, das aus einem Tier herausgerissen wurde. Das eingefroren und wieder aufgetaut wurde.

Jemand macht kurz die Schlafzimmertür auf, schließt sie aber wieder, und in der Ferne höre ich Garys Stimme aus dem Wohnzimmer. Gedämpft, als würde sie durch dickes Glas dringen. Ich halte die Augen offen, und ich weiß, daß die Verletzungen um meine Augen Magentarot oder Mitternachtsblau sind.

Er steigt von mir herunter, und ich höre, wie er seine Hose hinaufzieht, das Hemd hineinstopft und in die Stiefel schlüpft. Ich rühre mich nicht.

Stille. Dann setzt er sich wieder auf die Bettkante.

Ich rieche Oktober in seinen Kleidern. Dunklen, nassen Pelz. Den Geruch des Winters, der durch den Schmutz von Michigan dringt. Gekrümmte Baumwurzeln. Rostiges Wasser, das darunter versickert.

Etwas Kaltes streicht zwischen meinen Brüsten hindurch, und ich erinnere mich an den metallischen Geschmak, als ich einmal eine Handvoll von diesem rostigen Flußwasser getrunken habe.

Wie ein Blechfinger streicht die Kälte meine Brust hinauf bis zu der weichen, runden Vertiefung am Halsansatz. Als würde ein kleines Tier in einem pulsierenden Nest darunter leben. Ich höre ihn. Ein Knurren, tief in seiner Brust, wie ein hungriger Hund. Rasselnd und feucht. Gierig. Bereit, ein gerissenes Tier bei lebendigem Leib zu fressen.

Das kalte Ding bewegt sich nicht weiter, und ich öffne die Augen. Es ist, als hätte sich dort ein kleiner, frierender Vogel niedergelassen. Ein gefrorener Vogel.

Ein gefrorener Diamant.

Oder ein scharfer Hagelsplitter.

Eine Spiegelscherbe, die aus dem Himmel auf meinen Hals gefallen ist.

Als ich schließlich feststelle, daß es eine Messerklinge ist, die er mir über dem Schlüsselbein ins Fleisch drückt, daß scharfes Metall unnachgiebig und eisig gegen meinen Hals gepreßt wird – als mir das klar wird, setze ich mich auf.

Plötzlich vollkommen außer mir, werfe ich mich mit meiner ganzen Kraft in dieses Messer und durchschneide meine eigene Kehle.

Onkel Andy stand hinter meiner Mutter, sein Schatten fiel über sie, aber sie lachte. Sie hatte eine Hacke in der Hand und ließ sie neben sich fallen, als sie die Erde um den Rosenstrauch aufhäufte, den er ihr gereicht hatte.

Sie drückte die Erde an.

Stampfte sie fest. Sie trug ein schulterfreies Oberteil und ihr Rücken war reines Licht, reflexionslos. Er strich mit seiner dunkleren Hand über ihre Haut und teilte das Licht zwischen ihren bloßen Schultern.

Ich sah auf den Rosenstrauch, dessen rote Blütenblätter bereits verwelkt waren – obwohl die Erde darunter vor Leben sprühte; in ihr wurden Gänge gegraben, sie wurde aufgewühlt, Insekten wanden sich hindurch und wurden darin geboren. Meine Mutter summte leise.

Sie stand da und küßte ihn. Ich nahm die Hacke und lockerte damit die Erde, die meine Mutter um die Rose aufgebrochen und geschlossen hatte.

»Was zum Teufel…« Das Licht geht an, und ich sehe sein Gesicht über mir. Die blauen Augen, der blonde Bart sind nur ein paar Zentimeter von mir entfernt, bevor der gelbe Raum in dem Messer aufblitzt, und ich die Augen wieder schließe. Seine Lippen sind naß, aber seine Augen sehen so erstaunt aus wie die eines Neugeborenen. Blut ist auf seinem Hemd – röter als man denken würde, vielleicht röter, als er selbst gedacht hatte. Er ringt nach Luft, als er es sieht.

Wenn ich die Augen schließe, sehe ich meine Mutter im

Hinterhof einen Rosenstrauch pflanzen – es ist Sommer, die einzige Jahreszeit, in der ich sie je im Garten gesehen habe. Dieses samtige Rot gesehen habe. Ihre Hände sind voller Erde, in der sich dicke, fleischige Würmer winden. Sie trägt keine Handschuhe. Ihre Beine sind glatt und weiß. Ich erinnere mich, daß meine Mutter sie an diesem Morgen rasiert hat. Ein bißchen Blut war von ihrem Schenkel in den Abfluß gelaufen. »Leila, gib mir ein Heftpflaster«, sagte sie.

»Warum zum Teufel hast du sie aufgeschlitzt?«

Ich öffnete die Augen, und Rob steht über mir. Er wirkt blaß in dem gelben Licht, er zittert ein wenig, ist mir aber vertraut. Auf seiner Stirn glänzen Schweißtropfen. Jemand bewegt sich im Türrahmen hinter ihm, und er dreht sich schnell um. »Schert euch hier raus, zum Teufel«, sagt er mit brüchiger Stimme. Er geht zur Schlafzimmertür und wirft sie zu.

»O mein Gott, o Gott, o Gott«, murmelt er. Dann durchwühlt er die Schubladen der Frisierkommode und wirft weiße Socken und Unterwäsche auf den Boden. Schließlich zerrt er einen kurzen Damenbademantel aus Frottee heraus. Er reißt ihn mit bloßen Händen entzwei. Es klingt, als würde Fell mit einem Taschenmesser aufgeschlitzt. Als würde etwas Kleines und Scharfes durch eine zähe, trockne Haut schneiden, und ich sehe das Reh wieder vor mir, das im Garten des Nachbarn hing. Sachte schwang es im Oktoberwind hin und her.

Etwas Schwarzes rann aus seinem schlaffen Maul.

»Setzt dich auf, mein Schatz«, sagt er und schiebt die Hand hinter meinen Rücken, zwischen die Schulterblätter, um mir aufzuhelfen. Mir ist schwindlig, und der Raum wird dunkler, bevor wieder grelles Licht aufblitzt. Rob drückt ein abgerissenes Stück des Bademantels auf meine Brust.

»Wir müssen dich hier rausbringen, Baby«, flüstert er mir ins Ohr. Sanft dringen seine Worte durch die modrigen Windungen meines Gehirns, und im ganzen Haus ist plötzlich lautes Flüstern zu hören. Von draußen kann ich klare Geräusche wahrnehmen. Ein Waschbär stößt einen Schrei aus, der hoch und kalt klingt. Etwas Metallenes wird über Zement geschleift. Der Hund ist wieder angekettet und springt lautlos hoch, nur die Kette rasselt, als würde eine Frau ohne Musikbegleitung in Metallschuhen tanzen.

»Hörst du mich, Leila? Wir müssen dich hier wegbringen. Du mußt dich aufsetzen, mein Schatz. Wir müssen dir dein Kleid anziehen.«

Auch das Rascheln des verwelkten Gemüsegartens kann ich hören. Dann tritt Stille ein, nur Robs Atemzüge, die an einen Bären erinnern, sind vernehmbar – und das leise Flüstern im Wohnzimmer.

Rob beugt sich hinunter, um mein Kleid vom Boden aufzuheben und steht dann auf, um es mir über den Kopf zu ziehen. Ich entdecke Blut auf seinen Händen und dem Kleid. Es ist ölig und hell. Er knöpft das Kleid über dem Blut zu, und der Stoff wird dunkel und dick davon. Flüsternd sagt er: »Du mußt aufstehen, Baby. Gary ist zurück. Du mußt hier weg.«

Schweiß schimmert auf Robs Oberlippe, während er mir eine Damenjacke überzieht und zuknöpft. Sie ist schwarz und paßt. In der fremden Wolle rieche ich mein Blut wie ein seltsames, neues Tier – wie etwas Unbekanntes, das durch die Abwasserkanäle kriecht, während wir schlafen, etwas, das dort unten ein Nest gebaut und Junge bekommen hat.

Das gelbe Licht wird kalt, als Rob das Schlafzimmerfenster aufschiebt. Ich höre, wie er mit etwas Scharfem die Jalousie durchschneidet. Ich höre ein Tier durchs Gras huschen. Ich denke, daß wahrscheinlich ständig neue Arten geboren werden – sowohl in den Abwasserkanälen wie in den Wäldern. Sie kriechen aus dem schwarzen Blattwerk hervor, um auf dem Highway, unter Reifen, bis zur Unkenntlichkeit zermalmt zu werden.

Der Ausdruck *vollkommen unkenntlich* kommt mir in den Sinn. *Aufgrund zahnärztlicher Unterlagen identifiziert.* Ich erinnere mich an eine Schlagzeile: *Zwei abgerissene Frauenbeine auf einer Müllhalde in Muskegon gefunden*, und an eine weitere Notiz über einen Jäger, dessen Hund die Leiche eines Mädchens ausgegraben hatte, mit dem ich zur High-School gegangen war. Man behauptete, sie sei fortgelaufen, da sie an einem Samstag nach einem Footballspiel nicht mehr aufgetaucht war. Aber statt dessen war sie mit einem Gürtel erdrosselt und in einem Sack vergraben worden.

Rob hilft mir zum Fenster hinüber. Ich stehe davor, lehne mich an ihn und sehe auf den Schlitz in der Jalousie, hinter dem nichts als ein blauschwarzer Himmel ist.

Die hereinwehende Luft schmeckt wie ein angelaufener Löffel, und ich schlucke das, was darauf ist, hinunter.

Schatten.

Etwas bewegt sich dort draußen, schlüpft hinter eine hohe Hecke aus losen Blättern, die wie eine zerklüftete Wand aussieht. Darüber hängt die dünne Sichel eines Mondes. Ein paar kalte Sterne sind am Himmel.

Jetzt ist auch auf meinen Zähnen und meinen Handrücken Blut. Auf meinen Wangenknochen sehe ich schwarze Rosen, die immer noch anschwellen. Rob sieht mir nicht ins Gesicht. Er streicht sanft über mein Haar, während ich durch die aufgeschlitzte Jalousie in Dunkelheit und Wind hinaussteige, unsicher, wie weit der Boden entfernt ist. Aber plötzlich falle ich, gewöhne mich ans Fallen, bevor ich schnell und hart auf der Erde aufschlage, die mit kalten Blättern bedeckt ist.

Glück gehabt, denke ich, als ich meine Knie und Ellbogen abtaste: Einmal habe ich ein nacktes, nasses Vogelbaby mit rosafarbenen Flügeln gesehen. Es war aus dem Nest gefallen und geräuschlos auf einer Windschutzscheibe gelandet.

Rob beugt sich aus dem Fenster, während ich langsam und müde aufstehe. Er flüstert immer noch. Ich kann ihn kaum hören. Er scheint an langen weißen Schnüren über meinem Kopf zu schweben wie ein hohler Planet, ein zur Schau gestellter Gott. »Geh zum Fluß hinunter, und lauf in diese Richtung.« Er deutet nach vorn in den Himmel. »Bis zur Stadt sind es fünf Meilen. Ich komme nach, sobald ich kann.«

»Geh«, sagte er und macht eine ausholende Bewegung, als würde er etwas Unsichtbares in den Wind schleudern. »Lauf.«

Ich kann den Boden unter meinen Füßen nicht spüren, obwohl ich weiß, daß er da ist, denn jedesmal, wenn ich auftrete, spüre ich die Erschütterung in den Knochen. Das Haus hinter mir ist still und erleuchtet, aber auch ohne dieses Licht kann ich im Dunkeln sehen. Ich sehe eine rotgestreifte, verwitterte Schaukel, die nach Rost riecht. Ein altes Mädchenfahrrad, das umgefallen ist. Eine ölige Kette. Eine silberne Abfalltonne mit Regenwasser. Ich sehe zitternde Bäume am Fluß und höre Wasserrauschen, das durch die Erde sickert – ganz nahe. Der Fluß hört sich an wie ein blutender lebendiger Körper.

Ich laufe darauf zu, bis die gemähte Wiese in hohes, welkes Gras übergeht. Ich renne, bis das Licht aus dem Haus im Geäst hinter mir flackert und erlischt.

Dann gleite ich hinunter.

Ich bin am Fluß. Er ist still, plätschert aber über ein paar weiße Steine, und diese Steine kann ich hören.

Schlamm durchzieht den Fluß.

Die Steine unter meinen Füßen fühlen sich glatt an und schneiden nicht.

Der Schlamm ist süß, und etwas Warmblütiges mit fettigem Pelz bewegt sich zwischen meinen Fußgelenken hindurch; ein Baum greift nach unten, um meine Hand zu nehmen und mir ans andere Ufer zu helfen.

Seltsam, denke ich, wie menschlich alles geworden ist, seitdem ich das letzte Mal hier war, als alles leblos an mir vorbeitrieb, als der Fluß die toten Rehe und die Fische mit sich fortriß – all die leidenden, von Geschwüren geplagten Kreaturen in der verseuchten Flut. All die Styroporbecher und Bierflaschen.

Stolpernd, aber entschlossen, laufe ich am anderen Flußufer entlang und hinterlasse im Schlamm eine blutige Fußspur.

Als ob das Glas meiner Glasschuhe zerbrochen wäre.

Als wäre der Fluß eine Mutter, der ich hätte vertrauen sollen.

Schau hinauf.

Der Mond ist eine klare Sichel, und nur hin und wieder streift ihn ein Wolkenfetzen. Wenn du die Hand ausstreckst, füllt sie sich mit Silber wie mit Diebesgut. Du gibst es an die Dunkelheit zurück, wenn du eine Faust machst, und selbst die Sterne zischen. Ein paar fallen herunter, wenn du in den Himmel hinaufstarrst. Ein paar Planeten gleiten in den Fluß – zu schnell, um sie zu fangen, auch wenn du ein Netz hättest. Jeder Atemzug ist jetzt ein kurzer Stich zwischen deine Rippen, und dein Herz pumpt Wasser durch deine Lungen, durch den mondförmigen Schlitz in deinem Hals:

Das ist es, was der Fluß dir sagt, als er breiter wird.

Je weiter ich gehe, um so breiter wird er, aber am anderen Ufer kann ich Schritte hören.

LEILA?«
»Leila?«

Wenn sie nicht nach mir rufen, flüstern sie miteinander.

Zweige knacken unter ihren Füßen.

Auf der anderen Seite des Flußes blitzt etwas Metallisches auf. Eine Armbanduhr oder ein Ring – etwas Silbernes, das das Mondlicht einfängt wie ein Rasiermesser. Sogar die scharfen kleinen Fischkörper funkeln im seichten Wasser am Flußrand.

So hell ist der Nachthimmel.

Ich verlasse dieses weiße staubige Licht, und der Spiegel des Flusses füllt sich mit Sternen.

Ich laufe unter die Bäume, in den Schatten der Bäume, wo der Mond über mir hängt wie ein Fleischerhaken – nur ein paar Blätter, die sich zwischen Ästen verfangen haben, hängen noch an den obersten Baumspitzen, hoch droben, und winken zu mir hinunter wie kleine Kinderhände. »Hallo?«

»Leila?«

»Bist du da?«

»Leila?«

»Leila, warte.«

Ich höre Schritte im Wasser, jemand watet durchs Wasser, und ich glaube, einen Wagen zu hören, dessen schweres Gewicht über weichen Schlamm gleitet, sehe aber keine Scheinwerfer. Dann wieder Flüstern.

Ich lasse mich auf die Erde nieder, knie am Boden und schaue in den Himmel hinauf. Wenn Sie mich jetzt sehen könnten, würden Sie denken, ich sei eine Frau, die betet, eine Frau, die aus Liebe zu ihrem Gott auf die Knie gesunken ist, aber das trifft nicht zu. Ich verberge mich vor allem, vor allem vor Gott. Ich lege meine Hände in den Schmutz und presse meinen Bauch, meine Brust und mein blutiges Kleid hinein.

»Wo ist sie?«

Ich versuche nicht zu atmen, aber wenn ich es tue, rieche ich den tiefen Schlaf dort unten. Modrige Laken, die den ganzen Sommer über an einer Leine gehangen haben, hereingeholt und übers Bett gebreitet wurden: Schlaf ist in diesen Laken, und man träumt, man selbst sei der Sturm und der Regen. Im Traum wird man zu flachem Land, und der Wind deckt einen zu.

Das Blut auf meinem Kleid ist hart geworden und fühlt sich an wie eine neue, zähere Haut.

Eine Tierhaut.

Dumpf höre ich mein Herz gegen den Boden pochen.

Ein kurzes, keuchendes Atmen dringt durch einen feuchten Spalt, und ich schmecke blassen roten Lehm.

Bis ich plötzlich blutend und schreiend in die Welt fallen gelassen werde.

Ich sehe das Funkeln von Forsythien vor einem purpurnen Himmel, und die ersten winzigen Blätter entfalten sich wie grüne Babyhändchen.

Tiere kriechen aus dem aufgetauten Fluß. Sie sterben oder überleben, gebären neue Lebewesen, deren feuchte Augen sich im Licht blinzelnd öffnen. Sprachen werden vergessen oder erfunden. Feuer erlöschen. Und Millionen zufälliger Ereignisse beginnen nun einen Sinn zu ergeben. Dazu die ganze Zeit das ohrenbetäubende Getöse von Dampfmaschinen oder Düsenflugzeugen, und durch die ganze Straße hallt der blecherne Klang eines Klaviers, das *Happy Birthday* hämmert.

Ich bin geboren worden, ein Mädchen ohne Flügel, und als ich durch einen Tränenschleier ins Gesicht meiner Mutter sehe, ist sie die Welt ohne Ende, Amen, und der Himmel hinter ihr ist nur ein weißer Vorhang aus fadenscheinigem Stoff – Sterne, Federn tauchen auf, etwas, das sich jetzt in der hellen Luft vor der Sichel des Mondes windet und mit neuen Kiemen atmet.

Danach spult sich mein Leben weiter ab, nur schneller:

Ich stehe im Schlafzimmer meiner Eltern, in dem es strahlend hell ist. Das weiße Kopfende des Bettes ist eine leere Leinwand hinter ihnen. Ein rosafarbenes Handtuch ist auf den Boden geworfen worden wie ein Handschuh. Auf der Frisierkommode steht eine kleine Flasche mit Veilchenwasser. Ein Geräusch dringt an mein Ohr, ein leiser werdendes, dumpfes Brodeln, das langsam abnimmt.

Dann steht mein Onkel da und nimmt das Messer, das genauso aussieht wie jenes Messer – glatt, stählern, mit schwarzem Griff. Das Blut darauf ist glitschig und strahlend rot. Er öffnet die oberste Schublade der Frisierkommode meiner Mutter und wirft Schlüpfer und Strumpfhosen auf das Bett. Dann schiebt er die Schublade wieder zu und sieht mich an. Er legt die Hände vors Gesicht. Er atmet schwer, schluchzt, und sein Gesicht scheint sich mitten in der Nacht in funkelndes Licht aufgelöst zu haben. Es wird zu Wasser.

Dann schluckt er. Er nimmt die Hände vom Gesicht, und ich sehe, daß er zerstört ist. Er dreht die Handflächen nach außen, als wolle er zeigen, daß sie sauber sind. In ihrem Blut gewaschen werden, zwei Hände mit absolut nichts darin. Hinter ihm erstrahlt meine Mutter in weißem Licht.

Meine eigenen Hände sind klein – weiße Blätter. Ich lege sie auf den Mund, bevor ich schreie, aber in mir ist nur Schweigen. Hell wie der Dampf, der über einen Eisblock aufsteigt.

Ich sehe wieder auf meine Hände. Spröde, wie gebrochene weiße Flügel liegen sie in der kalten Hand eines Mannes, der in der glitschigen Nässe des Klinikparkplatzes kniet.

Bring dein Baby nicht um, sagt er.

Ein Gummihandschuh voller Blut: Ich bin der Goldene Drachen, der Blutsuppe löffelt. Dann bin ich in einem heißen Zimmer im Swan Motel. Staub füllt meine Kehle. Ich liege auf Knien. Er beugt sich mit seinem ganzen Gewicht über mich, um mich zu schlagen, aber ich werde nur weiter nach vorn gestoßen, in ihn hinein.

Als er mich schlug, wußte er, daß mein Körper der Schwerkraft trotzen würde.

Seine Arme waren bereits ausgebreitet, um mich aufzufangen.

Er wußte es, als er mich hinter der Theke stehen, das Gästejournal öffnen und nach seinem Namen suchen sah. Noch bevor er mich sprechen hörte.

Ich sehe auf.

Da ist sie, sagt er.

Schatten streichen über mich. Ich atme und presse das Ohr fester auf den Boden, und endlich, nach all der Zeit, spricht meine Mutter zu mir. Es ist eine Stimme aus dem Wasser und sie sagt:

Er hat eine Waffe, Leila. Er wird dich auf die Knie werfen, sich hinter dich stellen und dir einmal in den Hinterkopf schießen. Die Sonne wird gerade aufgehen, und über dem Fluß wird rosa Nebel aufsteigen. Dann wird er deinen Leichnam in den Kofferraum deines Wagens legen. Er wird zur

Leelanau-Halbinsel fahren, während ihm der Blonde in dem silbernen Thunderbird folgt. Er wird ans Ende eines Feldweges fahren, und dann werden sie deinen Wagen anzünden.

Irgendwo wird bereits eine Schlagzeile aufgesetzt.

Einer von ihnen geht neben mir in die Hocke und berührt vorsichtig den nassen Ärmel meiner Jacke, der andere steht hinter mir, sein Gesicht ist außerhalb der Schatten. Er ist derjenige, den ich am deutlichsten sehe, wenn ich aufschaue.

»Wir hatten Angst, du würdest verbluten«, sagt er.

Ich drehe mich auf die Seite, und die Nacht fühlt sich kalt an in dieser Jacke einer anderen Frau – kalt von meinem frischen Blut.

Gary zündet ein Streichholz unter dem Gesicht des anderen an, und der blonde Bart und die Zigarette glühen orangefarben auf.

Um uns ist alles in Bewegung. Pfoten, Klauen, das kalte Aufklatschen eines Fisches im Fluß, Bierflaschen treiben dahin und schlagen gegen die Steine, während sie von der Stadt fortgespült und in größere Gewässer getrieben werden.

Ich versuche mich aufzusetzen, was mir jedoch nicht gelingt. Ein Windstoß braust durch meine Ohren. Ein dahinrasender Zug. Einen Moment lang sehe ich mich als Fahrgast in dem Zug. *Chicago* steht auf meiner Fahrkarte. Ich trage vielleicht einen Regenmantel. Beige. Es ist die Zukunft, die mit ratternden Rädern mit oder ohne mich vorwärts eilt. Ganz langsam lasse ich mich wieder zu Boden sinken. Und wehre mich nicht mehr.

»Wir wollten nicht, daß du hier draußen stirbst«, sagt er.

Ich schließe die Augen.

Die Luft riecht wie Eisen. Ich rolle auf den Rücken und sehe in den Himmel hinauf. Wolken aus staubigem Licht schweben dort oben wie Chiffon.

Ein Tanz von tausend Halstüchern.

Weiße Segelboote, verstreut wie Federn – die Nordlichter: Die erkenne ich. Ich erinnere mich, von ihnen geträumt zu haben. Ich erinnere mich, daß ich auf der Bettkante saß, die geöffnete Schmuckschatulle vor mir und Bündel voller Geld darin:

Vielleicht ist es das, was ich wollte.

Ich schließe die Augen wieder. Atemgeräusche über mir. Ich rieche ihren Rauch, ihren Schweiß, wie etwas Schwelendes, bevor es explodiert. Ich erinnere mich an den Geruch von Fleisch, das am 4. Juli im Vets Park über Kohlenfeuern gebraten wird. Wie Tieropfer. Bomben explodieren am Himmel, schöner und kunstvoller als der Tod, während auf den Friedhöfen unter kleinen flatternden Fahnen die alten Soldaten schliefen.

Als ich meine Augen wieder öffne, blinken diese Lichter und schlängeln sich um die Bäume. Der Himmel ist ein Laken – ein riesiger weißer Teppich, der im Wind ausgeschüttelt wird; Staub und Asche fallen heraus. Ich flüstere: »Was werdet ihr tun?«

Gary lacht oder hustet.

»Wir bringen dich um«, sagte der Blonde.

Ich öffne den Mund und spüre, wie die Asche dieser explodierten Sterne aus dem Himmel auf meine Zähne fällt. Es ist genug, denke ich: Ich habe den Weltraum geschmeckt.

Wenn du weiterleben möchtest, solltest du rennen, flüstert sie.

Wenn nicht, mach die Augen zu, und es ist vorbei.

Zeit vergeht.

Aber dann, so unwahrscheinlich es auch erscheinen mag, stehe ich langsam auf. Die Sonne hat begonnen sich hinaufzuschieben wie eine dünne Locke aus gebleichtem Haar. Ich starre sie einen Moment lang an, aber ich kann das Mahlen ihrer Zähne hören. Gary sagt: »Knie nieder.«

Ich könnte niederknien, ich weiß.

Ich könnte meine Hände und meine Knie wieder in den Schlamm legen, ohne Hoffnung – eine Frau, die den Wald als ihr Grab nimmt, vollkommen verloren und vollkommen hoffnunglos. Die Bäume um mich rücken näher. Aber plötzlich, in lautloser Stille, erhebt sich etwas vor mir. Es scheint sich *aus* mir zu erheben. Ein hörbarer Schrei. Eine Wolke aus Federn. Ich muß nicht einmal hinsehen, um zu wissen, was es ist:

Die Schatten auf dem Boden könnten von Kindern stammen oder von Flugzeugen, von Affen, Engeln oder Hunden, die auf Schwingen den Himmel durchqueren. Sie steigen auf, erregt flatternd steigen sie in die Luft, bereit, das einzige Heim zu verlassen, das sie haben. Ihr Flügelschlag klingt wie das Rauschen himmlischer Maschinen, und ich weiß, was es bedeutet. Jahrelang habe ich diese Vögel jeden Oktober vom Büro des Swan Motels aus beobachtet – wie sie sich versammelten, wie sie abflogen. Diese Scharen wundervoller Tiere, die die Luft aufwühlten wie einen Ozean. Ich weiß jetzt, wo ich bin – wie nahe ich wieder dem Ort bin, von dem ich komme.

Also renne ich.

Über mir diese riesigen Vögel. Diese massigen Engel. Ich renne in die entgegengesetzte Richtung.

Hinter mir höre ich ihr Keuchen, ihre Füße, die hart auf den Boden aufschlagen, genau wie die meinen, aber ich schaue nicht zurück. Die Zukunft, wie die Vergangenheit, liegt nur ein paar Schritte vor mir, und während ich stolpernd durch einen Tunnel aus Bäumen auf eine Lichtung am Fluß laufe, sehe ich es. Die Sonne geht auf. Und dort, in diesem neuen Licht, das ihr Gefieder rosa färbt, warten drei riesige Schwäne. Sie waten am Flußrand durchs Wasser, schütteln das Gefieder und geben tiefe, kehlige Töne von sich. Als sie mich sehen, stoßen sie Schreie aus, ducken sich, entfalten ihre Flügel und fliegen in den Himmel hinauf, den anderen hinterher. Drei Schattenkreuze streichen schwankend über den Boden und verschwinden.

Vor mir steigt dünner Nebel aus dem Wasser, und durch ihn hindurch kann ich auf der anderen Seite das pastellfarbene Schild des Swan Motels erkennen, dessen Neonlichter sich schwach im strahlenden Morgensonnenschein abzeichnen.

»Leila?«

Eine Frau ruft. Ich sehe wie in hohem Bogen eine Zigarette ins Wasser geworfen wird.

»Leila?«

Ich breite meine Arme aus und halte sie über den Kopf, während ich in den Fluß hineinwate.

Er ist tief hier.

Das schwarze, ölige Wasser reicht mir bis zur Taille, und die Kälte macht meinen Körper gefühllos. Der Schlamm am Grund des Flusses saugt an meinen bloßen Füßen, aber er kann nicht nicht festhalten. Ich bin stärker als der Schlamm.

Rosig überstrahlt von der aufgehenden Sonne, watet vom anderen Flußufer Millie auf mich zu. Wirres Haar umringt ihr Gesicht. Sie hat die Hände aufs Herz gelegt, als müsse sie es in ihrer Brust halten, und in ihren weit aufgerissenen Augen glänzt buntes Licht. Ich taumle auf sie zu.

»Leila. Mein Gott. Du verblutest ja«, sagt sie. Dann stößt sie schluchzend hervor: »Sie haben überall nach dir gesucht.«

Ich falle wieder auf die Knie.

Diesmal lege ich mein Gesicht an Millies Füße, und ich kann die Gummisohlen ihrer Schuhe, das Gras und den Schlamm darunter riechen. Zitternd steht sie über mir, beugt sich dann herunter und berührt mein Haar. Ich erinnere mich an Hände. Ich erinnere mich, daß ich berührt und in blendendem Licht mit Gummihandschuhen umgedreht worden bin. Meine Augen öffnen sich zum erstenmal. Der Ton meines ersten Schreis. Meine Mutter keucht und schluchzt noch immer. Millies Finger liegen warm und beinern auf meinem Nacken.

»Wir müssen Hilfe holen«, sagt sie, aber sie rührt sich nicht.

Ich sehe uns aus dem Himmel.

Gefroren.

Ein lindgrüner Schal aus Frost umhüllt uns, während die Sonne höher steigt wie eine schöne, rotgelbe, tropische Frucht, die zerplatzt ist und über den Rand der Erde geschmiert wurde. Nebel kräuseln sich über dem Fluß wie rosafarbene Rauchschwaden, und ohne zu blinzeln sieht Millie einfach in die Ferne, sie weint und beobachtet das schwache Zittern der Äste über dem Fluß und etwas, das durch die Bäume kriecht. Sich auf uns zuschlängelt. Das Rauschen der kräftigen Flügel entfernt sich.

Schau nicht hin, will ich sagen. *Es ist nichts auf der anderen Seite.*

Aber sie starrt immer noch hinüber. Ihre Lippen sind blaß und geöffnet, und sogar die winzigen blonden Härchen auf ihren Armen zittern vor Leben, als sie den Geruch der modrigen Federn einatmet, die sie zurückgelassen haben, und die süße, nach frischem Grün duftende Luft.

DANKSAGUNG

Herzlichen Dank an
Lisa Bankoff und Dawn Seferian
für ihre Hilfe und Unterstützung